穏やか貴族の休暇のすすめ。

A MILD NOBLE'S VACATION SUGGESTION

12

著

岬

TOブックス

もくじ

穏やか貴族の休暇のすすめ。12
A MILD NOBLE'S VACATION SUGGESTION

CONTENTS

イラスト：さんど
デザイン：TOブックスデザイン室

A MILD NOBLE'S
VACATION SUGGESTION

CHARACTERS

人物紹介

リゼル

とある国王に仕える貴族だったが、何故かよく似た世界に迷い込んだ。全力で休暇を満喫中。冒険者になってみたが大抵二度見される。

ジル

冒険者最強と噂される冒険者。恐らく実際に最強。趣味は迷宮攻略。

イレヴン

元、国を脅かすレベルの盗賊団の頭。蛇の獣人。リゼルに懐いてこれでも落ち着いた。

ジャッジ

店舗持ちの商人。鑑定が得意。気弱に見えて割と押す。

スタッド

冒険者ギルドの職員。無表情がデフォルト。通称"絶対零度"。

レイ

憲兵統括の役目を担う王都の貴族であり、子爵。明るい方の美中年。

メディ

好みの男には溢れんばかりの肉欲を抱かずにはいられない肉欲系痴女（イレヴン命名）。リゼルが好みど真ん中すぎて毎日が楽しい。

COMING MECHA SOON

アインパーティ

リゼルの手を借りて迷宮初踏破を果たした若い冒険者たち。冒険者歴は大分先輩なのに何故か後輩ポジをゲットした元気な四人組。

134

草木が朝露に艶(つや)めく頃(ころ)、リゼルは伏せていた瞼(まぶた)をゆっくりと開いた。

毛布の隙間(すきま)から流れ込む肌寒さを、以前に王都に滞在していた頃よりも強く感じる。温暖なアスタルニアに滞在していた所為(せい)だろうかと、寝起きで上手く回らない思考で考えながら潜り込むように肩まで毛布を引き上げた。

ふと目に入った窓の形に違和感を覚える程度には王都を離れていたのだろう。寝惚(ねぼ)け眼(まなこ)で窓の木目を眺(なが)めながら、シーツに横たえた体を起こすことなく揺蕩(たゆた)う意識を堪能(たんのう)する。

「ん……」

寝ようと思えば、きっとまだ眠れる。しかし起きるにしてもすんなり起きられそうだ。

王都までの旅路の数日間。テントでの寝心地も決して悪くはなかったが、久々のベッドは異様に心地良くて離れがたい。緩慢(かんまん)な仕草で目にかかる髪をよけながら一呼吸、横向きの体を仰向(あおむ)けるようにゆっくりと後ろを振り返る。

真っ先に目に入るのは鮮やかな赤。枕に顔を突っ込んで、完全にうつ伏せになって眠るのは昨日に散々駄々(だだ)をこねて泊まっていったイレヴンだった。

「(たぶん、まだ)」

恐らくまだ起きないだろうと、瞼の落ちかけた瞳で眺めながら一人ぼんやりと思う。

この宿には個室が二つしかない。個室は相部屋に比べて割高であまり需要がないというのもあるだろう。今リゼルが泊まっている部屋も、ベッドを無理矢理並べて二人部屋にして使うことが多いと宿の女将(おかみ)から聞いたことがある。

運良く二つ空いていたそこに以前と同じくリゼルとジルが入ったところ、イレヴンから物言いがついたのだ。わざわざ金を払わずとも寝る場所があるようだし、と当然のように部屋が不要だと扱ったのが気に入らなかったらしい。

「(決めつけられたのが、やだったのかな)」

大の男が二人並ぶには狭いベッドだ、仰向けに体を転がしただけで肩が触れ合う。

唯人(ただびと)より低い彼の体温も肌寒い朝には温かく感じる。スキンシップが多いイレヴンの影響もあって特に不快には思わず、わざわざ隅(すみ)に寄ってまで離れようとは思わなかった。

「(いっしょの宿のほうが、たしかにべんりだけど)」

うとうとと、落ちかける瞼をそのままにリゼルは艶やかな赤を眺める。

例えば依頼を受けにいく時、例えば何かで同行してほしい時、同じ宿なら簡単に声がかけられる。とはいえ以前王都で過ごしていた頃もイレヴンはリゼルの動向を把握(はあく)しており、その点に関して互いに不便を感じたことなどなかった。

ならばやはり、最初から除外して扱われたのが不満だっただけだろう。今日あたり何事もなかったかのように拠点、ロマンのある言い方をすればアジトへと戻るかもしれない。

「（どこにあるのかなぁ）」

中心街も有り得なくはない、精鋭たちもそこに寝泊まりしているのだろうか、つらつらとそんなことを考えながら視線を天井へと移す。

リゼルとしては三人で同じ宿でも全く構わないし、何なら大部屋に移ってパーティで一室でも構わない。だがジル達から話が出ないあたり、彼らは個室のほうが好みなのだろう。

「……あー」

その時、低い唸り声が隣から零された。

顔面を枕に突っ込んでいる所為でくぐもった声。リゼルが寝転がったままそちらを向けば、イレヴンが寝起きの所為で不遜になった目つきで此方を窺っていた。

「まだ寝てていいですよ」

「ん」

微睡む瞳を促すように緩めて囁けば、彼は再びその顔を枕に埋めた。

毎度思うが寝苦しくないのだろうかとそれを眺め、リゼルは徐にシーツに手をつきながら上体を起こす。折角早く目が覚めたのだから、朝から久々の王都を満喫しても良いだろう。

剥き出しの肩に毛布を引き上げてやりながら、さて何をしようかとベッドの端から足を下ろした。


ジャッジの店は冒険者向けの道具屋だ。

道具といっても品目は多岐にわたり、冒険者の必需品から専門性の高い道具まで。これらは鑑定を引き受けた流れで買い取った品も多く、質の高いものを選んで商品として扱っている。

また、その中でも迷宮品に関しては顧客を冒険者に限らない。性能の高い魔道具や雑貨などを求め、様々な客人がこの店を訪れる。

「有難うございました」

今日もジャッジは買い物を済ませた客人を送り出す。

完全に扉が閉まるまで下げていた頭を、深く息を吐きながら起こした。彼の店を訪れるのは中位から上位の冒険者が多く、彼らはいかにも強者らしい威圧感を纏う者が多い。

何度顔を合わせても怖いものは怖いし、怒っている訳ではないと分かっていても荒々しい口調には委縮してしまう。早く慣れてしまいたいものだが、なかなかに難しかった。

「……ん?」

ふと気付いたように声を零し、ドアの前から作業机の後ろへと移動する。

机の引き出しから紐で綴じられた紙束を取り出して、慣れた手つきで目を通していく。

「K、K……ナー……ナ、イ、フ……」

様々な品目の中から目当ての品目を探し出し、指で辿るように目的の品を探し出す。

ナイフ一つとっても様々な種類があった。武器、解体用、家庭用、特殊作業用、今店に置いてあるものも置いていないものも一覧として見られるようになっているのが、ジャッジが今目を通している紙束だった。

「解体用、で……ゴーレム」

つい先程売れたのはゴーレム解体用のナイフだ。

ナイフといっても刃は持たない。形は小振りのハンマーで、先端部分の片側がツルハシ状に尖(とが)っている。岩よりはマシというだけの硬いゴーレムをハンマー部分で割り、埋まっている魔石(ませき)をツルハシ部分で抉(えぐ)り取れるようになっている道具だった。

細分化するのもかえってややこしい為(ため)、ジャッジの店ではナイフの括(くく)りに入れている。

「仕入れ先は」

呟(つぶや)いて、該当項目を横になぞっていく。

何せ今売れたもので在庫がゼロになってしまったのだ。需要の高い商品という訳(わけ)ではないものの、何度もギルドで借りるより買ってしまったほうが安くつく道具に関しては定期的に売れる。

定期的といっても、在庫ゼロになってから仕入れて十分に間に合う頻度(ひんど)なのだが。

「んー……」

指で辿った先にあるのは、それなりに取引を交わしている商人の名前。

ジャッジの店が扱う解体用ナイフは全て加護付きだ。加護は迷宮品に付与されている特殊な効果であり、迷宮ならば必ずついている訳でもなければ実用的な効果かどうかもランダムとなる。剣がすっぽ抜けづらくなる、といった訳が分からない加護も多い。

迷宮内で宝箱が見つかるかどうかは運次第。その中身が実用品であるかどうかも運次第。更には当然の如(ごと)く、役に立つ道具は手に入れた冒険者がそのまま自身の物にすることもあるのだから市場(しじょう)には滅多(めった)に出回らない。

ジャッジが求める加護は耐久性を上げるようなもの。簡単には手に入らないだろうが。

「よしっ」

手に入らなければ、その時はその時だ。

ひとまず当の商人に会った時に忘れないようにしようと頷き、ジャッジは紙束を引き出しへと戻した。迷宮品を扱う店は大抵そうだが、常に決まった商品を並べている訳でもない。

代わりに並べる品はどうしようか、なんて考えながら倉庫へと向かいかけたジャッジだったが、ふいに響いた来客を知らせるベルの音に猫背気味の背筋をピンと伸ばした。

「いらっしゃいま……」

「こんにちは、ジャッジ君」

「リゼルさん！」

心まで染み入るような優しい声を、ジャッジは喜びを露に出迎えた。

静かに扉を閉めるリゼルへと歩み寄り、その伏せられた瞳が此方を見上げる一瞬を心待ちにする。

なんとなく心が浮足立ちそうになるのは、その瞳に宿る高貴と滲む甘さが自分だけに与えられるのだという喜びからかもしれない。

「昨日は、その、疲れてるのにすみません……はしゃいじゃって」

「俺も楽しかったので、気にしないでください」

可笑しそうに微笑まれ、眉を下げながらも耐えきれずふにゃりと笑う。

王都に帰還したリゼルを喜びのままに門で出迎えたのはつい昨日のこと。離れていた間の出来事をスタッドと競い合うように話す度、その一つ一つを丁寧に聞いてくれるものだから調子に乗ってしまい、移動で疲れているだろうリゼルを半日近く連れまわしてしまった。

「あ、宿、とれましたか？」

「はい、前と同じ宿に」

「そうですか」

ジャッジはほっと一息ついて、そして少しばかり残念に思う。

もし駄目だったのなら新しい宿が見つかるまでの間、店の生活スペースを使ってもらおうと思っていた。店の特性上、ちょっと部屋を増やしたり家具を増やしたりなどは簡単にできる。

「その、あっちでは宿って」

この際だ、と窺うように問いかける。

先日は自身が喋ってばかりでリゼルの話をほとんど聞けなかった。ジルやイレヴンもいるので大勢で雑魚寝をするような宿ではなかった筈だが、リゼルの行動パターンが読めなさすぎて断言ができない。安宿を非難している訳では全くなく、何ならジャッジ自身は何も気にせず泊まるのだが、リゼルが利用するとなると非常に落ち着かない心持ちになる。

「騎兵団の副隊長さんに良い宿を紹介してもらえたんです。食事も美味しかったですよ」

「良かった……楽しかったですか？」

「はい。賑やかな宿主さんもいましたし」

ジャッジは安心したように肩の力を抜いた。

やはりアスタルニアには賑やかな人が多いのだろうかと、異国の話には酷く興味がそそられてしまう。手紙でもそうだったが、リゼルという視点を通して聞くと余計に面白い。

「釣りとかも教えてくれたんですよ」

「？？？」

リゼルと釣りのイメージが繋がらなくて一気に混乱した。

「あっ、そうだ、手紙にも書いたんですけど、新しい本が入ってて」

「ん、ぜひ見たいです」

混乱した頭で何とか話を強引に方向転換させる。

それを気にするでもなく頷いたリゼルに、ジャッジは急いで店の奥から数冊の本を持ってきた。

昨日、リゼルとの久々の再会を堪能した後に用意しておいたものだ。

「何冊かは売れちゃったんですけど……」

「商機を逃さないのは良いことですよ」

褒めるように目元を緩ませるリゼルに、ジャッジもふにゃふにゃと口元を綻ばせる。

ジャッジの店が扱う本は、ほとんどが冒険者から買い取った迷宮品だ。扱うといっても店に並べている訳ではなく、定期的にやってくる専門の業者が買い取っていくことが多い。

「ええと、これが一番最近買い取ったやつで」

「【迷宮内ベストスポット紹介本】。絵画の本版ですね」

「あっ、これなんかリゼルさんが好きそうかもしれません」

「【洞穴の迷宮より冒険者へ愛を込めて】。あ、大規模な罠の図解が凄いです」

「それと……あ、これは、その……ッ駄目です！」

よほど昨日の自分は浮かれていたのだろう。

紛れ込んだ【股間を強打した冒険者達のリアクション集】を必死に隠した。ちなみにこれを持ち込んだ冒険者達は、適当に流し読んでは爆笑したり、顔を青くしながら自らの急所をそっと押さえたりと忙しそうだった。

「ジャッジ君？」

「え、と……これは手違いで……」

不思議そうな瞳を前に、ジャッジは何とか状況の打開を図ろうと視線をさ迷わせる。

「っそうだ、この本を持ち込んだ冒険者さん達がリゼルさんのこと話してたんですよ！」

「そうなんですか？　ちょっと恥ずかしいですね」

疑問には思っただろうが察してくれたのだろう。可笑しそうに会話に乗ってくれたリゼルに安堵の息を吐き、とんでもない本を持ち込んでくれた冒険者達のことを思い出す。

「どんなことを話してました？」

「え、と……向こうでも魔物図鑑読んでるのか、とか」

「読まれてますね」

ほのほの笑うリゼルに、ぱちりと目を瞬いた。

「じゃあこの二冊と、あと今日は鑑定もお願いしたくて」

「あ、はい！」

ジャッジは手早く本を片付け、鑑定の準備を整える。

作業台の上に白い厚手の布を広げ、エプロンのポケットに入れてあるモノクルを身に着ける。細いチェーンが奏でる細やかな音も、頬を撫でる感覚も慣れ親しんだものだった。

そして、白い手袋を嵌めた手首に巻かれた時計の感触も。毎日着けているのだから当然だ。

「迷宮品、ですよね」

「はい」

準備が整ったことを伝えるように問えば、頷いたリゼルが一つ二つと品を並べていく。

リゼルが持ち込む鑑定品には、ジャッジであっても滅多に見られないものも多い。分かりやすく凄くて希少なボス素材、深層の隠し部屋から手に入る謎の迷宮品、あるいは冒険者が手にするには違和感のあるティーセットやテディベアなどの高級品。

「（実用的ではあるんだけど……）」

冒険者的な意味では決してない。

リゼルがそれを不満に思っていることは知っているので、心の中で思うに留めるが。

「この三つ、お願いして良いですか？」

「あれ……これだけ、ですか？」

「他はアスタルニアの鑑定士にお願いしたので」

つまり、アスタルニアの鑑定士では判断できなかった品だけ。

それを自身ならば鑑定ができると当然のように思われている事実に、ジャッジは思わず緩みそうになる頬を懸命に引き締める。耐えきれていない気がするし、喜んでいるのはバレていそうな気もするが、当然のように思ってくれているなら当然のようにこなしてみせたかった。

「これが書庫の迷宮で出た踏破報酬で」

リゼルが一つずつ指さしながら解説してくれる。

一つ目は、掌で握れるサイズの黒い魔石。

「こっちがその迷宮のボス素材で」

二つ目は、明らかに人のサイズではない大きなモノクル。

「これは水中遺跡みたいな迷宮のボス素材です」

最後は、隙間なく細やかなカットが施された子供の拳大の宝石が二つ。

ジャッジはそれらをまじまじと覗き込む。珍しいものばかりだな、と宝石の一つを手に取る。

「凄い、見たことないものばっかり……」

「やっぱりボス素材は出回りませんか？」

「はい、希少なのは勿論ですけど、その迷宮からしか出ないので」

ボスというのはその迷宮の固有種だ。

よって迷宮の数だけボスが存在し、他の迷宮でその姿を見ることはない。その素材ともなると辛うじて迷宮のある国で出回るのみで、他国まで流れてくることなど滅多になかった。

「お爺様の所では、幾つか見たんですけど」

「流石（さすが）インサイさんですね」

広い人脈を持ち、数多（あまた）の商品を扱う祖父がそれらを見せてくれた時のことを思い出す。

ボス特有の素材は綺麗（きれい）で強くて不思議で、毎日見ていても飽きないなと目を輝かせたものだ。とはいえ今はリゼル達パーティのお陰でポンポン見せてもらえているのだが。

「これは……エレメント核、でしょうか。でも凄い品質ですね」

ジャッジは瞬（まばた）きもせずじっと宝石を眺め、鑑定を終える。

「はい。アスタルニアの〝人魚姫〟、聞いたことないですか？」

「えっと……あっ、絶対攻略できない迷宮がそんな、名前じゃ」

言いかけた言葉が手に持った品と盛大に食い違った。

思わず語尾が消えるも、すぐに気を取り直す。何せリゼル達なのだ。不可能を可能にすることを得意とする相手が三人も揃っているのだ。迷宮踏破の一つや二つ、今更何だというのか。

深く頷き、酷く納得を示してみせる。何故か不思議そうに見られた。

「そういえば、魔石とエレメント核だとどっちが高価なんですか？」

「それは……うーん、どっちも色んな要素で値段が変わってくるので……」

ふいに問いかけられ、ジャッジは悩むように眉尻を落とす。

手にしたエレメント核を布の上に置き、店の棚に並ぶ魔石へと視線を流した。

「エレメント核の〝熱を加えれば不定形〟って性質は強いですよね」

「はい、なので良い物だと装備に加工できて、冒険者人気は高いと思います」

多くの魔力を蓄えたエレメント核を施された装備は、魔力の影響を受けにくい。それを利用して魔力属性のついた武器であったり、対魔力の性質を持つ防具は作られている。

迷宮深層で手に入る核でもなければ効果は微々たるものだが、売って良し、装備を強化しても良しで、冒険者達が積極的に手に入れようとする素材の内の一つだ。

「でも魔力の出し入れはできないし、需要が高いのはやっぱり魔石なので……」

とはいえ、どちらに高値がつくかと聞かれるとやはり難しい。

「どちらも合わせて品質が良いほう、でしょうか」

「成程」

納得したように頷いたリゼルに、上手く説明できたようだと肩の力を抜く。

「これだけ質が良いものなら、一つで金貨八十枚はつくと思います」

「流石、ボスの素材だと良い値がつきますね」

「もし二つ一組に意味があるなら、二つで二百くらいつくかも……」

「じゃあ二百ですね」

頑張って手に入れた素材だ、その価値が高いというのは素直に嬉しいのだろう。

機嫌が良さそうにエレメント核をつつくリゼルにジャッジも嬉しくなりながら、ふいに浮かんだ疑問を口にする。二つ一組がデフォルトの魔物素材というのは珍しい。

「これ、素材なんですよね……何処の部位なんですか？」

「目玉です、人魚姫の」

目玉かぁ、と少しばかり遠い目になりつつエレメント核を仕舞うリゼルを眺めた。

リゼルから鑑定を依頼されることはあれど、買取を頼まれたことはない。売る際はジャッジが書いた鑑定証を持って冒険者ギルドに売るらしいが、それも滅多にあることではないようだ。

空間魔法がなかったらどうしていたのだろう、なんて思いながら次の鑑定品へと触れる。

「えっと、このモノクルは」

「あ、それはボスが着けてたんですよ」

「へぇ……魔物素材でモノクルなんて、初めて見ました」

オシャレな魔物だと感心しつつ、巨大なモノクルを目の高さまで持ち上げる。

人の顔よりも大きなモノクル。ジャッジはそれを着けていたのが巨大な蜘蛛で、しかもそこから自分を連想されていたことなど当然知らない。

「美術品としての価値も高そう」

呟きながら、手袋越しに握っている銀フレームを指でなぞる。

細やかな細工が施され、同じく銀のシンプルながら繊細な飾り細工で飾り立てられていた。チェーンはないものの、飾り細工には宝石のような魔石も添えられていて美しい。

重厚な額縁にベルベット地で飾れば、類似品のない一点物の美術品として一線を画す魔物素材となるだろう。しかし、ただ美術品にしてしまうには気にかかる点が一つ。

「そこ、魔石ですよね」

「そうなんです、そこが気になって……」

リゼルの疑問にジャッジも小さく首を傾げる。

普通の宝石ではなく魔石、ならば何らかの魔法的効果があるのかもしれない。モノクルを挟んだ向こう側から、リゼルの指がそっと魔石に触れるのがレンズ越しに見えた。

レンズといっても度は入っていない。本当に魔物のオシャレの為だけの品なのか。

「リゼルさんは、その、魔力を流してみたりとか」

「してみました。でも、何も変わらなかったです」

良ければ、と促されてジャッジも自身の魔力を流し込んでみる。

瞬間、視界に違和感があった。瞳に映る光景が滲んだ気がして瞬きを繰り返すも何かがおかしい。その内、レンズ越しのリゼルの服が少しずつ、透け。

「うわあぁぁぁぁ!!」

「わ」

顔を青くしたり赤くしたりしながら勢いよくモノクルを持ち上げた。

同時にジャッジとリゼルの間に瞬時に何かが現れる。それは天井と床から生え、ガチリと噛み合った木目の鮮やかな壁だった。ジャッジの視界から完全にリゼルが消える。

完全に無意識のそれに、我に返ったジャッジは慌てて壁を迂回(うかい)した。

「す、すみませんすみません！　リゼルさん、大丈夫でしたか!?」

「大丈夫ですよ」

天井と床に引っ込んでいく壁を興味深そうに眺めるリゼルに平謝りする。

王座の性質を考えれば、目の前のリゼルが傷つけられることは無意識だろうが決してないのだがそれはそれ。驚かせてしまったかも、と申し訳なく思いながら落ち着かせるように頬を撫でてくれる掌の感触を享受（きょうじゅ）する。

「何かありました？」

「あ、それが」

問いかけられ、ジャッジは言葉を詰まらせた。決して覗かないように胸元に抱え込んだモノクル、それをチラリと見下ろして恐る恐るリゼルへと視線を戻す。

反応を見るに、反対側からレンズを覗き込んでいたリゼルは何も見なかったのだろう。ならば何と説明すれば良いのか。いっそ逃げ出したいが、鑑定結果はきちんと説明しなければ。

ただ一つ釈明（しゃくめい）させてもらうなら、肌は一ミリも見なかった。上着一枚分透けただけだ。

「何、か……っというか、その……！」

そう、上着が一枚透けただけだ。リゼルはきっとそれを告げられても「へー」で終わるだろう。

だがそれを分かっていても言い出しづらいものがある。

「ジャッジ君？」

少し心配そうに見られているあたり、今の自分は物凄い顔色をしているのだろう。

ジャッジは覚悟を決めた。別に後ろめたいものはないと、勢いづけるように口を開く。

「こ、こっちから見るとリゼルさんが透けまして！」

「ゴーストみたいにですか？」

「ごめんなさい違います！」

混乱しすぎて言葉が足りなすぎた。

鑑定品の説明をする鑑定士がこれではいけない。気を取り直し、モノクルを裏返してみせる。

「えっと、魔石に魔力を流してみたら、僕からはリゼルさんの上着が一枚透けて見えて……」

「へぇ。こっちからは何も変わらなかったんですけど」

やっぱり、と頷いてジャッジは混乱で熱を持った頬を冷ますように息を吐く。

「なら単純に、裏か表かの問題で……魔力量で何かが変わる、とかもなさそうですし」

言いながらモノクルを差し出せば、リゼルは興味深そうにそれを受け取った。

そして魔力を流して試しているのだろう。目の前に翳したモノクルを、店を見回すようにゆっくりと移動させている。それを此方に向けないのが酷くリゼルらしくて、ジャッジはゆっくりと心を落ち着かせることができた。

「成程、壁一枚分向こう側が見れるんですね」

「そう、だと思います」

例えば花瓶を見れば、表を向いている面が消えて反対側の裏面が見える。

蓋のされた箱ならば蓋が消えて中身が見えるし、本ならば表紙が消えて目次が見える。

先程リゼルを覗いた際、装備の一枚だけ消えたのは流石迷宮品としか言いようがなかった。肌の露出した顔は少しも変わらないという絶妙な空気の読み方だ。

「これを迷宮に持って入れば、壁の向こう側が見れるんでしょうか」

「迷宮だと、微妙だと思います」

迷宮ではどんな強者であっても迷宮の在り方に従わざるをえない。

傷一つつかない壁を相手に壁抜きなどできないし、不可避と定められた罠を避けることもできない。そういったルールを覆す迷宮品があるなどジャッジも聞いたことがなかった。

もしモノクルが使えてしまえば、隠し部屋さえ容易に発見できるようになってしまう。

「そうですね。消えるまでのタイムラグもあるし、あんまり実用性はないのかも」

「冒険者の方にとっては、そうかもしれません」

「生かし方にもよるんでしょうけど」

門番が積み荷チェックには重宝するかもしれないが、それだけだ。

それ以外ではろくでもない使い方をされそうなので、機能は秘匿して美術品としての価値だけを前面に出したほうが良い。それでも十分に高値がつくだろう品なので、世に出す時には極上の額を用意してみせようとジャッジは密かに決意した。

「それで、これなんですけど」

「これ、ですよね」

モノクルを作業台に置いたリゼルの言葉に、これかぁと悩むように眉を下げる。

見た目は小さな魔石だ。色は光すら吸収しているかのような漆黒、球ではなく平面なのではと見間違えそうになるほどに黒で塗りつぶされている魔石だった。

「触ってみますね……」

「はい」

ジャッジは大きな掌でそれを握りこみ、凹凸を探すように手の中で転がした。

次いで魔力を送り込んでみる。強く弱く。五本の指先それぞれから。そして二本から、三本から、四本から、指全てで。普通の魔石ならば中心から広がるように魔力が満ちていく筈だ。

しかし、これは。

「魔力が、溜まらない？」

「そうなんです。でも素通りもしてませんよね」

「はい、魔力の伝わり方も、確かに魔石なんですけど」

手にした魔石を光にかざしてみる。

そこだけ世界を切り取ったかのように塗りつぶされた黒。光が透けることもない。

流し込んだ魔力は決して魔石から漏れていない。ならば何処に行っているのか。見えない内部を見とおすように、ジャッジはモノクルの奥にある瞳を大きく開いたまま固定した。

「これ、溜まらないんじゃなくて、薄く広がってる……？」

ポツリと呟き、再び魔力を流し込む。

「魔石、石……そもそも石じゃない、のかもしれません」

「魔力を溜め込む〝何か〟っていうことですか？」

「はい」

かざしていた魔石を下ろし、差し出されたリゼルの手にそれを載せた。

魔石とは、その名のとおり石の一種だ。魔力を溜め込む性質を持った石。注いだ魔力はその質量を囲いに留まり、質量に対してどれほどの魔力を溜め込めるのかが魔石の品質を左右する。ただ大きいだけでは意味がない。

「囲いを越える、というよりは囲いがないんですね」

「はい、その、仕組みまでは分からないんですけど」

「こうして形があるのに、不思議ですね」

感心交じりにそう告げるリゼルに、ジャッジは密かに感動を噛みしめた。

一から十まで説明せずとも一言で理解してくれる有難さ。鑑定では何故その価格なのか、どれほど詳細に説明しても納得してもらえないことが多々ある。大抵が依頼人の予想より低価格を示した時で、特に最近はその手の鑑定が多かった為に感動も一入(ひとしお)だった。

「あ、これ……?」

「ジャッジ君?」

ふいに気付く。

「空間魔法に、似てるかもしれません」

口にすれば、見下ろした先のリゼルがぱちりと一度瞬いた。

何かを思案するようにその視線が流され、無言のままで数秒。ジャッジは急かすことなく待ちながら、外したモノクルをエプロンのポケットにそっと落とした。

「んー……今は何とも言えないです」

微笑んだリゼルに、釣られるようにふにゃりと頬が緩む。

「また何かあれば、見せてください」

結論を出す手伝いができたなら良かった、と慣れた手つきで手袋を脱ぐ。鑑定終了だ。

「あ、そういえば」

思い出したように告げるリゼルに、どうしたのかと首を傾げる。

迷宮品をポーチにしまった手が、代わりの何かを摑んで出てくるのが見えた。

「お土産、買ってきたんですよ」

「えっ、僕に、ですか？」

「勿論です。気に入ってもらえたら嬉しいんですけど」

そうして作業台に置かれたのはフロッキング調の平たいケースだった。

まるで上等なネックレスを包み込んだジュエリーケースのようで、側面に小さなシルバーの蝶番がついている。蓋の片隅には小さくジャッジの名前が刻まれていた。

「こ、これ、開いても」

「どうぞ」

優しく促され、ジャッジは震えそうになる指先を伸ばした。

いっそ恭しさを感じさせるようにケースを持ち上げ、慎重に蝶番の留め具を外して蓋に手をかける。少しずつ力を籠めれば微かな抵抗があり、小さな反動と共に蓋が開いた。

目に飛び込んできたのは真新しい白の手袋。

「なるべく今の物に似せて仕立ててもらったんですけど、使いにくければ」

「使います！」

思わず声を張り上げてリゼルの言葉を遮ってしまう。

だが止まらなかった。喜びと感動と、様々な感情が入り交じった衝動のままに言葉を紡ぐ。

「今使ってるのは指先の生地が薄くなってたし、凄く嬉しいです……っ」

目元が熱い。視界がゆらゆらと揺らぐ。

会えなかった分だけ募った寂しさもあったのだろう。自分でも何故これ程にと不思議に思うほどに溢れだした感情を止められなかった。閉じたケースを握った手に力が籠もる。

久々に与えられたのだと、土産とは別のところで何かが満たされるのを感じた。

「そんなに喜んでもらえると、選んだ甲斐があります」

揺らいだ視界の先に、甘く綻んだアメジストがあった。

伸ばされた指が熱を孕んだ目元を撫でていく。慰めるような優しい指先が今のジャッジには冷たくて心地よくて、どうしようもなく乱れた鼓動がゆっくりと落ち着いていく。

「アスタルニアでも鑑定はしてもらったけど、やっぱりジャッジ君が一番でした」

「あ……」

「またこれから、よろしくお願いしますね」

ジャッジは目を見開き、そして心のままに幸せそうに破顔した。

リゼルの評価は情で左右されない。贔屓はない。必要がなければ決して嘘もつかない。だからこそ、認めてもらえているということが何よりも嬉しい。

「こちらこそ、よろしくお願いします」

頬を覆うようにあてられているのは、少しも冒険者らしくない掌。

ほんの微かに頬を押しつけてみれば、慈しむように撫でられる。少しの躊躇いの後、甘えるように背をかがめることができたのは許されるのだと知っているからだ。覚える気恥ずかしさには気付かないフリをして、ジャッジは暫くその心地好さを享受していた。


つい長居をしてしまったな、とリゼルは夕焼けに染まる空を眺めながら苦笑する。

王座の恩恵を受けた店、その主であるジャッジが此方を受け入れてくれているからか随分と快適に過ごせてしまうのだ。喜んでくれるし良いことだけど、などと考えながら開けっ放しの宿の扉を潜った。

「おや、おかえり。リゼルさん」

「有難うございます」

気付いて歩み寄ってきてくれた女将から鍵を受け取る。

「そういえばあの子が〝ギルドに行く時は呼んでくれ〟って言ってたよ」

「イレヴンがですか？」

「昨日は泊まる泊まるってうるさかったのに平然としちゃってねぇ」

鍵が預けられているならばそうだろうと思ったが、既に宿を出て行ったようだ。

そもそもリゼル達にとって、同じ宿で別の部屋をとるのと宿ごと違うのとは大した差でもない。

あっさりと去っていったというのなら、昨晩に彼が不平不満を零した理由は朝に予想したとおりなのだろう。

「あの子の気まぐれは全然治らないね」

笑いながら告げた女将に、リゼルは可笑しそうに同意を返した。

135.

徐々に賑わいを強める早朝の街並みを歩く。

人の声が増え、物音が増え、馬車が行き交う音も増え、少しずつ目を覚ますには心地好い。働き盛りの漁師達のお陰で日が昇ると同時に活気づいていたアスタルニア、それとは違った趣を、離れて初めて気付くこともあるのだとリゼルはしみじみと感じ入った。

「昨日は早速迷宮ですか？」

「いや、色々」

隣を歩くジルを窺う。

煙草でも買いに行っていたのだろうかと相槌を打ち、ならば今日が記念すべき王都での冒険者生活の再開日かと頷いた。それは共に冒険者ギルドへと向かっているリゼルも同じ。

「君は王都の全迷宮を踏破してそうですね」

「面倒くせぇとこは飛ばしてる」

「あ、成程」

強すぎるギミック要素を持つ迷宮では、バランスをとるように魔物が弱体化することがある。魔物に手応えを求めるジルでは、わざわざ手間をかけて進もうとは思えないのだろう。

「同じ迷宮ばかりだと飽きませんか？」

「別に。入る度に変わんだろ」

「それはそうですけど」

久々だしと付け加えられ、そういうものなのかとリゼルは納得した。

そんな二人の姿を人々は擦れ違う度に目で追う。以前に王都にいた頃には落ち着き始めていた筈のそれも、久々に顔を見たとあっては意識せずとも視線が囚われてしまうのだろう。貴族然としている為に視線を集めるリゼルだけでなく、最強の噂を知る冒険者の視線は好奇や羨望、あるいは敵意など様々なものを含んでジルへと向けられていた。

とはいえそれらを一切気に留めない二人にとっては気付いていないのと同じこと。気にせず雑談に興じている。

「俺は昨日、ジャッジ君の所に行ったんですよ」

「へぇ」

「鑑定もしてもらいました」

「あれどうなった、黒い魔石」

「あれはよく分かりませんでした」

珍しいこともあるものだ、と話す二人のジャッジの鑑定に対する信頼は厚い。

ジルだって王都にいる間はジャッジの店に鑑定を持ち込むし、リゼルが自力で辿り着いていなければ彼の店を紹介することにもなっていただろう。

「でもモノクルは分かりましたよ」

「ああ、あれか」

「美術品かと思ってたけど、魔道具でした」

その言葉に、ジルが怪訝(けげん)そうな視線を寄越した。

それもそうだろう。実際に蜘蛛のボスを倒した後、素材として入手したモノクルだったり糸だったりを三人はしっかりと確認している。ボス討伐(とうばつ)後の最深層は迷宮内唯一(ゆいいつ)の完全なる安全地帯となるので、素材を手にのんびりと活用法などを話し合うことが多い。

モノクルも例に漏れず、何に使えるのかとリゼルが魔石に魔力を注いで確認したのだ。

「反応しなかっただろ」

「あれ、ただレンズの向きが逆だったみたいで」

「あー……」

「正しい方向から見たら、俺の服が消えたそうです」

ジルが真顔でリゼルを見る。

「障害物を一つ見通す効果でしょうね。俺だと服一枚、本だと表紙が消えましたし」

服一枚でも酷く動揺したであろうジャッジにジルは同情した。

もし服が透けたのがリゼル以外なら一瞬呆然とするだけで済んだだろうに、この無駄に清廉高貴な男の所為で持たなくても良い罪悪感を抱いただろう事実は想像に難くない。

「使い道ねぇな」

「そうですね」

あらゆる悪事への利用を想定しながらも、冒険者として実用性なしと断じたジルにリゼルも同意する。どちらにせよ悪用する予定もなければ、悪用しそうな人間に譲る予定もない。

二つもあるのにどうしようとは思うが。

「ジル、一ついります?」

「いらねぇ」

売れば大金となる迷宮品に対して何とも気楽な会話を交わしながら、二人はギルドの扉を潜った。

王都の冒険者ギルドはアスタルニアに比べれば格式高い外観をしているが、中にひしめくは何処の国でも然して変わらぬ荒くれ者共。何を気負う必要もない。

しかし周りはそういう訳にもいかなかったのだろう。ギルド内が騒めいた。

「一刀だと……」

「お、貴族さん本当に帰ってたのか」

主にジルに反応するのがリゼル達の不在中に王都を訪れた面々だろう。

そしてリゼルに反応するのが以前から滞在する冒険者達だ。拠点の移動が年単位である冒険者も珍しくはないので、朝一番で混み合う今ではそれなりに見知った顔も見えた。

「今日、何の依頼を受けるんですか？」

「Aの討伐が理想だな」

今日は思い切り戦いたい気分なのだろう。

魔鳥車(まちょうしゃ)での移動中は趣味の迷宮巡りもできなかったし、と納得してリゼルも依頼ボードへと歩を進める。そのついでに警告ボードを見ようとし、そして此方にはないのだと思い直して小さく笑った。いつの間にか習慣となっていたのだろう。

ちなみにリゼルは見ていないが、実は魔鉱国(カヴァーナ)にだけは似たようなものがある。

「何」

「何でも」

笑みを零したことに気付いたのか、怪訝そうなジルの視線に可笑しそうに首を振る。

そして人込みを縫(ぬ)うように辿り着いた依頼ボードを見上げた。ランクごとに纏められ、等間隔に並んだ依頼用紙はとても見やすい。ぽつりぽつりと空いている紙一枚分の隙間の数だけ依頼を受けていった冒険者がいるのだろう、早起きだなとリゼルは内心で感心していた。

「Sは相変わらずないですね」

「そりゃな」

依頼ボードの中でも極々(ごくごく)狭いSランク用のスペースには一枚も依頼用紙がない。

それ程までに困難な依頼など滅多に来ないし、相応の報酬を払える依頼人が少ないからだ。

「じゃあ俺は色々見てきますね」

「ああ」

Aランクに目を通し始めたジルに別れを告げ、リゼルは混み合う依頼ボードの前をうろうろと移動する。元々、今日のリゼルに依頼を受ける気はない。離れている間に依頼内容に変動がないか、依頼人に変化はないか、それを確認したくて多くの依頼が残る早朝にギルドを訪れたのだ。

「(高ランクは変わらないけど、低ランクが増えたのかも)」

Eランクの依頼ボードを占める割合が心なしか大きくなっている。

冒険者は自身のランクの一つ上のランクまで依頼が受けられる為、最下位ランクであるFの依頼を受ける者は少ない。ギルドもそれを考慮し、Fランクの中でもE寄りならば無理矢理Eランクにしてしまうので元々多めなのだが、それを踏(ふ)まえても増えている気がした。

「(Fもかな)」

ひしめく冒険者達の間を器用に縫うように歩きながら、もといリゼルに気付いた冒険者が驚いたり慣れきったりした対応で開けてくれた隙間をよいしょと進んでいきながら、リゼルは下位ランクの依頼ボードの正面へと辿り着く。

冒険者達が依頼を選ぶ喧騒(けんそう)を聞き流しながら、貼りつけられた依頼用紙を覗き込んだ。

「(討伐、採取、雑用……雑用が増えた？)」

荷運びや設営、変わりどころでは試食などが雑用系に分類されるのだが、そういった人手目当ての依頼が多種多様になっている。一般の人々がギルドを利用しやすくなったのだろう。良いことだ、と一人頷きながらひととおりの依頼に目を通す。

そしてキープしておきたい依頼がないのを確認して、あまり依頼ボードの前を陣取るのも申し訳ないと早々にその場を離れた。人混みから抜け出し、そして解放感に一息つく。

「よう、元気そうだな」

その時、ふいに横から声をかけられた。落ち着いた渋みのある声にそちらを向けば、いかにも熟練の風体(ふうてい)を持つ冒険者が立っている。以前から王都で活動している顔見知りの冒険者で、相手のパーティに魔法使いがいるということもあって何度か話したことがあった。

確かBランクだった筈だと、諸々(もろもろ)の記憶を思い出しながら友好的に微笑む。

「お久しぶりです」

「どうだった、アスタルニアは」

「魚が美味しかったです」

「……そうか、良かったな」

遠い目をする相手に、リゼルも笑いながら髪を耳にかけた。ほんの冗談だ。

「特に変わったことはなかったですよ。あそこは賑やかですね」

冒険者は常に他国の情勢を気にかけている。

特に、向かおうと考えている国に関しては情報が多いに越したことはない。誰しも厄介事(やっかいごと)に巻き込まれたくはないし、何かあれば依頼数や報酬などにも露骨(ろこつ)に影響が出るからだ。

その辺りを聞きたくて投げかけた質問に対し、まさかのグルメ情報が返ってきた冒険者はリゼルならば本気で言っていてもおかしくはないと全力で真に受けていた。彼らの中のリゼルは未だに冒険者になりきれていない。

「あんたには煩かったろ」

「いえ、とても楽しかったです」

「スキンヘッドのおっさん、まだ居たか？」

「ラリアットが得意な方でしょうか」

「それだ、それ。相変わらずやってんだな」

アスタルニアで活動したことがあるのだろう。傷のある頬を歪めて笑う冒険者が内心で「できればリゼルの口からラリアットの単語を聞きたくなかった」などと思っていることを、土産話を楽しむリゼルは知る由もなかった。

「あ、でも」

リゼルはふと、思い出したように口を開く。

「サルスからの入国は、暫くチェックが厳しくなるかもしれません」

冒険者が笑みを消し、怪訝そうに眉を寄せる。

彼は太い腕を組んで視線だけでザッと周囲を窺い、同じく何かあったのかと注意を向ける冒険者らを視界にとらえた。他国の情勢については情報の独占に利益もなく、お互い様だと共有されるのが暗黙の了解。聞かれて問題のある面子がいないことだけを確認した。

「キナ臭(くせ)ぇな。何かあったか」

「サルスからの客人が何かやらかしたみたいで」

「冒険者か？」

「いえ、関係は全く」

噂程度に留めるならば問題ないだろう、リゼルは平然と口にする。

シャドウも何処からか情報を仕入れていたとおり人の口に戸は立てられない。使者まで交わしているのだから噂が流れるのも時間の問題だ、冒険者の情報交換の範囲には留めるが。

「冒険者じゃなけりゃあ、俺らにとっちゃ大した問題じゃねぇな」

肩を竦(すく)め、冒険者がやれやれと首を振る。

「そういうものなんですね」

「そういうもんだろ」

そういうものなのか、とリゼルは感心したように頷いた。

すると男のパーティが手続きを終えたのだろう、列のできている依頼窓口から近付いてくるのが見えた。此方に気付いたのか、一瞬驚いたものの手を上げて挨拶(あいさつ)してくれる。

「お、そろそろ出発か。情報ありがとな」

「いえ、お互い様なので」

「ははっ、冒険者らしくなりやがって」

冒険者はニヒルというには少しばかり嬉しそうに笑い、腰につけた剣の鍔(つば)を鳴らしながらメンバーの元へと去っていった。それを見送り、リゼルも依頼窓口のほうへと視線を向ける。
一言スタッドに声をかけたいのだが当分は忙しそうだ。急いでもいないので手が空くのを待っていようと、同行者勧誘だったり勧誘され待ちだろう冒険者達がちらほらと見えるテーブルへと足を向けた時だ。

「おいおいおい居んじゃん貴族ー!!　冒険者らしくってガチで冒険者なワケぇ？」

酷く抑揚のある溌剌とした声がギルド内に響く。

「貴族って冒険者なれねぇんじゃん？　これってアレっしょ、おーしょーく！」

ふと視線を向けた先では、どうやら他所から王都に来たばかりの冒険者なのだろう。

年若い三人組のパーティが煽るような笑い声をあげて此方を見ていた。どうやら拠点移動の手続きの真っ最中らしく、スタッドが書類片手に彼らの対応をしている。

「こちらのギルドの利用は初めてという事で説明をさせていただきます。まずは」

「そーゆーとこギルドってケッコー適当なんだ？　がっかりぃ」

「基本的な規則は他ギルドと変わりません。ただしパルテダールでは憲兵の冒険者捕縛が現行犯に限り認められており」

「どんだけ金積んだんだっつー話じゃん？　ワンランクアップ幾らぁ？」

「その際は冤罪を除き一切の抵抗を認められず、当ギルドも庇うことがないことを」

「つか止まって？　え、俺ら今……ちょ……話してるから……止まっ……」

「その際の処分についてですが」

スタッドが止まらない。彼は説明義務に則って相手が聞いてなかろうが何しようがあらゆる手段をもって説明しきるだろう。淡々とした口調での流れるような説明が、若者らの幾度目かの懇願にようやく途切れる。

「何か質問でもありましたか」

「じゃなくてさぁ。今しゃべってんだけど」

「私も話していますが」

「……うん、此処ってこんな感じ？」

脅すような言葉に、返されるのは一切動かない表情と絶対零度の瞳。

押されるように及び腰になっている姿を何となく眺めているリゼルに、気を取り直すように彼らは再び視線を向けてきた。軽薄そうな瞳が厭味ったらしく歪められるが、それとは比べ物にならない程にタチの悪い瞳が身近にあるのだ。何を思うこともなく、どうしたのかと小さく首を傾けてみせる。

「てか何関係ねーみてぇな顔してる訳？　き・ぞ・く・さ・ま」

「あ、俺のことだったんですね」

他に誰が居るというのか、思わず言葉を失った若者達に周囲からの同情の視線が集まる。同じくリゼルを知らない面々は、そんな若者らと似たような表情を晒しているが。

「そんなに貴族に見えますか？」

ゆるりと穏やかに、あるいは微かに楽しそうな色を滲ませた瞳をリゼルは緩めた。

内容はどうあれ、喧嘩を売られるなど冒険者らしくなったものだと嬉しくなる。アスタルニアでより冒険者として成長できたのだろうという感慨深ささえあった。内容はどうあれ。

「まさか隠してんの？　それで？　バレッバレじゃん！」

それにしても元貴族だと見抜けるなんて洞察力があるなと、そう感心しているリゼルの姿に周囲は何故そうなったと内心で突っ込まずにはいられなかった。そんな物言いたげな視線に囲まれながら、リゼルはふと良いことを思いついたとばかりに年若い冒険者達を見る。

「そんでどんだけ金積んだんですかー？　何、黙るとか図星？　図星？」

リゼルはじっと彼らを見ている。

「金で買えないものはありませーんって？　恥っずかしー！」

リゼルはじっと彼らを見ている。

「黙るくらいなら声聞かせてよー。ね、ね、ほら早く言い訳ぇ」

リゼルはじっと彼らを見ている。

「つか聞いて……え、何？　凄ぇ見られ、え、怖ぇんだけど、おいどうなってんだよ」

「俺に言うなって！　何、パルテダってこんなんばっか、ちょ、怖い怖い怖い」

リゼルはじっと彼らを見ている。

年若い冒険者達の言葉に、周りの冒険者も「現ギルド内におけるマイペーストップと一緒にするな」と思いつつ怪訝そうにリゼルを窺う。冒険者同士の悶着が起こっているとは思えない、何とも言えない奇妙な空気がギルド内を満たした。

「おい」

それを打破したのは現ギルド内マイペースナンバースリー。今まで普通に依頼を受ける手続きをしていて普通にそれが終わったジルだった。混んでいたから時間がかかった。

「ジル」

「何してんだ」

「ガンをつけてます」

「アホ」

リゼル渾身の冒険者アピールはジルに一瞬で切り捨てられた。

そんなジルの視線がリゼルと相対している年若い男達へと向けられる。まさかの一刀の登場に愕然とした表情の三人は、ひたすらにリゼルとジルの顔を見比べていた。

それを興味なさそうに一瞥したジルがリゼルを見下ろし、促す。

「行くぞ」

「そうですね。スタッド君と少し話せれば、と思ったんですけど」

元々は既に解散していたようなものだったが、此処に居ても面倒だろうと声をかけてくれたのだろう。リゼルはジルの気遣いに感謝しつつ、先程からこちらを窺っているスタッドを見た。何の感情も宿さないようなガラス玉にも似た瞳が瞬きすら惜しみながら凝視してくるのに、あれはちょっとショックを受けてるなと宥めるように目元を緩めてみせる。

「君のお気に入りの店で待ってますね」

休憩時間にでも、とは言わずとも伝わるだろう。

約束の押しつけのようだが決してそうではない。スタッドが滅多にとらない休憩をとって来てくれることも、それを自ら望んで行ってくれるだろうこともリゼルは知っている。

「分かりました」

「じゃあ、また後で」

常に即答のスタッドにしてはやや返答に間が空いた気がした。

微かな違いであるそれに気付き、リゼルは不思議に思いながらも表には出さずに手を振る。対応中の冒険者が何時までも余所見していては仕事も捗らないだろうと、呆然と此方を見る若い冒険者達へも軽く別れの挨拶を告げた。そのままジルについてギルドを出る。

ギルドを訪れる前より人通りの増えた大通りを二人は再び並んで歩き始めた。

「お前な、早速絡まれてんじゃねぇよ」

「俺の所為じゃないです」

呆れたように告げられた言葉に、リゼルは不服そうにジルを見返した。

全く以て遺憾である。リゼル自身は日々冒険者として精進しているというのに。

「やっぱり『表に出ろ』のほうが良かったでしょうか」

そんなことを真剣に悩むから冒険者と思われないのだと、ジルはそう思いつつも口を噤んで視線を他所へと放り投げる。優しさからではない、今更だからだ。

「にしても流したな」

「ん？」

「いつもはもっと遊ぶだろ」

まるで面白がるように目を細めて告げるジルに、リゼルはぱちりと目を瞬いた。

普段もそれなりに流してはいる筈だが、言われてみれば相手の期待に応えることも多いかもしれない。元の世界ではこういった絡まれ方をしないので新鮮で少し楽しいし、と言えば趣味が悪いと言われてしまいそうだが。

「あの子たちは良い子だったじゃないですか」

リゼルは可笑しそうに笑い、心地好い風に揺れた髪を耳へとかける。

「あ?」

「俺のこと、貴族だって勘違いしちゃっただけでしょう?」

その点に関しては若い冒険者達に一切の非はないと誰もが断言するだろう。ジルもそれには何ら反論がないし、むしろリゼルの所為だとすら思っている。

リゼルも勘違い自体は「まぁ向こうじゃ貴族だし」と気にしない。不思議には思うが。

「貴族が規則を無視して冒険者になるのが嫌、それを許すギルドに幻滅、当然のことです」

「まぁな」

「冒険者ランクを金で買うのを恥ずべき行為だと訴えていたし、彼らにも冒険者としての矜持があるんでしょうね。同じ冒険者として俺も誇らしかったです」

だからこそ彼らに認めてもらおうと冒険者アピールをしたのだが盛大に失敗した。

リゼルに何かを失敗したという自覚はないが、何か違ったんだなとは思っている。

「褒めて伸ばすにも程があんだろ」

「叱るべきところも特にないでしょう」

リゼルは当たり前のようにそう口にした。

あの煽るような口調だけはいつか敵を作りそうだとは思うが、それだけだ。

「君を手放せと言われた訳でもないですし」

付け加えるように告げたそれは酷く何気ないものだった。

非を咎められようと的を射ていれば受け入れる。勘違いならば正せば良い。自らの理想を押しつけるような真似さえされなければ、リゼルは何を気にすることもない。

「それこそ流せよ」

「有り得ないから？」

「アホ」

意地が悪そうに唇を歪めたジルの手が持ち上げられ、その甲がリゼルの額を弾く。

相変わらず良い音がする割に少しも痛くない。リゼルは離れていく掌越しにジルの灰銀の瞳と視線を交わし、互いに戯れるように外す。

「あ、俺こっちです」

「ああ」

「行ってらっしゃい」

そしてジルは門へ、リゼルは路地へと背を向け歩いていった。

懐古的(かいこてき)で落ち着いた空間では、深く息を吸うと微かにコーヒー豆の薫(かお)りがする。

窓から差し込む光だけで充分なのだろう、他に光源のない店内だったが何処にいようと不思議と薄暗さは感じない。心を休めるには最適だと思わせる、そんな雰囲気だった。

その店の窓辺に腰掛け、リゼルは一冊の本を読んでいた。

「……」

店長の靴音しか聞こえない店内に、時折ページを捲(めく)る音が混じる。リゼルの前には飲み終えたコーヒーカップが置かれ、来店からそれなりの時間が経過していることを示していた。

ふいに柔らかなベルの音が静寂を仄(ほの)かに揺らす。いらっしゃいと店長の、店の雰囲気にも似た落ち着いた声がそれに応えた。近付いてくる靴音、そして向かいの椅子(いす)が引かれ、リゼルはようやく待ち人の到着に気付いて本から顔を上げる。

「お待たせして申し訳ございません」

「いえ。こちらこそ、急に誘ってすみません」

真っすぐに此方を見る瞳に柔らかく微笑み、読んでいた本を閉じた。

流れるような手つきでページの間へと挟まれた栞(しおり)を、椅子に腰かけながら目で追ったスタッフのその仕草は恐らく無意識なのだろう。リゼルは微笑ましく思いながらも気付かない振りをして、美しい栞の角をなぞるようにそっと押し込んだ。

「お昼休憩ですよね。何か頼みますか？」

「はい」

メニューを差し出せば、スタッドの瞳が再びこちらを向いた。

その手でメニューを受け取り、少しの間。何も言わずに開いたメニューへと落とされた視線に、やはりリゼルは微かな違和感を抱いて内心で首を傾げる。

「貴方は何か頼みますか」

「そうですね。じゃあ、サンドイッチとブレンドを」

「分かりました」

メニューから顔を上げればそれだけで察したのだろう。黒のカフェエプロンを身に着けた店長が柔らかな物腰で二人分の注文を聞き届け、歩調を乱さず店の奥へと去っていく。

それを何となく見送り、そして改めてというようにスタッドがリゼルへと向き直った。

「朝は不快な思いをしませんでしたか」

「大丈夫ですよ。ちゃんと話は聞いてもらえましたか？」

「聞かせました」

当然だ、と言わんばかりだが若干物言いが不穏だった。

とはいえ年若い冒険者達にとっても聞いて損はない説明ばかり、無理矢理にでも耳に入れておいたほうが彼らのタメにもなるだろう。良かった良かったとリゼルも頷く。

「スタッド君の説明は分かりやすいですからね」

要点を押さえて簡潔に、無駄を嫌う彼らしい説明だ。

褒めるような甘さを含んだ声にも淡々とした無表情を崩さないスタッドだが、人の感情の機微に聡いリゼルにとっては常に感情的であるより余程分かりやすい。今にも彼からポンポンと花が飛び出していきそうな程に喜んでくれているのが目に見えるようだ。

「有難うございます」

そして、その瞳が微かに自身からずらされたことも。

「そういえば、下位の依頼が増えてましたね」

「はい。ただ貴方がいた頃から徐々に増加傾向にはありました」

「そうなんですか？」

スタッドは、いつも真っすぐに相手を見る。

何処までも見透かすような瞳で、自分を通して後ろにいる誰かを見ているのではと他者に思わせる程に真っすぐに。それに対して威圧感を抱く者も少なくなかった。

「恐らく貴方達が下位の依頼を受けている姿が目を引き、ギルドの扱う依頼の幅が広いことが知れ渡ったのだろうとギルド内では噂されています」

「依頼の幅、というと」

「典型的な採取・討伐・迷宮探索以外のことです。雑用系の依頼も報酬さえ揃えば節操なく依頼扱いすることは、今まであまり周知されていなかったので」

そんなスタッドの眼差しはリゼルを映す時も変わらない。

むしろ他者を映すだけの無感情なガラス玉は、リゼルが相手となると明確な意思を持ってその姿を追いかける。瞬きもしていないのではと思わせる程に見つめてくるそれは、今までは目の前にいる限り一瞬たりとも外れたことがなかった筈だ。

「そういう依頼、あまり人気がないってジルから聞いたことがあります」

「今のところ対応が追いつかないということはありません。貴方と一緒に一刀も受けているので、他の冒険者も受けづらいということがなくなったんだと思います」

「なら良かった」

微笑めば、やはり視線が微かにずれる。

「スタッド君」

「はい」

与えられる言葉を待つように、外れかけたスタッドの瞳が此方へと戻された。

リゼルは何も言わずに問いかけるように首を傾ける。そのまま視線を合わせ続けること数秒。それは酷く珍しく、しかしリゼルにしか分からない程度に群青(ぐんじょう)の瞳が揺らいだ。

「(あ、分かった)」

リゼルは自然と緩む頬をそのままに、じっと此方を見るスタッドへと手を伸ばす。

その額をそっと撫でてやれば、掌の下の瞳が窺うように一度だけ瞬いた。

「(人見知りしてる)」

気付いてしまえば酷く可笑しかった。

リゼルは沸(わ)き起(お)こる笑みを堪(こら)えることなく零しながら、それを誤魔化(ごまか)すように二度、三度と前髪を整えるように撫でる。今まで一度たりとも人見知りなどしたことのなかったスタッドが、初対面の時でさえ淡々と変わらなかった彼が、少し離れた今になって人生初の人見知りを経験しているのだ。本人に自覚がないところが何とも彼らしい。

先日会ったばかりのジャッジが普段より甘えていたものだから、余計に意外だった。

「私は貴方に何かしてしまいましたか」

「いいえ。改めて久々だな、と」

それにしても、と思う。

帰還初日は平気そうだったのだが、その時はジャッジと競い合うことに意識が持っていかれていたのだろう。スタッドにしては怒濤の勢いで話していたのを思い出しながら、リゼルはポーチへと手を伸ばして指先を闇に沈めた。

「手紙でやり取りしてても、やっぱり違いますね」

指先に触れたものを引き抜き、テーブルの上に静かに置く。細長い黒のケースだ。

それを目で追いながらも、スタッドはリゼルの言葉に同意するように深く頷いた。手紙のやり取りは確かに嬉しかったが、実際に会えること以上に望むものなどないのだから。

「スタッド君、手紙に書いてましたよね。愛用のペーパーナイフが折れたって」

「ずっと使っていただけで愛用かと言われると分かりませんが」

折れた、というと語弊があるだろう。

リゼルの読んだ業務日誌のような手紙には、〝とある冒険者がギルド職員に斬りかかった際、剣を弾いて喉に突き立てたペーパーナイフが折れた〟と書いてあった。書き方的に騒動よりペーパーナイフが折れたことのほうがスタッドには印象深かったのだと分かる。

そんな使い方をしてよく今まで持っていたなと、リゼルも微笑ましく思ったものだ。

「だから、これ」

コン、とリゼルは指先で黒いケースをつついてみせた。

その意図が分からなかったのだろう。じっとケースを見つめるスタッドに言葉を続ける。

「お土産です」

直後、無表情のスタッドの背後に満開の花々が咲き誇るのが見えた。

どうやら喜んでもらえたようだと安心するリゼルの前で、スタッドの手が箱へと伸ばされる。戸惑うように触れる直前で指先が止まるも、すぐに慎重すぎる仕草で箱へと触れていた。

「新しいの、まだ買ってませんでした？」

「ギルドの備品を使っていました嬉しいです」

「良かった。良ければ使ってください」

「ぜひ使います今日から使います嬉しいです」

淡々とした抑揚のない声で語られる喜びは、まごうことなき彼の本心だった。ダダ漏れだ。

箱を手にしたスタッドが、スライドさせるようにシックなリボンの巻かれた上蓋をずらす。細い金糸で黒の台座に固定された艶めくシルバーは、美しく鋭利な曲線を描いていた。

「切れ味も良さそうだし、あとは剣を受け止めても欠けないと良いんですけど」

別にスタッドはリゼルからの贈り物で剣を受け止めようとは思っていない。

無言でこちらを凝視するスタッドに、リゼルは揶揄うように目を細めてみせる。ただの冗談だ。

切れ味と強度を重視して選んだのは確かだが。

「有難うございます」

「はい」

水底に沈んだガラス玉のような瞳。

その瞳の奥底に微かな苛立ちが滲んだように見えたのは、きっと足りなかったからなのだろう。

伝えたいことを伝えきれないもどかしさに気付かない程にリゼルは鈍くはない。

「本当に、有難うございます」

そして精一杯の感謝の気持ちを込めた視線と声に、リゼルは嬉しそうに顔を綻ばせた。


その頃、とある酒場で年若い冒険者達はげんなりと肩を落としていた。

「寒……まだ寒……」

「こんだけ酒かっこんでも寒ぃとかイミ分かんねぇー……」

「パルテダ怖……」

真昼間から酒に走る冒険者達に囲まれながら、彼らだけが盛り上がれない。

理由は簡単だ。王都ギルドでは誰もが経験する通過儀礼、スタッドによる絶対零度の粛清をその身に浴びたからに外ならない。もはや酒は命を繋ぐ為に飲んでいる。

「あんなギルド職員ありかよ……」

「そりゃ荒事（あらごと）担当とか何処でも一人はいるけどさぁ……」

「あれは違（ちげ）ぇし、絶対……」

今でも思い出す。いい加減に話を聞けと淡々と言われ、でも貴族いんじゃんと騒いだ途端に口を氷で塞（ふさ）がれ、それが徐々に喉から全身へと広がっていく心底からの恐怖を。

スタッド的には鼻を塞がないだけ優しいのだが、その気遣いが冒険者に伝わったことはない。

「まぁ、落ち込むなよ。若（わけ）ぇの」

「ギルドに迷惑かけなきゃ基本無害だからよ」

それは荒くれ者揃いの冒険者だからこそ誰もが経験済み。初回だけは同情が貰（もら）える。

「だって俺ら悪くなくねぇ？」

「せーとーな主張ってやつじゃん」

「まぁそこはな、追々（おいおい）分かるだろ。てめぇらでもな」

肩に手を置かれ慰められる。

おっさんの手とか鬱陶（うっとう）しい、と肩を揺らしてそれを払（はら）い除（の）けた年若い冒険者は一発引（ひ）っ叩（ぱた）かれた。

いつもならば乱闘になってもおかしくはないが、今は反撃する気力もない
「あの人な、冒険者なんだよ」

「だからさぁ、ダメじゃね？　貴族が冒険者やってるとかさぁ」

「そんでな、貴族じゃねぇんだ」

「貴族じゃねぇハズねぇじゃんかぁ、あれがさぁ」

信じられない気持ちはよく分かる、と王都古株（ふるかぶ）の冒険者は酒を片手に遠い目をした。

正直、リゼルを冒険者ギルド入りから見ている者でさえ今でも信じられない部分がある。勿論あのギルドが許可したのだから貴族ではないのだろう、本人がその存在感以外で貴族らしいアレコレをしている姿も見たことがない、何より見るからに冒険者として一生懸命だ。

だが、やっぱり貴族でしたと言われたほうが納得できる感がある。リゼルが聞けば落ち込む。

「まぁ、あれだ。取り敢（とあ）えずひと月は見てろ。見てれば分かる」

「そうだ、見てれば分かるぞ」

「まぁ何となく分かるから、取り敢えず見てろ。な！」

「何だよその押し！　怖ぇよ王都マジで!!」

訳の分からないアドバイスに苛立ち、反発する年若い冒険者達は、後に自分達が「何となく分かった」と納得することを今は知る由もないのだった。

136.

リゼル達三人は疑問を浮かべて一枚の依頼用紙を覗き込んでいた。

「〝アスタルニアより来訪、および帰還から十日以内の方限定〟」

王都帰還から初めてパーティで受ける依頼、三人はそれを選びにギルドを訪れている。

先日から引き続き、周囲にそれなりに驚愕(きょうがく)されたり生温かい目で見られたりしているが綺麗に流した。元々気にしないというのもあるが、反応に若干慣れてきたというのもある。

そして今、三人が目を通しているのはリゼルが依頼ボードから見つけ出した依頼だった。

「依頼人が教会、ですね」

依頼人から依頼内容まで、冒険者に出す依頼としてはあまりに異色で目を引いた。

「教会って何すんの？」

「信仰(しんこう)」

「分かんねぇー」

「俺も知らねぇんだよ」

自身を挟んで交わされる会話にリゼルは成程(なるほど)と頷く。

此方の世界に来た時から思っていたが、人々は信仰というものをあまり意識しない。それ関係の職にでも就いていなければ、何かあったらお祈りする程度の関わりしか持っていないだろう。元の世界でも似たようなものだったのでリゼルも気にしたことはなかった。

信仰についての本さえほとんど見ないのは、少しばかり残念ではあるが。

「こっちの世界も自然崇拝ですよね」

「ああ。何処もそうなんじゃねぇの」

「他には何かあるんですか？」

「聞いたことねぇな」

言い方的にリゼルの世界でもそうなのだろうと察したジルと共に、リゼルは肩を寄せるように依頼用紙を覗き込んでいたイレヴンを引き連れて依頼の受付カウンターへと向かう。リゼルにとっては非常に興味深すぎる依頼だ、受けないという選択肢はなかった。

「王都は……大地信仰、でしたよね」

「まぁ有りがちだよな」

「アスタルニアは星ッスよ」

「流石、船乗りが多い国ですね」

リゼル達は一番空いている列、ではなくスタッドが対応している窓口に並ぶ。

意外なことにスタッドの窓口に並ぶ冒険者は少なくない。勿論最も空いている列に並ぶのが基本だが、正確かつ手早い仕事ぶりは朝の人に溢れるギルドにおいて非常に重宝されている。

「やっぱり村単位で違ったりするんですか？」

リゼルの元の世界では場所が変われば信仰の対象も変わった。

身近なものを対象とすることが多いので当然だ。それこそ言葉どおり村単位で変わる。

「あー、どうだろ。魔鉱国とかは岩石……巨石？　だった気ィする」

「場所によるだろ」

ならば、やはり何処の世界も変わらないということなのだろう。

リゼルは改めてそう納得して、今まさに受けようとしている依頼を楽しみに思う。簡易に纏められた文面からは詳細が読み取れなかった。

「リーダーんトコは?」

「ん」

声をかけられ、用紙に落としていた視線をイレヴンへと向ける。

「うちの国も場所によって色々ありましたよ」

「なら一番有名なの」

「そうですね……主流なのは月でした、月信仰」

「へぇー」

順当なような意外なような、そんな表情を浮かべる二人に可笑しそうに笑う。

リゼルはパーティ一組分だけ進んだ列を二歩で前に詰め、今まで耳にしたことのある信仰の対象を思い浮かべた。太陽、月、大地、山、風だったり雷だったり、あるいは竜などの巨大生物であったりと自然崇拝の対象は多岐にわたって存在する。それらは互いになくてはならないものであり、人々は信仰の対象が違ったとしても決して他を否定することはなかった。

「祭事とかあんのか」

「ありますよ。年に一度、一番大きな満月の夜にお祭りがあります」

「リーダーも行った?」

「俺は神官が取り仕切る格式高い祭事に強制参加です」

苦笑すればジル達から同情の視線が飛んでくる。貴族も色々と大変なのだ。

「なら慣れたもんじゃねぇか」

ジルの手が伸ばされ、リゼルの持つ依頼用紙を指先で弾いた。

奇妙な受諾条件、その下に綴られている〝祭事の手伝い〟の文字を示すように。


スタッドによる手続きの後、三人は彼の説明を頼りに教会へと向かっていた。

ちなみに手続きの際、リゼルの贈ったペーパーナイフがスタッドの机の上に置かれていたのは言うまでもない。腕時計共々気に入ってもらえたようで何よりだ。

「ここら辺じゃね？」

「三角屋根と丸い窓と、煉瓦造り……あれでしょうか」

「あれ布屋じゃねぇの」

通り沿いの建物を見るリゼルに、ジルも視線をそちらにやりながら否定する。

ギルドの近くから馬車に乗ること暫く、中心街に入って歩くこと少し、イレヴンの言葉どおり目当ての建物がそろそろ見えてくる筈だった。だがスタッドも大きな建物ではないと言っていたし、一目で分かるほど目立つ建物でもないらしいのでなかなか見つからない。

「通り沿いにあるって言ってましたよね」

「もう一本裏の道なんじゃねぇの」

「いえ、通りは合ってる筈です」

「ちょい聞いてみる？」

言うや否や、イレヴンが軽い足取りで通りがかった女性へと声をかけにいく。

ああいうフットワークの軽いところが彼の長所だろう。愛想良く質問している姿を、声をかけても身構えられないって良いなぁとリゼルは感心したように眺めていた。

「俺が声をかけると凄く緊張させるから、何だか申し訳ないんですよね」

「怯えられるよかマシだろ」

「君は仕方ないです」

「お前に言われたくねぇ」

互いにどうしようもない事を擦りつけ合いつつ、外面抜群のイレヴンを見る。

彼こそ誰より恐れられるべき存在の筈なのだが。その裏の顔に比べれば貴族も一刀も可愛いものだ、と二人は常々思っていた。

「あんがとー」

手をひらひらさせながら戻ってくる姿に、快く教えてもらえたのだろうと安堵する。

「何かすっげぇ見られてた？」

「てめぇは得だよな」

「は？」

「あの気安さが俺にはないんでしょうか」

「何が？」

謎の感想を不思議に思いつつイレヴンが指さしたのは通りの先。

広い大通りは行き交う人々が途切れることなく、近付く馬車は車輪の回る音を立てながら隣を通りすぎていく。その音に声が掻き消されないよう少し待ってから彼は説明を開始した。

「やっぱもうちょい向こうだって。真っすぐ行って、十字路二つ目から二軒目」

「あ、もう少しでしたね」

そして歩くこと少し、三人はようやく目的の教会へと辿り着いた。

多少造形に特徴はあるが、特別立派という事もなく周囲に馴染んでいる。特徴を聞いていなければ通り過ぎていたかもしれないと、教会の前に立ち止まって何となく外観を眺めた。

「忙しそうですね」

「つか何もねぇんだけど」

祭事、というからには準備に追われているのだろうか。開け放たれた扉からは、いかにもそれらしい恰好をした二名の男女が慌ただしく動き回っているのが見えた。

室内はイレヴンの言うとおり全く物が置かれていない。高めの天井に等間隔で並ぶ柱と、その奥にある一段高くなったスペースに大きめの石碑が置かれているくらいだった。

「取り敢えず声をかけてみましょうか」

リゼルが教会へ足を踏み入れれば、せっせと石床を磨いていた女祭司が顔を上げる。

何かを言おうとしたのだろう、反射的に開かれた彼女の口は一音も発さずに止まった。何故此処にと言わんばかりの表情は、リゼルたちの来訪に全く心当たりがないと告げている。

「お忙しいところすみません。ギルドから依頼を受けたんですが」

「え、ああ、有難うございま……え？」

盛大に疑問を浮かべる女祭司の視線がリゼルからジルへ、そしてイレヴンへと流れていく。そうしてようやく依頼を受けた冒険者が訪れたのだと理解したのだろう。

教会の奥では未だに事態を呑（の）み込（こ）めていない男祭司がポカンと口を開けながら、何故か手元の蠟燭（ろうそく）とリゼルを見比べているなか。彼女は自らを落ち着けるように一つ咳払（せきばら）いを零して立ち上がり、依頼を受けてくれた冒険者達を背筋を伸ばして迎え入れるのだった。


三人は女祭司に案内されて近くの大衆食堂を訪れていた。

「この度は本祭事へのご協力を賜（たまわ）りまして誠に有難うございます」

「詳しい説明は現地で、と伺（うかが）ってるんですが」

「ええ、説明させていただきます」

女祭司は白い祭服に皺（しわ）をつけないようピンと背筋を伸ばしながら告げる。

人々が朝食を取り終えた頃、昼時には随分と早い時間という事もあり食堂に人気（ひとけ）はない。リゼル達は選び放題のテーブルの一つに落ち着いて、人数分の飲み物が運ばれてきたのを皮切りに依頼の説明を受けていた。

「何か頼んで良い？」

「あまりたくさんは駄目ですよ」

依頼中だというのにお構いなしのイレヴンによって若干出鼻（でばな）は挫（くじ）かれたが。

「ええと、それでは依頼内容から説明いたしますね」

「お願いします」

リゼルが柔らかく促せば、安堵したように祭司から力が抜ける。

冒険者を相手にする以上、相手がまともに話を聞かない可能性もあっただろう。現にイレヴンは既に食に走っているし、ジルは見た目からしてガラが悪い。それでも冒険者ギルドへ依頼を出したのだから相応の理由があるのだろうと、リゼルは真摯に聞く姿勢をとった。

「依頼内容は〝祭事の手伝い〟、でしたね」

「ええ、おっしゃるとおりです。貴方方に実際に祭事へと参加していただきたく思います」

「準備とかじゃなくて？」

「準備もですが、本番にも」

聞き取りやすい言葉遣いで告げる祭司が、イレヴンの疑問にもっともだと頷いてみせた。

「その理由を説明するとなると、少し話が長くなりますが……」

「俺としても興味があるので、ぜひ」

「有難うございます」

教授を願うリゼルに、彼女の唇に少しばかり嬉しそうな笑みが浮かぶ。

言葉も聞き取りやすく、更には人に教えることを好んでいるところを見るに、女祭司の本職は教師やそれに近いものなのかもしれない。リゼルはそんなことを考えながら紅茶に口をつけ、そして届いたキッシュに早速齧りつくイレヴンに苦笑を零した。

「この王都で信仰されております大地、これは大きく分けて〝豊穣の恩恵〟と〝旅人への祝福〟という面を持ちます」

「豊かな土地ですし豊穣は納得ですね。旅人は……歩む大地っていう解釈でしょうか」

「おっしゃるとおりです」

大地は人々へ様々なものを齎し、果てしなく広大でもある。

その果てを目指し歩み続ける旅人へ祝福を、旅人は歩みを与えてくれる大地へ感謝を。そういった謂れから、親しい相手が遠方へ赴く際には教会に無事を祈りに来る者もいるようだ。

「今回の祭事は、御恵みへの奉謝の儀式となります」

リゼルは成程と頷いた。

しかしジルは顔には出さないままよく分からんと思っているし、イレヴンは理解を放棄してキッシュについてきたパンの盛り合わせを次々と消化している。信じるものは己の実力のみである冒険者、この手の話題にピンと来ないのは仕方ないだろう。

「自然とは様々なものが密接に関係して成り立つもの。大地も例に漏れず、降り注ぐ太陽と、根を張る草木と、砂を運ぶ風と、他にも多くのものと御力を分かち合っています」

「だから、それらを信仰する土地から来た人が必要なんですね」

随分と理解の早い冒険者に祭司は目を瞬かせ、そしてすぐに納得した。

荒くれ者のイメージが強い冒険者だが、目の前に座っている男は穏やかな瞳に嫌味のない知性を滲ませている。いかな真理も理解してしまうだろうと、そう思わせる程に。

何故冒険者をしているのかと不思議に思いながらも彼女は説明を続けた。

「ええ、余所の土地の御力を分けていただき奉謝の証とする……それが祭事の目的です」

それならば依頼用紙にあった〝王都に到着して十日以内〟というのも納得だろう。

土地に由来した力が宿る内に、つまり可能な限り直前まで目当ての土地にいた者のほうが良い。

アスタルニアは特に遠いのだから、移動の日数も考えるとより期限がシビアになる筈だ。

「俺達は魔鳥で帰ってきたし、条件にはピッタリですよね」

「まぁ間違いなく最速だろうしな」

魔鳥とは、と祭司は不思議そうだ。それを尻目にイレヴンがスープを一気に飲み干し、音を立てて背凭れに体重をかけながらリゼルを見た。

「なァんかよく分かんねぇ。つまりどゆこと？」

「プレゼントのお礼に全く同じものを贈るのは微妙だから、違うものをお返ししようって事です」

「あ、分かった」

身も蓋もない。しかし否定しようにも間違っていないのだから困る。

そう遠い目をする女祭司に、リゼルは申し訳なさそうに微笑んだ。分かりやすさを重視しただけで、信仰を貶める意図が決してないことだけは分かってほしい。

「でも星っつうのは？」

「え、ええ、夜道を歩む旅人に方角を教えてくれるものですから」

「あー、成程」

「今回のアスタルニアっていうのは誰が決めてるんですか？」

「その都度決められている訳ではありません。この祭事は一年に一度ありますが、十二年の周期で分けていただく御力が決められていまして、太陽、木、水……と」

それからはリゼルの質問が絶好調だった。

忙しいだろうに快く教えてくれた彼女だが、実のところリゼルの予想どおり普段は教師をしている。家が代々役目を引き継いでいる為に、こういう時だけ祭司として行事を取り仕切っているだけだ。よって教師の血が騒ぐのか、いかにも興味がありますといった様子で次々と投げかけられる質問にも満更でもなさそうだった。

「もし該当する相手が居なければ――」

「その際は縁の強い方をお探しして――」

ジルは楽しそうならば良いと放置し、イレヴンは追加のパスタを頼んだ。

そしてイレヴンが中心街の店だけあってなかなかに美味しいそれを完食し、話し合う二人が手をつけなくなった紅茶が冷たくなった頃にようやく満足したのだろう。リゼルは満たされた知識欲にほくほくとしながら一時の師であった彼女へ微笑んだ。

「お話、とても興味深かったです。ご教授有難うございます」

「いえ、私こそお話に夢中になってしまって」

「光栄です」

恥じ入るように頬に手を寄せた祭司に優しく笑みを深め、リゼルはイレヴンによって攫われていくカップを目で追いながら本題に戻ろうと口を開く。

「そういえば、祭事への参加は三人揃って？」

「いえ、御一人にお願いしようと思っております。他の方は準備のほうを手伝っていただければと……所作(しょさ)などを覚えていただく関係で、私がその指導に当たるものですから」

「そうですか」

相槌を打ちながら、失礼にならない程度に向かいに座る祭司を見る。

首から下げられた帯状のストラ以外、首元から足の先まで真っ白でゆったりとした祭服。リゼルは何かを考えるように小さく首を傾け、少しだけ笑みを零しながら問いかけた。

「俺達も着替えたほうが良いですか？」

「え？　ええ、今までもご協力いただいた皆様に着替えていただいておりますが……勿論、貸し出し用の祭服は取り揃えておりますので」

不思議そうな祭司の視線が注がれるなか、リゼルとイレヴンはジルを見た。

見つめ合うこと数秒。露骨に顔を顰(しか)めるジルを尻目に二人は互いに視線を交わし、そしてどちらからともなく分かり合ったように頷く。

「ジルは無しで」

「異議なーし」

「おい」

ジルとて祭事に参加したい訳ではない。むしろ避けたい。

だが取り敢えず一言文句はつける。判断基準が予想できるだけに余計に。

「逆に見てみたい気もするんですけどね」

「煩ぇ」

「マジ？　俺そんな勇気ねぇッスわ痛ッッて!!」

揶揄う気満々でニヤニヤと笑うイレヴンだったが、もれなく脛を蹴られて撃沈した。

リゼルは机に突っ伏したまま動かないイレヴンに驚きっぱなしの祭司を宥める。ただのコミュニケーションだから、と言えば納得されるあたりに一般国民の冒険者観が窺えた。

「俺としてはイレヴンが良いと思うんですけど」

「……何で？」

突っ伏したままの頭を撫でてやりながら告げれば、のそりと赤い頭が動いた。

乱雑に顔を覆う髪の隙間から覗く瞳は、盛大に嫌そうであったし盛大に疑問を抱いている。ついでにいえばリゼル以外の選択肢があったことに驚きを通り越して呆然としている祭司の姿を、ジルだけが「まぁそうなるだろうな」という納得をもって目撃していた。

「アスタルニア出身ですし、俺やジルより向いてそうじゃないですか」

「でもショサとか言ってたじゃん、俺ムリ」

撫でられて目を細めながらも乗り気でないイレヴンにリゼルは思案する。

やるからには最善を目指すべきだろう。だが信仰というのは祈りであり、つまりは心である。折角のアスタルニア出身だが、こうも面倒くさがっていては祭事に最適であるとは言い難い。

そんなことを極々真面目に考え、ふと申し訳なさそうに祭司を見た。自身にしてみても大した信仰心がある訳でもないのだが。

「そういうことなので……参加するのは俺になりそうなんですが、大丈夫ですか？」

「ぜひお願いしたく思います」

心なしか身を乗り出す勢いの祭司が力強く頷いた。

「では早速、祭事の流れを説明いたします。そちらの御二方は恐れ入りますが、弟について祭事の準備をお願いいいたします」

「じゃあ、また後で」

「ああ」

「本番？　つうの？　何時から？」

「お昼の二時の鐘が鳴ったら始める予定です」

そうなると十分に時間がある。

恐らく昼食をとっての開始となるだろう、落ち着いて食事をとってから祭事に挑むことができそうだ。次の合流はその時だろうかと、そんなことを話しながら三人は店を出て教会へ向かった。

そうして各自祭事の準備を進め、途中で美味しいと評判の店へと昼食を取りにいきながらも、最終的な細々とした調整を重ね終えたのが祭事開始の十五分前。結構ぎりぎりだった。

どちらかといえば廃れて殺風景だった教会も見事に体裁が整えられ、華美ではないが祭事を行うに相応しい場となっていた。

「まさか屋根から拭かされるとは思わなかった」

「つうか荷物ぐらい運びこんどけよ」

姉弟祭司も普段は本業のほうにかかりきりなのだろう。簡単な掃除ぐらいは周囲の手も借りて定期的に行っていたようだったが、本格的な清掃は毎年この日に行っているらしい。

面倒くさいと言いながらも屋根だろうが何だろうが危なげなく上るイレヴンと、重い台車をため息交じりながらも軽々運ぶジルを見ていたら、冒険者らしい冒険者を相手に腰が引けていた男祭司にも余裕が生まれたのだろう。彼によって全力で磨き上げられた教会は、歴史を感じさせながらも清潔感溢れる姿に見事に生まれ変わった。

「あー疲れた」

「良いだろ。後は見てるだけだ」

「そうだけどさァ」

正直イレヴンはリゼルが祭事に参加する事実がなければ密かにさぼった。

「人も集まって来てっし」

祭事とはいえ、集まる人々はほぼ見物客気分だったりする。

姉弟祭司の知人であったり、近場という理由で教会に縁のある者達だったりするのだろう。リゼルが以前、とある弟子達を信者と称したが実際はこんなものだ。あそこまで熱心な信者というのはなかなか居ない。

数少ない本職か一部地域でのことか、あるいは物語の中のことに過ぎないだろう。

「こんだけ集まりゃ見栄張りたくもなんだろ」

「磨いた意味あんならいいけど」

徐々に教会の周りに集まってくる人々を眺めながら話していた時だった。

見物人がにわかに騒めく。ある一点を注視する彼らに二人も釣られるようにそちらを見れば、視界の端を白が掠めた。それは片手を上げてゆったりと歩み寄ってくる。

「ジル、イレヴン、お疲れ様です」

そこには求められた以上に祭服を着こなしたリゼルがいた。

第一印象は白。祭司らのストラは濃紺だが、リゼルのものは刺繍すら白く、光沢のお陰で辛うじて判別できる。しかし数多つけられた装飾が決して質素には見せず、清廉かつ高貴な色を強めている。髪に飾られた銀の装飾が、歩く度にシャリンと涼やかな音をたてていた。

「ハマりすぎだろ」

「良いことじゃないですか」

思わず真顔で突っ込んだジルに、似合わないより良いだろうとリゼルは笑う。

すると酷く楽しそうなイレヴンが顔を覗き込んできた。その満足げに歪んだ唇に、好みに煩い彼のお眼鏡には適ったようだとリゼルは目元を緩めた。

「目、コレ塗ってんの？」

「塗ってます。簡単にとれるみたいだから、あまり触っちゃ駄目ですよ」

ついついと目尻の紅に指先が触れるのを、くすぐったそうに目を細めて受け入れる。極一部分とはいえ顔に何かを塗るのは初めての経験で、とても新鮮な気持ちになった。

「ニィサンと違って白も似合うし」

「そうですか？」

一言多い、と嫌そうに顔を顰めるジルに可笑しそうにしながらも、リゼルは自らの衣装を見下ろしてみた。その純白を改めて確認し、ほとんど無意識に顔を綻ばせる。

「ちょっと嬉しいです」

「似合うのが？　何で？」

「白は、俺を守ってくれる色なので」

イレヴンは「黒じゃなくて？」と零しかけ、何かに気付いたように口を噤む。

普段から対等だと称するパーティメンバー相手に、リゼルは「守ってくれる」などと決して口にしない。告げられた言葉に含まれるのは、いっそ自分が守られるのは当然であるというさりげない傲慢と絶対的な信頼だった。

ならば、とジルもイレヴンも思い至る。時折リゼルの口から聞くその存在は。

「白い軍服だっけ？」

「はい」

国の端に位置するお陰で敵国から狙われやすい領地を、そこを治める公爵家を、そしてリゼルを生まれた時から守り続けてきた守護者達。軍帽から軍服に至るまで白い彼らは、それが当たり前だと言わんばかりに何時(いつ)だってリゼルのことを守ってくれていた。

　そして変な生物もくれた。リゼルにとっては可愛いペットだ。

「ケセランパサランも白いし、縁起(えんぎ)が良いですよね」

「何で毛玉の色で縁起が良いんだよ」

「ほら、幸せを運ぶ精霊なので」

「精霊いねぇんだろ」

　そういう伝承が残っているんだから良いじゃないかと、リゼルは今も実家の書庫でふわふわしているだろう白い姿を懐かしみながら思う。ペットとお揃いコーデというだけでちょっと嬉しい。飼い主あるあるだ。

「そろそろ開始のお時間となりますので、ご準備くださいね」

「はい、分かりました」

　自らの成果を誇るようにリゼルを眺めていた女祭司が、交わされる謎の会話に盛大に疑問を浮かべつつも一礼をして去っていく。そして不必要にうろついていた自らの弟を捕まえ、教会へと入っていった。その際に周囲の見学者に声をかけるのも忘れていない。

「しっかりしたお姉さんですよね」

「の割に弟はビクビクしてたけど」

「だからじゃねぇの」

　いきなりジルとイレヴンと三人にされれば誰もがそうなるだろう。

そう突っ込める者は此処にはいない。ちょっとやつれてるような、なんて不思議そうに男祭司を見るリゼルなど全くもって論外だ。彼ほど躊躇（ちゅうちょ）なくジル達を使える者も滅多にいまい。

「そういや長いのか、祭事」

「いえ、流れを聞く限りそれ程でもなさそうです」

「リーダー何かすんの？　祈ったり？」

「俺はほとんど居るだけですね」

祭事当日に捕まえた冒険者に難しいことなど求められないだろう。リゼル達が来なければ、取り敢えず他に見つけていたアスタルニア出身者に頼む予定であったという。

「石碑まで歩いて、祭司さん達の祝詞（のりと）を聞いて、聖水を飲んだりして帰ってくるだけです」

「祝詞？」

「御祈りですよ、決まった言葉の御祈り」

「ふぅん……聖水は？」

「清められた水のことです。今日使うのは祭司さん達が準備したみたいですよ」

よく分からん、と言わんばかりの二人に微笑み、そろそろかとリゼルは教会のほうを向く。揺れた頭の装飾が細やかな音を立て、心地好く耳をくすぐった。

「あ、呼ばれてますね。じゃあ行ってきます」

「リーダーファイトー」

「無駄に全力出すなよ」

ジルの言葉に一体どういう意味なのかと首を傾げながらもリゼルが去っていく。

姉弟祭司と合流し、何かを確認するように言葉を交わしている光景をジル達は人垣の最前列で眺めていた。教会を囲むように増え続けている見物人は、リゼルを視界に収める度に高揚したように何事かを囁き合っている。

「まぁ慣れたもんじゃん？」

「そりゃな。幾らでもこなしてんだろ、こんなもん」

落ち着いた様子のリゼルに、女祭司もさぞ教えるのが楽だったろうと二人は察する。

そうこうしている内に鐘が二つ、青い空へと鳴り響いた。教会の前にリゼルを先頭に祭司らが並ぶ。付き従うように立つ祭司の手には、それぞれ銀の水瓶と厳かな彫刻のベルがあった。

リーン、と澄んだベルの音が落とされると共に人々の騒めきが止んだ。

「今年の方は雰囲気があるわね」

「何処の高貴な方かしら」

ジル達の隣、良い身なりをした女性二人が囁き合う。

何処も何もただの冒険者、などと戯れるようにジル達が内心で呟いていれば、ふいにリゼルが動きを見せた。石碑に宿る何かに恭敬するよう伏せられた目元に、彩る紅をなぞるように髪が一房触れる。そして祭司と歩調を合わせ、一歩一歩と足先を揃えるように教会へ。

じっとそれを眺めていたイレヴンだったが、ふと視界の端に違和感を捉えた気がした。嫌な予感を抱きながらもそちらを見れば、見覚えのある肉欲系痴女が荷物をぶちまけながら地面に崩れ落ち、両手で顔を覆って天を仰ぎながらも、信者も真っ青な猛烈な感謝の祈りを捧げていた。其処にあるのは信仰などではなく、忌むべき欲望のみ。見なきゃよかった。

イレヴンは見なかったことにして視線をリゼルへと戻す。

そして常より更に洗練された所作を見せる姿が、教会の石碑から伸びた布の上を歩み、開け放たれた扉を過ぎた頃。人垣がその輪を縮めて教会を覗き込むのに逆らわず、ジルとイレヴンも扉の前に立った。

それほど広くはない教会だが天井は高い。扉の上にはめ込まれた丸いステンドグラスが高く昇った太陽の光を取り込み、幻想的に教会の中を照らしていた。

その光が最も収束する場所こそ、教会奥の中心に位置する石碑だった。

リゼル達がその前で足を止める。そして一礼。美しい所作で行われたそれと、持ち上げられた頭の装飾が奏でる微かな音色に、それを眺めていた人々は誰ともなく感嘆の息を吐いた。

「ちょい仕事モード入ってね？」

「基本真面目だからな」

国の豊穣にまつわる祭事、と聞いたリゼルが敢えて手を抜くことはない。数ある行事の内の一つでしかなかったとはいえ、今まで参加してきた祭事と同じように行うだけなのだろう。

ベルの音が響く。それは教会内で反響し、人の世のものとは思えぬ音であった。

その音色に包まれてリゼルが静かに膝を折る。両膝を布越しの石畳につき、立てた踵に体重をかけぬよう背筋を伸ばす。膝の上で組んだ両手をゆっくりと持ち上げ、鎖骨に押し当てると視線を伏せた。全てを差し出すように閉じられた瞼に、アメジストの瞳が隠れる。

髪飾りが揺れた。瞬間、リゼルを挟んで向き合った祭司達の唇が開かれる。

「大地に祝福を」

「恵みに返礼を」

彼らは持っていた水瓶とベルを、捧げるように石碑の前へと置いた。

代わりに手に取るのは教典。恭しく両手で掲げて祝詞を唱え始める。声は安らかながら強く、その朗誦はまるで歌のようだった。反響する声が教会の空気を澄んだものへと変えていく。

それに人々が聴き惚れ、眼前の光景を目に焼きつけるなか。ふいにイレヴンが口を開いた。

「飲まねぇのかな」

「あ？」

囁かれた言葉に、ジルは微かに眉間へと皺を寄せた。

視線の先ではイレヴンの唇が酷く愉快げに歪んでいる。持ち上げられた指先がついっとリゼルのほうを指すのを目で追えば、どうやら示されたのは台座に置かれた水瓶のようだった。恐らくリゼルが聖水と称したものだろう。

一体何を期待しているのかと思いかけ、気付く。酷く嫌な予感がした。

「……おい」

「リーダーが辛そうなの見るのは嫌だけどさァ、それはそれっつうか」

尾を引く残響と共に、長い祝詞が終わりを告げた。

女祭司が教典を片手に持ち直し、水瓶に手をかける。その底を教典で覆うように支えながら、男祭司が持つ銀の杯（さかずき）へとそれを注いだ。その杯がリゼルへと手渡される。

「恵みを、その身に」

リゼルが杯を受け取った。

ジルが苦虫を噛み潰したような顔でイレヴンを見るも、抑えられない歓喜に歪んだ瞳は真っすぐにリゼルへと向けられている。やろうと思えば誰にも気付かれず水瓶の中身を入れ替えられた筈の男は、それに気付かないフリをして今この瞬間を待ち望んでいたのだろう。

リゼルの唇が杯に触れる。

両手を添え、小さく傾けられた杯から喉へと聖水が流れた。伏せた瞳から透き通る紫が覗き、コクリと一度だけ動いた喉が反らされる。頤（おとがい）を上げるように、杯の残りが飲み干された。

髪飾りの澄んだ音。微かに濡れた唇から銀の杯が離され、そして。

「――――……」

教会の空気が、清廉に張り詰めた。

「お、行けそ。ほんっとーにちょっとしか入ってないっぽかったから微妙だったけど」

「どうすんだよ、あれ」

「ハハッ、完ッ全に仕事モード入ってんじゃん」

驚愕に目を見開いた祭司らの前で、リゼルが石碑の前へ音も立てずに杯を戻す。

そして悠然と立ち上がった。一礼。数秒下げられた頭が再び持ち上げられる所作は先程と少しも変わりがない。にも拘らず、まるで人でない聖なるものが人のフリをしているように見えた。

しかし所作自体は予定どおりのもの。それにより辛うじて驚愕を抜け出せた祭司達は、もはや無意識に付き従うように祭事を続けていた。

リゼルが振り返る。ゆるりと浮かべられた微笑みに誰もが視線を縫い止められた。

祭司らも扉を振り返る。教典を掲げながら深く頭を下げた彼らは姿勢をそのままに、リゼルだけが扉へと歩を進めていた。扉に詰めかけていた人々が道を捧げるように後ずさる。それは決して恐怖からのものではなく、誰かが一人でも頭を下げれば全員がそれに続いただろう畏怖が故のものであった。

一歩一歩、踏みしめた大地に何かを捧げるように歩むリゼルが教会の扉を潜った。

いまだ伸びる布の上を真っすぐに歩き、祭事の始まりである端まで辿ると足を止める。何処からかベルの音色が響いた。祭事終了の合図、しかし誰もが終わりを悟れず緊張を緩めない。

余所の喧騒さえ遠い静寂が落ち、人々は白い祭服を纏う彼の挙動を固唾を呑んで待ち望む。そしてついに、何かを告げようとしたリゼルの唇が薄っすらと開かれた瞬間。

「てめぇがついてけよ」

正面に立ち塞がったジルにより、その唇が塞がれた。

遮るなど、と声が上がらなかったのは怒濤の展開が故だろう。リゼルの口を塞ぎながらもジルはすでに逆の腕を伸ばしていた。その手が握るのは通りがかりの馬車の後輪。人だかりを横切るからと速度を落としていたとはいえ、あまりに唐突に齎された停止に馬車を牽いていた馬が前脚を振り上げながら嘶いた。

「はいはーい」

御者が騒ぐよりも早くイレヴンが馬車の扉へと飛びついていた。軽い動作で開け放つ。

そこには見知った顔が一つ、使い慣れた道での無作法な襲撃者に感情なく笑みを浮かべていた。

だがその顔はすぐに意外そうな表情へと変わり、喜びを露に満面の笑みを浮かべる。

「リゼル殿！」

壮年ながら快活な声を聞きながら、ジルはリゼルを押さえていた手を離した。

その薄い唇が言葉を紡ぐ前に祭服ごと腕を掴んで馬車へと放り込む。非常に機嫌の良さそうなイレヴンが白に包まれた体を受け止め、勢いに流されるように内部へと滑り込んだのを確認して、すぐさま少しばかり乱暴に馬車の扉を閉めた。

騒ぐ御者と、それを窘める馬車の持ち主の会話が漏れ聞こえること十数秒。人々が理解できぬ現状に無言で見守るなか、馬車は何事もなかったかのように走り去っていった。

「依頼に片付けの手伝いは含まれてんのか」

唖然と見送るしかない人々の向こう側、何が起こったのか分からないとばかりに教会から出てきた祭司二人へと、ジルも何事もなかったかのように問いかける。

「えっ、えぇ、一応は……」

「ならその分引いてギルドに報告してくれりゃ良い」

「え？　あの」

「払いたくねぇっつうなら報酬もいらねぇ。良いな」

念を押すように告げれば、押されるように祭司達も頷く。

それを見やって、ジルはようやく脱力するかのように盛大に溜息をついた。彼はぐしゃりと髪をかき混ぜ、それ以上は何も言わずにその場を去ってしまう。

その姿を、残された祭司二人は呆然と眺めていた。

「……姉さん、どうする?」

「祭事は大成功だったし、仰ったとおり片付けの分だけ報酬を引けば良いんじゃないかしら……いえ、お伝えしてあった金額をお渡ししても良いのだけど」

「俺らさ、何か今、凄いことやった……?」

「私には分からないわ……」

徐々に正気に返っていく見物人たちが興奮を露に騒ぐ声がする。

だが暫く立ち尽くしていた二人の耳には、その喧噪はとてもとても入ってこなかった。

137.

応接間というのは家ごとの特徴がある。

特に貴族の屋敷というのはそれが顕著(けんちょ)であり、己の地位に相応しい格式のある家具は基本中の基本。更に花を愛でるのが好きならば自慢の庭を一望できる造りに、茶器にこだわるならば壁一面にカップボードを、絵画を好んでいるのならばハイセンスなバランスを以て壁一面が飾り立てられているだろう。

「飲めないとは聞いていたけれど、これ程とは！」

此処は、さりげない調度品にさえ迷宮品が使われている応接間だった。

屋敷の主であるレイは一切の嫌味を含まず、ソファに背を預けて楽しそうに笑みを浮かべている。その視線は酷く好奇の光に輝き、向かいのソファに座る相手へと向けられていた。

「リーダー美味しい？」

「それなり、です」

常よりもゆったりとした口調で、リゼルは冷えたグラスを唇から離しながら微笑んだ。

身に纏うは白の祭服。浮かべられた笑みは俗世から一線を画した神威のある佇まい。空を愛でるように横へと差し出されたグラスを、当然のように後ろから攫う手があった。

リゼルにより座れと示されたソファで、そのまま極々自然に椅子にされているイレヴンの手だ。当の本人はといえば両足の間にリゼルを置いて上機嫌。不満など欠片もない様子で献身的に尽くしつつ、手にしたグラスを揺らしてレイを見る。

「まぁ大ッ体は馬車ん中で説明したけど、質問は？」

「いいや？」

軽く手を広げてみせたレイに、リゼルが鷹揚に首を傾ける。

その唇に笑みを乗せ、目元を緩めるように細められた紫の瞳。しかし常にある友好的な色は鳴りを潜め、射抜くような瞳だった。レイの黄金色の瞳が喜色を示す。

「随分と、魅力的な酔い方をしてくれるね」

壮年の顔に浮かんだ笑みは愉快犯じみていたが、十分にリゼルを満足させたのだろう。

イレヴンは凭れるように体重をかけてくる体を容易に支え、少しばかり意外そうに手にしたグラスを一口呷った。もはや酒とは呼べない程に薄められたそれが唇を冷やす。

「なァんでアイツにもちょっと甘えたんなってんの、リーダー」

肩口から顔を出したイレヴンに、レイに向けられていた視線が向けられた。

以前は突然のことに混乱し、似非貴族になったリゼルに振り回されたし反射的に服従もしたが、その真意を知った今となってはイレヴンが恐れることなど何もない。今回はわざと飲ませた訳ではないし、自らに落ち度もないので好き放題に甘やかしている。

「私のグラスに口をつける栄誉を、私がいつ椅子に与えましたか？」

「あ、スンマセン」

逆らえはしないが。

「おや、それは甘えているのかい？」

レイが可笑しそうに告げながら自らのグラスを手に取った。

此方は流石に明るい内から飲む気にはならないようで、氷でしっかり冷やされた紅茶が淹れられている。それで何故、限界まで薄めてあるとはいえリゼルに酒が出されているのかといえば、偏にイレヴンがリゼルを酔わせたままにしておきたいからに外ならない。

「正反対になるっつうのが基本っぽいから、俺には甘えんの」

「成程。けれど、私は甘やかしてもらった覚えがないな」

「甘やかされてぇの？」

「どちらかと言えば、逆だね」

カラン、とグラスの氷を鳴らしながら彼は笑みを深める。

害のなさそうな笑みは人に好感を抱かせるには十分だったが、反面その内心を一切悟らせない。

貴族の基本技能なのだろうが、イレヴンには胡散臭さしか感じなかった。

顔を顰め、リゼルを器用によけながらテーブルに並べられた菓子へと手を伸ばす。

「ん？　ならジルにはどういう反応をしたんだい？」

「甘やかした」

イレヴンは簡潔に告げ、摘んだチョコレートを口の中に放り込む。

つもりだったが、リゼルの唇が微かに自身の指先を追ったのに気付いて止めた。

「それはそれは、なんとも贅沢なことだ！」

「まぁ贅沢は贅沢なんだろうけど」

含みを多分に孕んだ返答に、レイがどういうことだと酷く期待するように身を乗り出す。

イレヴンはチョコレートの進路をリゼルの唇へ変更した。差し出せば当然のように、緩く開かれた唇がそれを挟んで奪っていく。満足げに寄りかかる姿に薄っすらと笑みを浮かべた。

「完ッ全に落とされんじゃなァ」

「落とされる？」

「あー……奈落？　つうか、あ、アレだ」

つい、とリゼルを指さしてみせる。

「中毒」

その一言でレイは全てを理解したのだろう。

彼はグラスをテーブルに預け、ソファに背を預けながら足を組み替える。弧を描いた唇も、舌の上で甘みを堪能しているだろうリゼルへと向けられた視線も何も変わらない。

「魅力的ではあるけれど、私は遠慮したいかな」

「ニィサンは躱してたけど、あれ凄ぇわ。俺じゃ初見で五分五分」

「一度は見てみたいものだけれどね」

酔っていると聞いた今でさえ、レイの目に映るリゼルはひたすらに高貴であった。

その本領を垣間見たのは建国祭に開催されたパーティーでのこと。何を強制する訳でもなく、他者に自らの意思を以て跪かせる清廉な貴人の姿は今でも目に焼き付いている。

「ここに居んのがニィサンだったら見れたんじゃねぇの」

「うん？」

「正直、あんた相手に酔って甘えるとは思えねぇし。俺のおこぼれじゃん？」

あまりにも当然のように告げるイレヴンに、レイの視線がようやくそちらを向いた。

不快が故ではない。存分に興味をそそられ、敢えて煽られてやろうとでも言うように面白そうに彼は笑った。組んだ指を膝に乗せ、貴族であることを疑いようのない悠然とした姿で。

「なら、それにあやかろうか」

快活な笑い声。それが収まった頃、彼はゆっくりと口を開く。

「おいで、リゼル殿」

呼びかけは低く甘く、壮年らしい落ち着いた声色をしていた。

細められた瞳の奥で、砂金を散らしたかのような煌めきを宿す虹彩が色を深める。人の目を引き付けて止まないだろうそれが、唯一人に惜しげもなく注がれていた。

「私のほうが、よほど上手く君の願いを叶えてあげられるよ」

彼に好意を持つ淑女が聞けば抗えはしない。その響きのままに体を預ければ心ごと包み込んでもらえるのだと思わせるような、思考を止めてしまいたいと願ってしまうような声。

「貴方が？」

それに対し、リゼルは舌で甘さの名残を転がしながら問い返した。

イレヴンからグラスを受け取り、普段の穏やかさなど見せず啓示を下すかのように告げる。

「望んでもいない癖に求めるなんて趣味が悪いですね」

レイの笑みが深まった。

「貴方が欲しい王は、今の私じゃないでしょう？」

レイはリゼルを己の上に置くことに貴族としての理想を見ている。

頼られることに否やはない。甘えられても嬉々として応えるだろう。彼にとっては他者を必要としない王に侍(はべ)るなど退屈と同義であり、己の上に立つことを認めた者に頼られてこそ歓喜が湧きおこるのだから。

だからこそ、安穏と己の庇護(ひご)下に収まるようなリゼルの姿は理想とは真逆にあるだろう。リゼルに酔っている自覚はないが、無意識に普段の自分とは違うと理解しているからこその言葉だった。

「理想とは、色褪(いろあ)せず美しいものでなければならない」

リゼルが詩を口ずさむように告げ、ゆっくりと首を傾けていく。

身に纏う白の衣が揺れ、光沢のある生地がさらりと布擦(きぬず)れの音を立てた。

「違いますか？」

「違う、とは言いきれないな」

戯れに互いを試し合うような、ボードゲームで戦略を交わしている時にも似た空気。

だがそれも、あっさりと肩を竦めたレイによって霧散(むさん)した。イレヴンがニヤニヤと唇の端を吊(つ)り上(あ)げながら空になったリゼルのグラスを受け取る。

「そんな厳しい人に甘えませーんってさ」

「おや、手厳しい」

快活に笑ったレイだったが、ふと悪戯(いたずら)っぽくリゼルへと目配せする。

「けれど、少々心外だとも。王としての君にしか興味がないと思われるのは、ね」

片目を瞑(つむ)った演技じみた仕草、それは彼によく似合っていた。

レイとてリゼルに興味を持ったきっかけは別にあるのだ。それは決して貴種の雰囲気でなく、納品依頼で予想外の迷宮品を最上の贈り物としてみせる気質に心躍らされたのだから。

「隙を見せない友人を甘やかしてみたいと、そう受け取ってはもらえないのかい？」

「願うのなら相応の頼み方があるでしょう」

「ふふ、傅（かしず）いてみようか」

冗談のようだがそうではない。必要ならばレイは迷いなくリゼルに膝をついてみせる。

しかしリゼルはゆるりと微笑むのみ。レイも最初からそれが許されるとは思っていなかったのだろう、ソファから背を離すことなく寛（くつろ）ぎながら返答を待っている。

「そうですね」

結論は既に出ているのだと、それを隠す気もないわざとらしい思案の声。

リゼルは気だるげにソファへ落としていた手を持ち上げ、肩ごしに背後のイレヴンを撫でた。

「この子が頷くだけの、そんな頼み方ができれば許しましょう」

頬の鱗（うろこ）を撫でる指先の感触を享受しながらイレヴンは唇を歪めた。

両腕を這（は）わせるようにリゼルの腰へと巻きつける。細く長い指、その掌が腹を撫でていく感触を咎めるように、頬に触れる指先に微かに爪を立てられた。痺（しび）れるような感覚が走る。

薄い肩越しに顔を出し、紅い虹彩を裂いたかのような瞳孔（どうこう）でレイを見据える。

「隙がねぇのはどっちだっつうの」

それはまるで、親が子を守ろうとするかのように。

巻きついた腕は慈愛に富み、目の前に座る男へ向けた視線には警戒が滲んでいた。

「酔っぱらってる内に躾けようって？　なァにが傅いてみせればーだよ、わっざとらしい」

「さて、何のことかな？」

誰しもが親しみを抱く笑みを、イレヴンは鼻で笑い飛ばした。

リゼルを王に云々、という話の直後に突っ込んでくるあたりタチが悪い。半分本気の冗談だとは知っている。酔っているとはいえリゼルがそれを悟れない筈がないことも分かっているし、だからこそ「代わりに拒否して」と分かりづらく甘えられたのにも気付いているが。

「ざァーんねん。リーダー俺のが良いんだって」

「そのようだ」

ハッハッと笑いながらレイは扉の外へと声をかけた。

テーブルに置かれた紅茶は既に氷が溶け、イレヴンの酒もリゼルの酒もどきも残り少ない。彼は呼びかけに気付いて入室してきた使用人へと、新しい飲み物と菓子の追加を頼む。

そして何か必要なものがあるかと窺うようにリゼルへと視線を向けるレイに、イレヴンがひらりと手を振った。見目では分かりづらいがリゼルの体から力が抜け始めている。結局のところ飲んだ酒はごく少量、酔いは長続きせず眠さが勝ったようだ。

「しかし、君に投げるとは思わなかったな」

使用人の姿が扉の向こうへ消えた頃、レイが声量を控えながらも口を開いた。

先程、リゼルが対応を丸投げした件だろう。静寂が馴染みつつある室内で、イレヴンは同じく潜めた声で告げる。

「ご愁傷サマー。普段はニィサンに花持たせてっけど、俺にも結構頼るんだわ」

「おや、花を持たせているのかい？」

「つうか確率？　俺でもニィサンでも良い時は、成功率高ぇほうに任せるってだけ」

イレヴンはリゼルの肩に顎を乗せ、その顔を覗き込んだ。

自身の話題が出ているにもかかわらず、自宅の安楽椅子で揺れているかのようにゆったりとしている姿は以前酔った時と変わらない。凛と高みから見下ろすような瞳はそのままに、だが今は徐々に緩んでいっている。やはり眠たいのだろう。

「成程。それならジルに軍配があがるだろうね」

「あんな人外とガチで張り合おうとか思ってねぇし良いけど」

「得意分野も違うだろう？」

「分野問わずなら幾らでも」

ようは適材適所というだけのこと。

ジルにしかできないこと、イレヴンにしかできないこと、両者にできること、リゼルはそれを的確に判断して物事を託す。純粋な実力だけでなく状況に合わせて最も良い判断を、それが情に流されないあたり根っからの貴族なのだろう。

「そういうシビアなとこ、大ッ好き」

「気安いですよ」

促され、イレヴンは巻きつけた腕を解きながらにんまりと笑った。

その勢いでソファに寄りかかれば、追いかけるようにリゼルも背を預けてくる。

「けれど、ジルばかりじゃ面白くはないだろう？」

「まぁ、あんま偏んのはなァ。そこらへん調節してくれてっけど」

肩に預けられた後頭部、間近にある柔らかな髪を見下ろして笑う。

「そん時はぎゃんぎゃん言ってりゃ構ってくれっし、不満ってほど不満じゃねぇかな」

イレヴンがリゼルへと嘘をつくことは、あまりない。

よって本心だ。ジルに叩かれた叩かれたと騒ぐのも、宿が自分だけ違うずるいずるいと文句を言うのも、口にする不平不満は全てが演技という訳ではない。

だがそこまでかと言われると違う。流そうと思えば気にせず流せるし、事実リゼルが相手でなければ「は？」の一言で興味を失うだろう。つまり嘘ではないがわざとではあった。

「おや、随分と打算的な気の引き方だね」

「リーダーも全部分かってっし、ただのカワイイ我儘だろ」

人聞きが悪い、とイレヴンはケラケラと笑った。

その時、ふいにレイの目が優しく緩む。その視線の向く先と、静かに唇の前に立てられた一本の指にイレヴンは口を噤んだ。くたりとした体を支えながらゆっくりと体を起こす。

「寝た？」

「完全に、ではないけどね。ベッドを用意させよう」

「俺の分いらねぇから」

「ん、帰るのかい？」

「なワケねぇだろ」

　小声で言葉を交わしていると、静かなノックと共に使用人が戻ってくる。

　ちょうど良いとレイが寝台の用意を指示すれば、使用人は心得たように茶と菓子を手早くテーブルにセッティングする。駆け足にもならぬ洗練された仕草で部屋を出ていく姿を見る限り、すぐにでも客室が用意されることだろう。

　残された部屋で、イレヴンは器用にリゼルを支えながら菓子へと手を伸ばす。

「つうか仕事ねぇの？」

「今日じゃなければいけない仕事は終わらせているからね」

　つまり急を要しない仕事は残っているのではと思ったが、別に関係ないので気にせず三段トレーからスコーンをとって齧りついた。


　常になく深い眠りであったように思う。

　徐々に覚醒していく意識のなかでリゼルがまず気が付いたのは、柔らかなベッドに体を沈める感覚。次いで身じろげば手に馴染む滑らかなシーツと枕の心地よさ。かけられた毛布は軽く温かく、手放すのが憚（はばか）られて堪能するように肩まで埋まる。

　リゼルは揺蕩う意識をそのままに快適な二度寝の体勢へと入った。何だかやけに頭の中がゆらゆらと揺れている気がする。深く深く、幾らでも眠れそうだった。

「……？」

ふと、何処からかピアノの音が聞こえた。

気のせいかもと思いながらも身じろぎを止め、一度も瞼を開いていない瞳をそのままに耳を澄ましてみる。やはり気のせいではない。鍵盤(けんばん)を叩く小さな音が確かに聞こえてくる。

「(陛下がきてるのかな……)」

毛布の中に沈めた口元を緩めながら枕に頬を擂(す)りよせた。

曖昧(あいまい)な意識のなかに微かに流れこむ旋律(せんりつ)。時折とぎれるそれが、まるで子守唄のようだった。

「(おなじところで引っかかってる……いやになって、好きほうだい弾きはじめるかも)」

何故か聞き覚えのない曲は、シンと澄み渡った朝に相応しく心洗われるような音色。

流れゆく細流にも似た旋律は、とある部分に差し掛かると必ず乱れて止まる。そして暫くその部分だけを幾度か繰り返し、再び頭から奏でられてはやはり同じところで引っかかって止まっていた。

「？」

そこで、ふいに気付く。

まだ手習いの域を出ない曲に元教え子が苦戦していたのは昔の話。今では何でも弾きこなし、気分次第でアレンジだってお手の物。更には即興で作曲してみては、超絶技巧溢れるアップテンポな曲をノリにノッて弾き奏でたりもしたりする。

リゼルは重たい瞼を薄っすらと開き、ぼうっと視界に入る景色を眺めた。

「(……実家じゃなかった)」

ベッドの所為で寝惚けた。

「(え、と……)」

見回せば広く豪奢な部屋。全く見覚えがなかった。

ひとまず現状を把握しなければと体を起こそうとして、ぐわんと揺れた頭に一瞬で全てを察する。打ち鳴らされた釣鐘の中に潜り込んだかのような感覚。酔っぱらって記憶が飛んでいるのだ。

一体どこで酒など口にしたのかと考えるも、心当たりは全くない。失った平衡感覚に体を起こすこともできず、ベッドに懐いたまま部屋の中へと視線をうろつかせる。

すると、ソファの上に寝転がるイレヴンを見つけた。毛布の上と下から旋毛と足先だけを覗かせる姿に一瞬、彼の盗賊時代のアジトに連れてこられたのかと思ったが、それにしては調度品が整いすぎていた。

神出鬼没のフォーキ団、幾つあるかも分からぬアジトは裏商店から中心街にまで及び、ひと月として同じ所にはないという。更には本人達もわざわざアジトに寝に帰ることも少なく、互いに顔を合わせることもほぼないようだ。実態が摑めないまま被害ばかりが積み重なる、と恐怖されていたのも納得だろう。

とはいえ本人たちは好き勝手しているだけであり、そういった目くらましを意図して動いている訳ではないようだ。こういった事情をリゼルが敢えて尋ねたことはなく、全てイレヴンとの雑談から予想したことなので確証はないが。プライベートを根掘り葉掘り聞くような真似はしない。

「……」

視線はイレヴンから部屋の細部へ。

重厚なボタニカル柄の絨毯、さりげなく目を惹く美術品、微細な彫刻のなされたベッドヘッド、疑いようもなく貴種の住処であるのだろう。そして、イレヴンがリゼルを連れて泊まることを許容したことを思えば、残る選択肢は一つだけ。

「子爵の、家」

零した声は掠れていて、リゼルは視線だけで水を探した。

ベッドに寄り添うように置かれたサイドテーブルの上に、カーテンから差し込んだ光を弾くガラスの水差しを見つける。自覚した喉の渇きが更に増し、緩慢な仕草で起き上がった。

ふと、以前に二日酔いになった頃よりも随分と状態が楽であることに気付く。あまり飲まなかったのかもと、そう思いかけてハッと天啓を得たかのように顔を上げた。

「(強くなったのかも)」

やや血の気の引いた顔を綻ばせる。

そう思えば二日酔いもマシになった気がして、嬉々として水差しに手を伸ばした。

「……んぁ、起きた？」

「お早うございます、イレヴン」

「んー」

その時、もぞりとソファの上に伸びた毛布が動いた。

起こしてしまったらしい。眠そうに薄目を開けているイレヴンが毛布から顔を出す。

「だいじょぶ？」

「前より楽です」

「なら、いいや」

寝起きは大抵不機嫌そうにしている彼の柔らかな笑み。

珍しいことだとリゼルは微笑み、水差しからグラスへと水を注ぐ。ガラス越しに感じる水温は冷たく、目覚めを促すようにふわりと柑橘の香りが鼻を掠めた。

「ここ、子爵の家ですよね？」

「そ」

「久々の再会で酔っぱらってたなんて、失礼なことをしちゃいましたね」

謝罪と感謝を伝えなければ、とリゼルはカーテンの閉められた窓を向いた。

隙間から帯状に差し込む明かりはか細く、時折ちらちらと埃が反射して煌めいている。その角度から、強さから、恐らくまだ朝焼けが望める頃だろうとあたりをつけた。

レイを訪ねるにも早すぎるし、暫く部屋に居たほうが良いだろう。イレヴンもまだ起きる気はないらしく、すっかりと顔面を枕へと埋めて何やらもごもごと言っている。

「起きたら好きにしていーって……飯でも何でも、誰かに言えって」

「有難うございます」

それを伝える為に目を覚ましてくれたのだろう。後は、心配してくれたからか。

酔っ払ってしまって申し訳ない、と苦笑しながらグラスを唇へと運ぶ。水温が移ったのか、冷たくなったグラスが唇に触れる感覚に背筋が伸びた。少しだけ喉へと流し込む。

そういえば何故、自分は酔っぱらったのだろう。冷たい水が喉を通り、胃の中へ落ちていくのがはっきりと分かった。肺まで冷えた気がして吐息を零し、その刺激にようやく回り始めた思考で昨日の記憶を手繰り寄せて、ふいにピタリと動きを止める。

「(記憶が残ってるのが、祭事の途中まで)」

寝起きの脳をフル回転。何だか嫌な予感がした。

思い出せる限りの記憶、その最後には祭事中に渡された聖水の杯がある。事前に説明されていたもので、想定外でも何でもない所作であった。よって練習どおりに渡された杯を持ち、傾けて飲み干そうとして、そこで突然に記憶が途切れている。

と、いうことはだ。

「！」

人に見られることに慣れ、それを前提とした洗練した所作が目を惹くリゼル。

そんな彼にしては、非常に貴重な急いた仕草でグラスをテーブルへと置いた。コトリと微かな音が乱れた心情を表しているようだったが、リゼルはそれに構うことなくベッドから立ち上がる。立ち上がった勢いを弱った平衡感覚が対処しきれず、一瞬天地を失ってたたらを踏んだ。

咄嗟にサイドテーブルに手をつけば、寝入った筈のイレヴンが毛布を跳ねのけ起き上がる。

「何、リーダーどしたの。だいじょぶ？」

「大丈夫です、すみません」

今にも駆け寄ってくれそうなイレヴンを手で制し、リゼルはゆっくりとベッドへと腰を下ろした。俯いた顔に落ちる髪を避けることもせず、途切れぬ嫌な予感に無意識に口元に触れる。

「ええと、昨日の依頼、途中でしたよね」

「は？　あー……祭事？　は、ちゃんと最後まで終わらせてた」

「そうですか……」

「聖水？　に酒入ってたっぽい」

リゼルは安堵すると同時に少しだけ落ち込んだ。

聖水の量もないからと、事前の練習で用いられたのはただの水だった。それは何も問題がない。問題なのは、飲めないものの酒の匂いは分かるリゼルが本番で飲む前に気付けなかったことだ。いや、気付けても恐らくあの場では覚悟を決めて飲んだだろうが。

つまり、申告もいらない程の僅かな量で酔ってしまったという事実に落ち込んでいた。

「……あ、でも片付けもありましたよね」

「へー、そうなんスか。ニィサンに任せてきたしなァ」

イレヴンは依頼の詳細には基本的に興味がない。

「多分やらねぇ代わりに報酬減額とか、いらねぇとか、そんな感じにしてんだと」

直後、リゼルの顔から笑みが消えた。

思わず肩を跳ねさせ言葉を切ったイレヴンの前で、いかにも痛悔といった様子で顔を覆う。俯いた顔から、穏やかではあるが強い自省を孕んだ声がぽつりと漏れ出た。

「酔っ払って、依頼放棄」

やらかした、と全身で訴える珍しいリゼルの姿にイレヴンは目を瞬かせる。

だが彼はそれに同情を覚えるほど良い性格もしていない。その姿を愉しむように唇を笑みに歪め、少しばかり揶揄うように目を細めながらソファの上に胡坐(あぐら)をかいた。

「そんな気にするコトねぇじゃん、事故だし、事ィー故。依頼も成功みたいなもんだしさァ」

「そうは言っても、俺の不注意ですし」

愉悦を孕んだ声ではあるが、慰めてくれているのは間違いない。

リゼルは気にせず、はふりと息を吐きながら顔を上げた。頬に落ちる髪を耳にかける。

そして考えるように視線を流して数秒。うん、と一つ頷いて此方を窺うイレヴンを見た。

取り敢えずするべきことはしなければ。開き直る訳ではないが、何もしないのでは本末転倒。反省というのは長く落ち込んでいれば良いものではなく、生かして何を成すかが大切なのだから。

感情制御に長けているお陰で頭の切り替えも早い、そんなリゼルならではの考えであった。

「〝Bouquet・Chocolat(ブーケショコラ)〟で一番良いものってどれでしたっけ」

「あ、俺用意しとこっか。行く予定あるし」

「有難うございます。なら、二つ。あと昨日の祭司さん達の居場所も知りたくて」

「二人?」

「そうですね……いえ、お姉さんだけで」

「りょーかい」

〝Bouquet・Chocolat〟はイレヴンが懇意にしているチョコレート店だ。

彼は頷きながらも寝転がり、二度寝の体勢をとった。時間も早いのでまだ店は開いていない。あいう店は何時ごろ開くのだろうか、リゼルは疑問に思いながらも立ち上がる。

「リーダー？」

「もう寝られそうにないので、ちょっと出ますね」

「んー」

毛布の中から伸びた手がひらひらと振られる。

リゼルは微笑み、微かに揺れる頭を刺激しないようゆっくりと扉へ向かった。レイが好きにしろと言ったからには何をしようと咎められることなどないのだろうが、好き放題に歩き回るつもりもない。確信を持って扉を開き、探す手間もなくその姿を見つける。

「お早うございます。よくお休みになっていただけましたでしょうか」

「はい、有難うございます」

扉の横にそっと、一人の女性が手を体の前に添えて立っていた。

角度まで計算されているのではと思わせるほど美しく腰を折り、静かに持ち上げた細面に浮かべられた微笑みは洗練された使用人の鑑そのもの。見慣れたそれに感心することもなく、リゼルは晒しただろう醜態の謝罪をこめて礼を口にした。

「お食事も湯殿もすぐに準備ができますが、いかがなさいますか？」

「そうですね。それより、これは？」

気に障った訳ではないのだと伝えるように柔らかな口調で、いまだ何処からか聞こえてくる音色をなぞるように指してみせる。それに対し、使用人は申し訳なさそうに小さく眉尻を下げてリゼルを見上げた。

「ライナさまがピアノのお稽古をされていまして……」

「あ、やっぱり。以前お世話になったので、ご迷惑でなければ挨拶したいんですが」

「左様で御座いますか」

彼女は安堵したように頬を緩ませ、快く案内を始めてくれた。

何故ならレイの息子であるライナ。彼は昨晩、騎士学校から帰った折にリゼルの訪問を耳にしては、ぜひ会いたいのだと父親譲りの金目を輝かせていた。それを使用人である彼女も見ていたので、ライナ側が拒否することはないだろうと知っている。

本来ならばもう少し手順を踏んだ取次を行うべきであるが、レイからも「不自由のないよう配慮し、可能な限り希望を叶えること」と命じられている。このまま案内してしまっても咎められることはないだろう。

「昨日は突然押しかけて申し訳ありません」

「いえ、レイ様もとても喜んでいらっしゃいました。私共も嬉しく思います」

ちなみに彼女は今、穏やかに会話を交わしている相手が冒険者だと知らない。

「少々お待ちください」

辿り着いた扉越し、音色は随分とはっきり聞こえるようになっていた。

今は順調に奏でられている旋律に、微笑ましく思いながら目を伏せて耳を澄ます。リゼルもヴァイオリンに比べれば習熟度は低いものの、ピアノもそれなりに修めている。

ノックに音色が止み、入室を促す声がした。使用人が先に入り、それから数秒。

「あ」

勢いよく近付いてくる靴音に、リゼルはそっと耳を塞ぐ。直後、力強く扉が開かれた。

一番に目に入ったのは艶やかな黒髪、次いで父譲りだと分かる黄金色の瞳。朝日を取り込んで煌めくそれを美しいと思う間もなく、満面の笑みが大きく口を開いた。

「お久しぶりで御座います!!」

「お久しぶりです、子息さん」

耳を塞いでもなお、ぐらんと脳を揺らす溌剌とした声。

苦笑しながら少しだけ声を小さくしてもらえるよう頼めば、何かを察したのだろう。彼は思慮深い顔で深く頷き、すぐに尊敬と好奇に輝く笑みを浮かべて部屋へと招き入れてくれた。

リゼルは招かれるままに足を踏み入れる。礼をとる使用人の姿が扉の向こう側に消えた。

「アスタルニアから帰っていらしたのですね。昨日、父上から聞いて驚きました！」

「君のお父様にはご迷惑をかけてしまいましたね」

「いいえ、とても楽しそうでしたとも」

早朝とは思えぬハキハキとした声で告げながら、ライナが椅子を運んでくる。

他と比べれば狭い部屋は、ピアノの修練の為だけにあるのだろう。中央に置かれたピアノ以外にソファもテーブルもなく、講師が来た時に使うらしい椅子が部屋の隅に並べられていた。

その一つを差し出され、好意に甘えて腰かけた。ライナも向かい合うようにピアノの椅子に座る。二人からは譜面台に立てかけられた楽譜がよく見えた。

「少し、苦戦してましたね」

視線で促せば、ライナもそちらを見て照れたように笑った。

「聞こえておりましたか、お恥ずかしい……どうも、こういった芸事は苦手でして」

彼は照れ隠しのように首をさすり、ふいに何かに気付いたようにリゼルへと向き直る。

「もしや起こしてしまいましたか！」

「いえ、自然に起きましたよ。むしろ、心地好い目覚めを頂いてしまいました」

「なんとお優しい……っ」

感動に目を輝かせるライナに微笑みながら、リゼルはむしろ寝すぎである事実に今更ながら思い至った。祭事の行われた時間から考えると、恐らく丸半日は寝ていただろう。

まさか冗談でも「ライナに起こされた」などと言えはしまい。

「不甲斐ないことに、いつも同じところで躓いてしまいまして。早く父上のように弾けるようにならなければと、気ばかりが逸ってしまいます」

「子爵も弾かれるんですね」

「ええ、素晴らしい腕前ですとも！」

胸を張って誇らしげな姿に目元を緩め、リゼルは改めて楽譜へと視線を戻す。

気付いたライナがそれらを纏めて渡してくれたので、薄い楽譜を手元でゆっくりと捲った。ライナが苦手としている部分はちょうど、曲全体の真ん中ほどだろうか。

今更かもしれないけれど、と前置きしてピンと背筋を伸ばして座るライナを窺う。

「君は躓いたら止まるけど、多少乱れても続けて弾いたほうが良いと思いますよ。先の流れが分からないと、指先が余計に迷ってしまうでしょう」

「分かってはおりますが……けれど、どうしても其処に気を取られてしまいまして」

分かっていても難しいと、そういうことなのだろう。

リゼルは楽譜を閉じて成程と頷いた。ふと思いついたように口を開く。

「俺と弾いてみますか?」

「は、?」

「連弾(れんだん)です。一緒に弾けば、詰まっても弾き続けやすいと思うので」

あっさりと告げたリゼルに、ライナはぱちぱちと目を瞬かせた。

その表情が徐々に喜色に染まっていく。もはや彼の中に「冒険者なのに何故」という疑問など微塵(みじん)も湧かない。最初からリゼルをそういったステージで見ていないからだ。

「ぜひ！　っあ、でもお加減は……」

「これくらいなら大丈夫ですよ」

「ならばぜひお願い致します！」

リゼルは気遣いに礼を告げるように首を傾け、にこりと笑ってみせた。

そして楽譜を譜面台に戻そうと立ち上がれば、ライナがいそいそとリゼルの椅子を自らの隣へ移動させる。連弾の経験はあるようで、レイと弾くのか学友と弾くのかと何となく考えた。

「子息さんが真ん中でいつもどおり、俺は高音にいますね」

「分かりました」

「片手だけになるし、連弾というより伴奏になりそうですけど」

「問題ございませんとも！」

リゼルは移動された椅子に腰かけ、広げた楽譜に手を添えながら少し眺める。

正直、初見の曲を合わせるのはリゼルの技量では難しいのだが、ライナが手習いで苦戦しているのが幸いした。これならばなんとかなりそうだ、と曲の流れだけ頭に入れる。

ライナも腰掛け、鍵盤に指先を乗せる。決して小柄ではない男が二人、どうしても体が近くなるので、彼の右腕の演奏を邪魔しないようリゼルは左肩を少し引いた。右手で鍵盤をなぞる。

「楽譜、捲るの任せて良いですか？」

「勿論です。弾きにくくは御座いませんか？」

「大丈夫ですよ。君のタイミングで始めてください」

ライナは無意識に肩の力を抜いた。

今までで最も近くから聞こえる穏やかな声。それが気負いを溶かしていくようだった。

ライナは深く息を吸い、ゆっくりと吐く。肺が萎んでいく感覚と共に少し重くなる腕、逆らうことなく鍵盤に沈めた指先が、湖畔の緑を映した水面のように緩やかな旋律を奏で始める。

同時にリゼルの指先が鍵盤を跳ねた。まるで凪いだ湖面で妖精が戯れるようなアドリブ。広がる波紋のように細やかに重なった音はライナを驚かせたが、彼はすぐに破顔して調和する旋律を楽しんでいた。

「その調子です」

音色の邪魔をしないよう囁いた声に、返答する余裕まではないようだ。

しかし綻んだままの口元に、リゼルはそれを横目で窺いながら微笑んだ。ライナはピアノを苦手だと言うが下手という訳ではない。練習した分はしっかりと身についており、このまま練習を続ければ十分に貴族の嗜みというだけの分は修められるだろう。

「早くならないで、ゆっくり」

ライナは非常に集中力が高い。恐らくそれが苦手部分に注がれてしまうのだろう。

問題の小節が近付くにつれ徐々に上がっていくテンポ。リゼルは左手を彼の背に添える。

「俺の音を聞いて、合わせることに集中して」

添えた手の指で、元のペースを刻んでやる。

少しずつ緩やかさを取り戻していく旋律に、褒めるように一度、二度と背を撫でた。

そしてついに、問題の小節に差し掛かる。

「続けて」

もつれた指先が止まりそうになる寸前、ともすれば安心感さえ抱きそうになる柔らかな命令がそれを咎めた。

もはや反射だった。騎士が王に服従することに疑問を抱かないように、それはライナの意思を強制することもなく従わせた。止まりかけていた指先が意思に反して動き続ける。

「そう、上手ですね」

頭を撫でられたと、そう錯覚してしまう程に優しい声。

ライナは主旋律を外れて戯れるリゼルの指先をちらりと見やり、そして幸せを噛みしめるように一瞬だけ固く目をつぶる。絶え間なく動く指はもう、ぎこちなく絡まることはなかった。

曲は無事に終幕を迎え、リゼルは大喜びのライナによる全身全霊の感謝の言葉にくらくらと頭を揺らした。そのまま何となく互いに椅子に腰かけ、請われてはアスタルニアの思い出話をし、逆に請うては騎士学校の日常話に耳を傾ける。

そうしていれば、どうやら随分と時間が経っていたのだろう。ノックの音に二人が談笑を切れば、使用人からレイの起床と、ライナの身支度の時間であることを告げられた。

「これから騎士学校ですか?」

「はい。充実した時間を過ごさせていただけましたこと心から感謝申し上げます!」

「こちらこそ」

どちらともなく腰を上げ、ふいにリゼルは踏み出しかけた足を止める。

一応身に着けていて良かった、と不思議そうなライナの視線を受けながら腰のポーチへと手を入れた。やはり土産は余分に買っておくべきだなと、ナハスに感謝しながらそれを取り出す。

「アスタルニアのお土産です。もし良ければ」

リゼルが差し出したのは絶妙な大きさと重さの木彫りの人形。

土産という言葉に顔を輝かせたライナは、それを無言で受け取った。両手からはみ出る程の寸法。何処に置いても浮くだろう何とも言えない造形。果たして笑みを浮かべているのか憤怒を浮かべているのかも定かではない風貌は見ていると不思議な極致に至れそうな気がする、そんな人形だ。

「まさか私が頂けるとは……」

ライナは粛々と木彫りの人形を眺め、静々とリゼルを見据えた。

「感動いたしました、有難うございます…っ」

感極まった声色に嘘はなく、喜んでもらえたようだとリゼルは安堵して微笑んだ。

リゼルも流石にちょっと好みが偏りすぎるかなとは思っていたのだ。ナハスの土産センスがライナに合致したのか、それとも土産を貰えたという事実を喜んでくれているのかは分からないが、厄除けなのだから縁起は良いだろうという純粋な好意で渡したことだけは確かである。

「置物でございますね」

「アスタルニアの厄除けなので、ぜひ飾ってあげてください」

「勿論ですとも！」

笑顔いっぱいで頷いたライナに見送られ、リゼルはレイの待つ応接室へと案内された。

リゼルは覚えていないが、昨日に席を共にした応接間でレイは待っていた。

既に完璧に身支度を済ませているあたり、流石は体裁を取り繕うことを美徳とする貴族だろう。

けれど身なりに嫌味はなく、それはセンスというよりも本人の気質の現れか。

彼は入室するリゼルに気付き、目元の筋目を笑みに深めた。大きく庭に面したガラス窓から差し込む朝日に金の髪を煌めかせ、手にした紙束をソファの端へと放りながら椅子を勧める。

「やぁ、リゼル殿。うちの息子が世話になったようだ」

「お早うございます、子爵」

リゼルは招かれるままにレイの正面へと座った。

紅茶が用意され、酸味のある甘い香りが空気を温める。指先に熱を感じながらカップを手に取れば、肺を満たしていく香りがあまり調子の良くない胃に染みわたっていくようだった。

しかし口は付けず、リゼルは申し訳なさそうにレイを見て眉尻を下げる。

「先日はご迷惑をおかけしました」

「何、迷惑など何一つかけられていないとも。リゼル殿が気にすることなど何もないさ」

嫌味もなく、快活に笑う姿は間違いなく本心からのもので。

ならばこれ以上謝るのも無粋(ぶすい)かと口を閉じ、ようやくカップに唇を触れる。酔って記憶が飛んでいる間のことを誰も教えてくれないが、どうやら最中に何かをやらかしたということもなさそうだ。

安堵しながら紅茶を一口飲む。

「空腹ではないかい？　何か用意させよう」

「いえ、実はあまり食欲が……」

「おや、それはいけないね」

少しばかり驚いてみせた彼は、もしかしたら二日酔いの経験がないのかもしれない。

以前の建国祭でのパーティー帰り、屋敷にお邪魔した際の彼はジル達と共に随分と飲んでいた覚えがある。その時にも終始素面(しらふ)であったことから、強いのだろうとは思っていたが。

結局当時は、それこそ瓶の数から桁違(けたちが)いに飲んでいたイレヴンだけが二日酔いとなっていた。ジルもケロリとしていたし、全く羨(うらや)ましいものだと思わずにはいられない。

「子爵はお強いんですね」

「さぁ、どうだろうね」

自覚がないのか他者と比べたことがないのか。

彼は思案するように親指で顎をなぞり、気遣うようにツイと此方を見やる。

「何も食べないのはいけないよ。果物だけでも食べていくと良い」

「有難うございます。じゃあ、お言葉に甘えさせてもらいますね」

「ああ、甘えなさい！」

何故だか酷く歓迎するような物言いだ。

不思議に思って見つめてみるも、意味ありげな笑みを浮かべて躱されてしまう。然して気にはせず手にしていたカップをテーブルへと置いた。洗練された所作は一瞥すら向けないままに、微かな音も立てず高台(こうだい)をソーサーへと触れさせる。

リゼルは背筋を伸ばし、改めてレイへと向き直った。

「改めてお久しぶりです、レイ子爵」

「ああ、そうだね。君のいない王都は酷く退屈だった」

平然と告げるレイに苦笑を返す。

退屈こそ望むところであろうに、王都の治安を司る貴族の一人とは思えない発言だった。

「アスタルニアは良い国だったかな」

「はい、とても賑やかで」

「それは楽しそうだ。帰りも魔鳥車だったようだね」

「ちょうどこちらに来る予定があるからと、ご厚意で」

「そうだろうとも」

紅茶片手の雑談ではあるが、行き交う情報は聞く者によっては望外の価値を孕む。

しかし両者の態度に気負いはない。威厳に満ちず、笑みを交わし、軽い冗句(じょうく)を挟みながら。例えこれが国を左右する問題についての会合であっても、彼らはその姿勢を崩さないだろう。真剣でないのではなく、それが当たり前の日常であるというだけのことなのだから。

「シャドウには会ったかい？」

「はい、帰りにマルケイドに寄って。変わらずお元気でしたよ」

「あれは働いていないと体調を崩すような質(たち)だからね。忙しそうで何よりだ」

今頃、当のシャドウはペン先でも折っているだろうか。

とはいえ情報収集は貴族の嗜み。リゼルも元の世界では遠方へ赴く貿易商や旅人などを招いては、

〝見分を広げるため〟と銘打って様々な話を聞くことがあった。よってレイとの会話を、そういった意図を含めて楽しむことができる。聞きたいだろう事をさりげなく伝え、時に躱し、会話は途切れることなく弾んでいた。

そしてシャドウ本人に聞かれれば舌打ちが返ってきそうなことを話していた時だ。

ふいに扉がノックされる。入室する使用人が押す台車に二つのガラスの器が見えた。美しく盛りつけられた何種類ものフルーツ、それぞれの正面に並べられたそれは瑞々しく輝いていた。

甘酸っぱい香りが鼻をくすぐる。添えられたフォークを持ち、一口含んだ。

「あ、美味しいです」

「それは良かった！」

上機嫌に笑ったレイが、次いで悪戯っぽく目を細めてリゼルを見据える。

「そういえば、今の話を聞いて思うところがあってね」

「ん、どれでしょう」

「シャドウばかり君から土産を貰うなんて、ずるいと思わないかい？」

露骨な催促に少しばかりの懐かしさを感じて、リゼルは思わず笑みを零した。

あると確信しているからこその催促なのだろう。ない、と告げたところで言葉遊びを楽しまれるのが関の山。少しばかり興味を引かれはするものの、それではあまりにも意地が悪い。

ポーチに手を入れる素振りを見せれば、目の前にある壮年の花顔がパッと華やいだ。

「そういう表情をすると、ご子息にそっくりですね」

「似ている、とは時々言われるね」

「子爵はそう思わないんですか？」

「そうだね。あれは妻によく似ている」

柔らかに告げたレイに、身内から見るとまた違うのだろうとリゼルも微笑んだ。

そのままポーチから取り出したのは、シックな色合いで華やかに装飾された一つの箱。テーブル越しに差し出せば、レイから伸ばされた掌が箱を優しく掬い上げるように攫っていく。

開けても良いかと問われ、勿論だと頷いてみせた。

「素晴らしい。スカーフタイかな？」

「はい、時々つけているようなので」

レイは指を差し込むようにスカーフを箱の中から取り出した。

折りたたまれたそれを膝の上で広げながら、今まさに身に着けているタイへと触れる。淀みない仕草でピンを外し、手慣れたように結び目に指をかけて襟元から引き抜いた。

「あまり見ない柄だ」

「アスタルニア織物で作られてますから」

「ああ、だからだね」

いっそ愛おしさすら感じさせる眼差しがスカーフへと注がれている。

無地の所々に施された紋様は、品を見せつつも何処か見慣れない真新しさを感じさせる。手触りの良い布は微かな光沢を持ち、織られた紋様部分は角度によって仄かに色を変えていた。

「御存じでしたか？」

「糸と一緒に魔力を織り込み、様々な魔力的効果を持たせるらしいが」

「流石ですね」

「ふむ、これにも何か意味があるのかな？」

顚を持ち上げ、真新しいスカーフを襟下に通しながらの愉快犯じみた眼差し。忙しなさを感じさせない鷹揚とした指先の動き、それとはやや矛盾して見える眼差しが彼にはよく似合っていた。

最後にタイピンが彼の胸元を飾り立てる。それを見届け、リゼルはゆるりと微笑んだ。

「貴方の心がいつも満たされていますように」

「本当に、君は最高だ！」

感極まって両手を広げた彼に、贈ったスカーフタイはよく似合っている。

シックな色合いが光を反射して煌めく金糸を、全てを楽しみたいと輝く瞳を酷く際立たせていて、その姿を眺めながらリゼルは満足そうに果物の甘酸っぱさを堪能していた。

138.

どの国においても、農耕というのは重要な役目を担う。

パルテダールも例外ではない。だが王都内で農地を見ることはなく、それらのほとんどは国の領地内、王都（パルテダ）・商業国（マルケイド）・魔鉱国（カヴァーナ）の三大都市に囲まれるように点々と存在している。

農業を生業（なりわい）とする人々が、自然に寄り添うように暮らしている幾つもの農村だ。

「ジルは農村出身なんですっけ」

「いや、山寄りだった。薪（まき）だの工芸品だの作ってたな」

リゼル達は荷馬車に揺られながら、のんびりと平原を進んでいた。

空は青く澄み渡り、雲一つなく高い。野菜を積んで運ぶための荷馬車は屋根もなく、三人は後部に足を投げ出すように座っていた。土の香り混じる風が心地よく通りすぎていく。

「え、ニィサン何か作れんの？」

「ねぇよ。向いてなかった」

「ジルはあまり根気強くないですしね」

剣の手入れには労を惜しまない癖に、細々とした繊細な作業を面倒臭がるのだ。

不器用という程ではないのだろうが、やはり向き不向きというものがあるのだろう。リゼルは腰掛けた荷台から、地面に薄っすらと伸びていく轍（わだち）を見送りながら笑みを零す。

「前、スタッド君と行った所も農村でしたよね」

「あー、ニィサン置いてったとこ？　でっけぇ麦畑あったかも」

「だから土産にエールあったのか」

「折角だから特産っぽいのが良くて」

馬車が進んでいるのは、きちんと整備されている道ではない。

けれど幾度も馬車が行き来したのだろう。踏(ふ)み均(なら)されてできた自然の道は、旅人を導くかのように草原の中にはっきりと刻み込まれている。とはいえ時には野生動物も歩む道、蹴りこまれた小石か地面を掘った跡か、時折ガタンと車体が跳ねるのはご愛嬌(あいきょう)だろう。

リゼル達は尻に幻狼(げんろう)の毛皮を敷いているので腰を痛める心配もない。お陰でカッポカッポと聞こえる馬の蹄(ひづめ)の音に耳を澄まし、何とも長閑(のどか)だと心安らかでいられた。

「あそこまで栄えてると、憲兵が常駐してたんですけど」

リゼルは緩やかな風の流れに逆らうように後ろを振り返る。

目を覆い隠そうとする髪を耳にかけ、馬車の進む方向を見れば、使い込まれたハンチング帽を被(かぶ)る御者の後ろ姿があった。のんびりと馬を歩かせる翁(おきな)の背に目元を緩ませ、唇を開く。

「領主様が対策をしてくださってるんですよね」

「えっ⁉　座り心地悪くて申し訳ねぇべ貴族さま⁉」

「いえ、とても快適ですよ」

雰囲気の割に噛み合わない両者の会話に、イレヴンが欠伸(あくび)交じりに一人ごちる。

「ボケてんじゃねぇの爺(じじい)……」

「誰がボケとるっちゅうんじゃ、ェエ⁉」

「何でこれは聞こえんだよ‼」

怒鳴られ、怒鳴り返すイレヴンを横目にジルは荷馬車に肘(ひじ)をついた。

呆れたように溜息をつく。王都から馬車に揺られることおよそ一時間、御者の翁はずっとリゼルを貴族だと思っているし、そうでなくとも割と頻繁に会話が噛み合わなくなる。冒険者を相手にするなら他に人選があるのではないかと思うが、仕方がないといえば仕方がないのも確かだ。

「あと一時間ぐれぇでつくでね、もうちみっと我慢してくれんべね。貴族さま」

「はい。でも、冒険者なんです」

「早めに依頼受けてもらえてほんと助かったでね」

「喜んでもらえて俺も嬉しいですよ」

片道一時間半の道のりを、村の住民は数日に一度作物の納品のために通う。

依頼を出したとしても、いつ受諾されるかは分からない。農作業がある為に王都に付きっきりで冒険者を待つ訳にもいかず、早朝の納品に訪れたタイミングで冒険者と落ち合うのが最も確実だろう。それがちょうど、翁の納品の日だったというだけのことだ。

「作物荒らしに冒険者雇ったことは何度もあんべけど、あんたみてぇなお人は初めて見たなぁ」

カンラカンラと笑う御者のしわがれた声が風に運ばれる。

「こういうこと、頻繁にあるんですか？」

「まぁ、そうしょっちゅうはねぇけんど。来たもんはしゃあねぇべな」

語る声は朗らかで、深刻さは見当たらない。

農耕と作物荒らしは切っても切れないものだ。彼らにとっては嵐が来るのも魔物が来るのも同じこと、運が悪いなぁで済ませてしまう。勿論、対策を打つのに手抜きはないだろうが。

「普段はどんな対策を？」

小石にでも乗り上げたのか車体が大きく跳ねる。

リゼルは少し驚きながらも傍らに片手をつき、気にせず興味津々で質問を重ねていた。

「リーダーこういうの好きだよな」

「職業病っつうか趣味だろ、いっそ」

両側で交わされている会話に苦笑を零す。

気になるのだから仕方ないと思う。それにしても元の世界でも参考にできればと思っていることも否めないので、職業病と言われても否定はできないが。

「魔物避け置いたり、見回りしたりだなぁ。大したことはしてねぇべ」

「見回りっていうのは、皆さんで？」

「普段は若ぇ奴らがやってるべけんど、今は憲兵さんも来てくれんな。荒されてるっちゅうたら、領主様が寄越してくれんだわ」

「そうなんですね」

奇跡的に話題が戻ってきた。

領主がいるような規模の村ではなさそうなので、同じような村を幾つか治めて統治する領主が何処かにいるのだろう。有事には憲兵を派遣してくれるらしく、今も彼らが定期的に見回りに来てくれているようだ。

とはいえ、憲兵の役割は基本的に治安維持。数人程度では魔物を追い払えても討伐までは難しい。

「冒険者が来るまでの繋ぎってことでしょうね」

「どうせなら人数送り込んで討伐まですりゃ良いのに」

「一つの村にそこまでの人員はさけませんよ。前例を作る訳にもいきませんし」

同じようなことがある度に兵を派遣していては、いつか首が回らなくなってしまう。

それならば不慣れな憲兵の人海戦術(じんかいせんじゅつ)よりも、対魔物のプロフェッショナルである冒険者を雇ったほうが確実性が高い。さらに恐らく金銭的にもそちらのほうが安くつくだろう。

「領主もいちいち顔突っ込んでられねぇって?」

「そのとおりです」

意地悪げに唇を歪めたジルへ、リゼルは臆せずにこりと笑ってみせた。

自分達で解決できるのならしてもらわなければ困る。いくら領主とはいえ、領地の問題すべてに一から十まで世話を焼いてはいられない。本当に助力が必要な時はその声が届くよう、きちんと体制は整えているのだから。

「もちろん必要になれば協力は惜しみませんし、その時は拒否されても手を出しますけど」

「拒否されんの？」

「いえ、有難いことにあまり」

ジル達は「だろうな」と頷く半面、少しはあるのかと意外に思う。

草のざわめく音を標(しるべ)に、迫る風が頬を撫でては去っていく。リゼル達の装備は最上級なので不快な寒暖は感じにくくなっているが、半袖の御者はやや肌寒そうに貧乏ゆすりをしていた。

「つかリーダーんとこ冒険者いねぇんスよね」

「はい。こういうことがあると、傭兵（ようへい）を捕まえることが多いですね」

「あぁ、そんなんが居んだっけ」

「知り合いの傭兵団は、良い小遣い稼ぎだって笑ってました」

リゼルがいた世界の傭兵は戦争がなければ魔物を狩り、あるいは迷宮で腕慣らしをしながら日々を過ごしていた。日銭に困れば商人などの道中の護衛や魔物退治もよく請け負っており、意外と人々の生活に密接した活動も多い。勿論、傭兵ごとに活動内容は変わるが。

「おぉい冒険者さん達、後ちょっとで着くでなぁ」

リゼルにとっては馴染みのある存在なので、此方で聞かないのが少しだけ寂しい。

「有難うございます」

実は出発当初から何度か言われている後少し宣言。だが今回は本当らしい。

リゼルは深く座り直しながら行く先を眺めた。気を抜くと振動で落ちそうになるのだ。

「他のパーティはもう着いてんだっけ」

「どんなパーティでしょうね」

今回の依頼は、リゼル達ともう一組のパーティ混合の合同依頼。

【作物荒らしの討伐】という冒険者にとっては別段珍しくもない依頼は、その規模によっては何組かのパーティで解決に当たることがある。合同は受けたことがないから、と選んだが貴重な体験ができそうだ。

「気をつけることってありますか？」

「お前はねぇ」

遠くの森へと視線を投げているジルに問いかければ、間髪入れずそう返された。

何かいたのだろうかと覗き込もうとするも、前のめりになりかけた体はすぐに阻まれてしまう。片手で容易に押し戻され、しかしそれを気にせず発言の真意を探ろうと反対に座るイレヴンを見た。

長い赤髪を無造作に荷台に垂らした彼は、肩を揺らして笑いながら胡坐(あぐら)に肘をついている。その脚を崩し、荷馬車の外へと投げ出しながらわざとらしく視線を逸らしてみせた。

「何つうの、キョーチョーセー?」

「分かりました」

リゼルは疑問を挟まず頷いた。

合同依頼で気をつけること。すなわち協調性。

思えばジルもイレヴンも、合同依頼を選ぶようなタイプではない。冒険者歴が長いので知識はあるだろうし、恐らく一度か二度は受けたこともあるだろう。ジルも足が欲しくて馬車の護衛を受けたことがあると言っていたし、雇い主の心情を思えば一人ではなかった筈だ。

だが、どう考えても他者に合わせられる二人ではない。他の冒険者がいようが一人で全てを終わらせる姿が容易に想像できる。

「折角(せっかく)だし協力したいですよね。あちらのパーティに色々教えてもらいましょう」

「くれっかなァ」

「え？」

何でもない、と呟いたイレヴンは喉をさらけ出して空を見上げている。

相変わらず雲一つない空。青という色はこの色だ、そう言われれば納得できてしまうだろう。

きっと今日は一日晴れ。絶好の冒険者日和だった。


「お」

穏やかな陽気に眠気を誘われながら馬車に揺られること暫く。

ふと何かに気付いたような声を零したイレヴンに、リゼルはどうかしたのかとジルとの雑談を止めた。上体を捻(ひね)るように進行方向を向いている姿、釣られるように肩越しに振り返れば歩調に合わせて上下する馬の鬣(たてがみ)。その向こう側に、長閑な雰囲気ただよう村が見えてきていた。

「あー、ほんとに村ーって感じする」

「綺麗な風車ですね」

「思ったより広(ひれ)ぇな」

数軒見える家々を囲むように広い耕地があった。

ゆっくりと進む馬車が耕地の隙間に作られた路へと差し掛かり、収穫を前に一面を黄金色に染めている麦畑を掻き分けていく。そこに埋もれるように小さな煉瓦造りの風車が二つ、風を受けてゆっくりと回っていた。

時折木の軋(きし)む音を立てながら回る風車の壁。積み上げられた煉瓦の所々を色ガラスが飾り、日の光を鈍く反射しながら煌めいている。鳥よけだろうか、なんてリゼルは地面に落ちた回る影を目で追いながら思った。

「おぉーい、冒険者さん連れて来たぞぉーい」

御者が声を上げ、ハンチング帽を頭上に上げて大きく振る。

すると麦畑の真ん中、風車の小窓、素朴な家の中からひょこりひょこりと村人が顔を出した。恐らく声の聞こえる範囲にいた村人は全員顔を出したのではないだろうか。

「すっげぇ見られてる」

「依頼以外で冒険者が来るようにも見えねぇからな」

畑の手伝いをしていたのか、それとも遊んでいたのか。

麦畑の隙間から顔を出した子供達が少し遠巻きにリゼル達の馬車を追いかける。三人も後ろを向いて座っているものだから、遠巻きとはいえその姿はしっかり見えているのだが。

戯れるように彼らに手を振っていれば、麦畑を抜けた馬車がゆっくりと減速していく。

馬車は畑と家屋に囲まれた小さな広場で完全に停止した。特に何を促されるでもなく馬車から降りたジルとイレヴンを見て、リゼルも暫くぶりに地面を踏みしめる。

「じゃあ儂(わし)ゃ馬車しまってくるでな。待っとってな、貴族さま」

「冒険者ですよ」

リゼルは幻狼の毛皮クッションを回収し、色々と誤解したままの翁へと礼を告げた。

カッポカッポと遠ざかっていく馬車を見送り、村を見渡す。馬車についてきていた子供達は、そのまま翁の牽引(けんいん)する荷馬車へと笑いながら駆けては飛び乗っていく。

待っていてくれと言ったのならば戻ってくるだろう。それまで放置だった。

「家の周りには柵があるけど、畑は囲ってませんね」

「外周は杭で囲んであった」

「見ました？」

「ああ」

それならば近くを見て回ろうかと、三人は昼下がりの散歩のように歩き出した。

もれなく「こりゃ凄ぇ人が来たなぁ」と和気あいあい話している村人達の視線がついて回るが、そんなものは何処であろうと同じこと。期待外れだと思われていなければそれで良い。

「開墾の都合もあるし、しっかり囲う訳にはいかないんですね」

「まぁ仕方ねぇっちゃ仕方ねぇけど、荒らし放題ッスね」

麦畑の前を沿うように歩いていけば、麦以外の作物が育つ畑も見えてくる。

色々な作物を育てているようだが、見る限りに魔物に荒らされた形跡は見つからない。麦畑も、見覚えがあったりなかったりする野菜たちも、与えられた区画内で色鮮やかに育っている。

「どの辺りが荒らされたんでしょう」

「そういやもう一組もいねぇな」

もしや、先に到着した冒険者パーティが既に解決したのだろうか。

それならばそれで良いけれど、折角来たのだから何かしたい。そんなことを話していた時だ。

「……あ？」

突然イレヴンが不快げに眉を寄せ、ジルが訝しげな顔である方角を見据える。

その二人の手が剣に添えられるのを見て、リゼルも口を閉じて二人の視線の先を見た。

広がる畑の向こうには草原、更に奥には村に一番近いだろう森がある。他には何も見えず、何も聞こえない。リゼルはどうしたのかと二人に問いかけようとして、口を閉じる。

風に乗り、不思議な鐘の音が聞こえた気がした。

「何か聞こえますね」

「すっげぇ頭痛くなる音」

「何か来んぞ」

鐘の音かと思ったが、近付くにつれけたたましい爆音へと変わる。

絶えず周囲に響く雑音は、まるで鍋の底に木の棒を叩きつけているような音だった。

同時に僅かな地響き。一体何が近付いているのかと眺める先、それらは姿を現した。

「おっ、群羊。めっずらし」

「ここらじゃ見ねぇな」

森の中から草木を掻き分け、出てきたのは巨大な羊の群れだった。

それらは腹の底に響くような地響きを立てながら村の前を横切っていく。まるで何かから逃げているようだと、その元凶であろう騒音の響く森へと視線を向けた時だった。

「へいへいへいへいへいへいへい!!」

構えた鍋を掻き鳴らしながら爆走するアイン達が飛び出してきた。

「元気そうですね」

「あ、そこ？」

いつぞや迷宮攻略の謎解きに協力した若い冒険者達の元気な姿に、リゼルは良いことだとばかりに微笑ましげに頷いた。自分達にはああいう元気の良さが足りないな、とついでに思う。

「おぅい、待たせたなぁ」

馬車を片付けたらしい翁が戻ってきた。

長年の畑仕事で曲がったのだろう腰をそのままに、ゆっくりと歩いて来た翁は群羊たちを追い回すアイン達に気付いて「おっ」と顔を上げる。そして森から平原に追い出した羊の群れ、その周りを鍋を打ち鳴らしながら回っている姿に「わっはっはっ」と声を上げて笑った。

「うちの鍋がへこんじまうわぁな」

「彼らは何を？」

「羊ら、森に逃げ込んじまうでな。今日あんたらが来るって言ったら、追い出しとくって言うとんべ」

成程、とリゼルもアイン達を眺める。

以前と変わらず四人パーティ、そんな彼らは森に隠れようとする群羊を牽制（けんせい）するように鍋を掻き鳴らしている。群羊も何度も爆音に阻まれれば諦めたのか、草原でくつろぎ始めた。

「そういえば、被害にあった作物っていうのは」

「ああ、あれだぁ」

リゼルが尋ねれば、翁は皺の深い指先を真っすぐに畑へと向けた。

その先には一面の花畑がある。周囲に農村らしい農作物が実っているにもかかわらず、その区画にだけ可憐な花が咲き誇っているのは少し不思議な光景であった。

「花？」

「〃燈火花〃っちゅうて、夜に光るんだわ。あんま知られてねぇけんど、綺麗なもんだべ」

「あー、あれね」

イレヴンも、そしてジルも知っていたように頷いている。

だがリゼルは聞いたことがない。花の種類になど全く興味がなさそうな二人が知っているとは。まさか、と思わず驚いてしまったのも無理からぬことだろう。

「冒険者に関係のある花なんですか？」

「火が使えねぇ癖に暗い迷宮で明かりにすんだよ。それ用の瓶も売ってる」

「結構な値段すんスよね」

リゼルは心底から納得しながら花畑の傍にしゃがみ込んだ。

花は中心から薄っすらと橙に染まっている。花弁は絹のように薄く、ガクは鞣した革のようだった。外見からでは詳しい仕組みは分からないが、光るのは魔力の働きによるものだろう。

農作と魔力は密接に関係している。

土中に含まれる魔力も作物の出来を左右する重要な要素であり、不足すれば専用の魔道具で魔石を粉砕して撒いたりもしている。冒険者が集めた魔石も肥料として売買されているだろうし、とある回復薬の工房で見た魔石粉砕用の道具も探せば村にあるかもしれない。

リゼルは花の根元の土に触れてみる。

「綺麗に整えられた土ですね」

「農民冥利に尽きるってもんだわ」

火、水、風、土、様々な魔力が混ぜ込まれ、適切に整えられた極上の畑だ。

大きな口を開けて笑う翁に微笑むリゼルの隣、土いじりに大して縁のなかったイレヴンが興味深そうに畑の土を掌で押し込んでいた。ふかふかと柔らかで、ほんのりと温かい土に感心していれば、もれなく指先から数センチの位置に種喰いワームが顔を出す。

「…………」

イレヴンとて無数のワームにベッドの上を埋め尽くされれば悲鳴を上げるが、出てもおかしくないなという状況で出てくる分には一匹程度どうってことない。

いや、いつかのトラウマが掘り起こされて若干顔は引き攣ったが。八つ当たりのようにワームを摘み、立ちっぱなしで退屈そうにしているジルへと放り投げる。避けられた。

「おい」

「駆除じゃん駆除。俺イイコだし」

引っ叩かれた。

「あまり畑の近くで魔法を使わないほうが良いですか？」

「んん、畑の土ぃ直接いじらなけりゃ良いべ」

その横で、リゼルは真面目に依頼人と話し合っている。

変に土中の魔力を乱しても困るだろうと問いかければ、あっさりと手を振って許容されてしまった。確かに目の前の花畑はそれほど厳重に管理されているようにも見えない。繊細な魔力管理が必要な種ではないのだろうとリゼルも納得したように頷く。

まぁ、だからこそ群羊に荒らされてしまったのだろうが。

「あ、こっち来る」

イレヴンの声に、リゼルは砂粒のついた手を払いながら立ち上がった。

見ればアインを筆頭に三人、気だるげに鍋を振りながら此方へと歩いてくる。一人は見張りの為に残ったようだが、今のところ群羊たちが森の中に入ろうとする様子はない。その名に相応しく、何となく集まって草原の草を食(は)んでいる。

「草で良いならそっち食ってりゃ良いのに」

「どうせなら美味いモン食いてぇんだろ」

「まぁ分かるけど」

「魔鳥もですけど、魔力を取り込めるのが魅力的なのかも」

賑やかな声を上げながら歩いていたアイン達が、ふと此方に気付いて足を止めた。

距離的に表情までは窺えないが、どうやらリゼル達だと分かったのだろう。途端にぎゃいぎゃいと何やら騒ぎ合っている。

「ガンガンされても群羊が襲ってこないですね」

「あー、あいつら実際斬りつけでもしねぇと来ねぇから」

「その代わり一匹斬ると全部来るけどな」

それは辛い。

視界に入る群羊は全部で十三匹。育ちきった体格は牛のように逞しく、そんな群れに総攻撃を受ければ無事では済まないだろう。なんだかんだ物量にモノを言わせるのが一番強いのだ。

「あれだけ立派な魔物だと、柵をつけても駄目そうですね」

「んだ。でも、一応それっぽいもんはつけててな」

アインを先頭に鍋を振り回し、彼らは真っすぐにリゼル達の元へと駆け寄ってくる。

リゼルはそれに手を振り返しながら、足元の杭に靴先を引っ掛ける翁を見た。よく見れば畑を囲む杭にはロープが張られ、小さな鐘が幾つも結びつけられている。

「鳴り子で囲ってるもんで、まぁ追い払えることはないけんど、来たら分かるようになってな」

ふと、リゼル達は駆け寄ってくるアイン達を見た。

もう大分近い。森から延々と走ったのに元気なことだ。

「あいつら絶対鳴らす」

「鳴らすな」

「兄ちゃんらにも教えてあんだけどなぁ」

「や、鳴らす」

「鳴らすだろ」

「いえ、流石に」

それは、とリゼルがフォローを入れようとした時だった。

「リゼルさぁー、」

鳴り子は力強く晴天に響き渡った。

「痛って何だこれうるっせ!!」

「ほらな」

「バカじゃん」

「こんなに一途に思ってもらえてたなんて」

呆れきったジルと嘲りきったイレヴンに苦笑し、リゼルは鳴りやまぬ鳴り子に大騒ぎしているアイン達を落ち着けようと声をかけるのだった。


一同は翁によって彼の家へと案内された。

リゼル達は冷たい茶でもてなされながら会話に花を咲かせる。

「アイン君達はマルケイドに行ってたんですね」

「そうなんすよ！　ちょっと前にこっち戻ってきてて」

お食べ、と翁の御夫人が手作りだろうクッキーを出してくれた。

大皿の底が見えないほどに並べられたそれに喜々として手を伸ばしたアイン達だったが、皿ごと確保したイレヴンにより泣く泣く伸ばした手を引っ込める。流石に可哀想だとリゼルがそっと皿をテーブルの真ん中に戻せば、彼らは動いて腹が空いたのか遠慮することなく食べ始めた。

「あ、そうだ。アイン君たちにお土産があるんです」

「えっ、良いんすか！」

「勿論ですよ」

優しく頷いたリゼルに、アイン達は喜び勇んで身を乗り出した。

あのリゼルからの土産だ。貴族然として、品がよく、殿上人のようであり、何よりアイン達の語彙力で最も適切な言い表し方をするのなら〝高級〟の一言に尽きるリゼル。そんな彼からの土産ともなれば一体何が貰えるのか、そう期待せずにはいられなかった。

「魔除けになるそうなので、大事にしてくださいね」

期待とは多くの場合において裏切られる。

アイン達はテーブルの上に置かれた木彫りの置物を無言で眺めた。目が合うのが果てしなく微妙だ。いや、目かコレ。分からない。虫か鳥だろうか。何も分からない。

そのまま数秒、動いたのはアインだった。仲間たちの視線を一身に受け、恭しく置物を持ち上げたかと思えば革袋へとそっと仕舞う。大金が入った時に買っておいて良かった、空間魔法付き。辛うじて礼を口にしたアインは偉い。流石はパーティリーダーだった。

「そういえば、合同依頼って初めてなんです。相手が君達で安心しました」

「そうなんすね。俺らは何回かあるんで！」

気を取り直すように大げさに胸を張ったアインに、リゼルも柔らかく微笑んだ。

まるで師に望んだ教えを授けてもらえる生徒のように、信頼と好奇を込めた声色で告げる。

「色々教えてくださいね」

「えっ」

何故か固まられたが。

「でも俺らも、ほら、魔法使いと一緒に依頼すんのとか初めてなんで！」

「ご、合同もあんま受けねぇしな！」

「やっぱ変わってくんじゃねぇかなっつ～……」

「そうなんですか？　確かに少ないですよね」

リゼルが自らを魔法使いと名乗ったことは一度たりともない。

にもかかわらず完全に魔法使いとして知れ渡っているようだ。いざとなれば魔法だけでも戦えるし、魔力を用いて戦闘しているのは事実なのでリゼル本人はわざわざ否定しない。

ジルは茶を飲みながら横目でリゼルを見た。どうしても銃の存在を隠したいという訳でもないので、改めて説明するのが面倒臭いだけなのだろう。なにせ銃については「迷宮から出た」とでも言えば大抵の冒険者が納得する。迷宮だから仕方ない。

「おい、本題」

「そうでした」

ジルに促され、久々の再会を楽しんでいたリゼルは一つ頷いてアイン達へと向き直った。

アインパーティも、恐る恐るジルを見ながら菓子を摘む手を止める。変わらず食べ続けているイレヴンは、自分の分の茶がなくなったのでリゼルのカップへと手を伸ばしていた。

「群羊、で良いんですよね。あれで全部なんですか？」

「多分そっすね」

「基本群れだからな。あんだけ森から離れりゃ取り逃しもねぇだろ」

一匹でも見逃せば被害は収まらないだろう。

森狩りをした訳でもないのに何故言いきれるのかとリゼルが疑問に思っていれば、隣のジルから補足が挟まれた。そういうことかと納得し、ターゲットの確認の為に窓の外へと視線を向ける。

白い塊（かたまり）がもそもそと森へ移動しようとしては、何処からか鍋の音が響き渡っていた。

「じゃあ後は、あれを討伐するだけですね」

言いきったリゼルに、アイン達は口元を引き攣らせた。

彼らは正直、自分達だけでは群羊を相手にできる自信が全くない。何せ羊という割に牛並みの巨体、捻（ね）じれた角（つの）は太く外へと張り出しており、そんな重量級の魔物が十数匹まとめて猛烈な勢いで襲ってくるのだ。

「あー……っと、俺らとしては、一匹ずつおびき出して、仲間呼べねぇように喉潰して、各個撃破なんて思ってたんすけどぉ……」

「やっぱりそれが確実でしょうか」

あれ、とアイン達は思わず顔を見合わせる。

どうせ一刀ならば一人で蹂躙（じゅうりん）できるだろうと思っていたからだ。やや拍子抜けといった顔を隠そうともしない彼らを、リゼル達は特に気にすることなく話し合いを進めていく。

「時間はかかりそうですけど」

「えー、賭けすぎねぇ？　喉潰す前に鳴かれりゃアウトじゃん」

「文句つけんならご立派な作戦でもあんだよなぁテメェ！」

「はっ、吠えんじゃねぇよ雑ァ魚」

アインが椅子を蹴飛ばしながら立ち上がる。他のメンバーもそれに続きかけたが、その前に「よそのお家ですよ」とリゼルから注意が入って浮かしかけた腰を慎重に下ろしていた。

リゼルは不服げに倒れた椅子を直すアインへと褒めるように頷き、嘲笑を浮かべながら煽りに煽るイレヴンを宥めながらジルを見る。実力というよりも、この場で最も多くの魔物を討伐してきた者の意見を聞きたかったからだ。

「そうなんですか？」

「だろうな。一匹二匹なら行けんだろうが、あの数は厳しい」

「なら、アイン君。今回は別の方法を考えましょうか」

「うっす」

行儀悪く勢いをつけて座りながらアインが頷く。

別に何が気に入らないという訳でもない。彼の、というより冒険者のデフォルトだ。

ジルの判断に素直に従うのも実力主義の冒険者らしい。まぁこれで相手がリゼル達でなければアイン達の案がそのまま採用されたのだろうが。賭けに出るなどいつものことであり、よそのパーティの提案に従ってしまえば後の報酬分配で割を食う羽目になる。

「おい」

「ウッス！」

「うぃーす！」

だがアイン達はそんなことなどめっきり忘れていた。

ジルの声に小気味よく返事を寄越し、さてどんな作戦で行くのかと気合を入れている。

「何匹なら相手できる」

「はい？」

「同時に何匹までなら相手できんだよ」

アインらは眉を持ち上げながら顔を見合わせ、おもむろに小声で相談を始めた。

何匹って。一人が一匹の気を引いて三人でもう一匹を袋叩きにすれば二匹。三匹はきつい。いや一人一人二人に分かれれば。いやいやいや二人で一匹相手にできる訳がない。鍋を掻き鳴らせば。それでも。

「あっ」

ふいに顔を上げたアインがリゼルを窺った。

「もしかして、魔法使いと一緒だと強化魔法とか使ってもらえたりー……」

「図々しー」

「テメェには聞いてねぇだろうが、ァア!?」

期待を孕んだ眼差しに、どうかしたのかと首を傾けていたリゼルが可笑しそうに笑う。

ジル達に必要がないのですっかり忘れていたが、世の魔法使い達は強化魔法で仲間を支援しているのだろうか。そうであってもそうでなくとも、断る理由はないのだが。

「できますよ。やりましょうか？」

「ねがいしゃす！」

「やべぇ魔法じゃん！」

「うぉーっ、テンション上がるわ！」

魔法だ魔法だと騒ぐアイン達は、宣言どおり魔法使いと依頼をこなしたことがないのだろう。

随分と期待されている様子に、果たして応えることができるのかとリゼルは少しばかり心配になった。

「なら、三匹いけっすね!!」

そして受けたことのない強化魔法を全力で当てにするアイン達も色々な意味で心配だ。

「なら俺らが十匹やる。良いな」

「うっ……ス？」

「十と三に分けるぞ」

「分かりました」

特に作戦というほどの作戦でもなかったな、と状況について行けていないアイン達の前でリゼルは素直に頷いた。そのままテキパキと三人を主導に段取りを決定していく。

「万が一、村のほうに被害があると怖いですね」

「じゃあリーダーはそっちでカベ張る？」

「そうしましょうか。逃げられるのが一番困りますけど、それは？」

「逃げねぇからそれは良い」

アイン達もリゼル達が何を言っているかは分かる。

リゼルが何らかの方法で羊の群れを十匹と三匹に分けて、村への侵入を防ぐために魔力防壁を張る。そしてジルとイレヴン、アイン達がそれぞれに分配された羊を相手にする。

一番重要な最後が一番ザルだ。それで良いのか。思いながらも、行けるかと問いかけられれば頷くしかない。冒険者の意地である。

「おい、アイン」

「まぁ、リゼルさん達だし……」

「できるっつうならできんだろ、多分」

「それな」

アインらは根拠もなく力強く頷き合い、そして理由もなく納得した。

まぁ強化魔法楽しみだし、とそう結論づける彼らも大概作戦とは縁のない人種だった。

「お、始まんべな」

「隠れてたほうがええかね」

「いえ、こちらに来そうな時は防ぐので大丈夫ですよ。興味がある方は見ていってください」

「なら見てようかね」

「お兄さん貴族さんでないかね」

「いえ、違うんです」

「大きい羊だねぇ」

村よりもやや畑よりの畦道で、リゼルは農村の村人達に囲まれていた。

そろそろ行くかと何となく動き始めたら、いつの間にか老若男女が興味深そうに集まってきたのだ。特にやりにくいという訳でもないし、危険に晒すこともまずない。畑の向こう側には出ないようお願いだけして、後は好きにしてもらっている。

目前には一面の畑と、その向こう側にある草原。そこに集う群羊の群れと、その白い塊を挟むように両側に分かれているジル達とアイン達。配置はすでに終えていた。

「ほれ貴族さん、頭熱くなるでね」

「有難うございます」

心優しい老婆が麦わら帽子を貸してくれたので、有難く被る。

イレヴンが腹を抱えて笑っているのが見えた。似合わなくもないだろうに失礼な、なんて思いながら、ふざけてバク宙を披露しているアイン達に合図を送るように手を振ってみせる。

全員で元気よく手を振り返してくれた。強化魔法は既にかけており、かけた瞬間の大はしゃぎを思うに期待に沿うことはできたのだろう。想像と違う、などと言われず何よりだ。

「強化魔法、気持ち悪くないですかー」

「大丈夫っすー！」

口元に手を当てて声を張れば、間髪入れずテンション爆上がりの声が返ってくる。

時々、強化魔法を受けると酔う者がいるのだ。事例として知っているだけで、リゼルが実際にそれを目の当たりにしたことはないが、アイン達にも問題はなさそうで安心する。

「ねぇねぇ、強化魔法ってなぁに？」

「体が強くなる魔法ですよ」

「ええなぁ、畑仕事も楽になりそうだて」

「あっちの人達も強くなったの？」

「あっちの人達はあれ以上強くならなくて良いんです」

ジル達を指さして不思議そうな少女に微笑み、さてとリゼルは羊の群れを見据えた。

十匹と三匹に分けるには、と首を傾けながら何処で分けるかを探っていく。微動だにしない相手ではない。もそりもそりと歩む羊を暫く眺め、ここかな、と腕を持ち上げた。

真っすぐに前方へと伸ばした腕。それと平行に浮かぶのは一本の魔銃(ライフル)。

アイン達からは完全に死角となっているだろう。周りで見物している村人には丸見えだが。

「貴族さん、それなぁに？」

「冒険者って呼んでください。大きい音が鳴るので、苦手な方は耳を塞いでくださいね」

数秒して、魔銃から鋭い破裂音が響いた。

同時に群羊に埋め尽くされた地面が揺れる。破裂音が響くごとにその地面が壁となりせり上がる。

逆に堀となり陥没する。それらを間近で見ていたアイン達から歓声が上がった。

「すっげぇ、魔法見んのひっさびさ！」

「何この音、魔法使ってんの？」

「じゃねぇの？」

たとえ迷宮の宝箱から出ようが、ハズレと見なされ置いていかれることもある銃。

集めるのはフォルムの愛好家のみ。使う者など滅多におらず、発砲音など聞いたことのない者ばかり。アイン達は今聞いているのがまさか銃の音で、それが大地を歪めているなど思いもしないことだろう。

雷鳴のような重低音を響かせ、群羊を仕分けていく大地を目の当たりにしたアイン達は興奮のあまり爆笑しながら剣を抜く。瞬く間にジル達のいる向こう側と遮断されていく。

轟音と共に大地が隆起し。抉れ。抉れ。隆起し。

静かに魔鳥の像が完成し。

轟音と共に大地が抉れ。隆起し、隆起し、隆起する。

アイン達は思わず二度見した。

「何か今すっげぇ自然に変な像できたけど」

「リゼルさんのお茶目？」

「まぁ壁にはなってるし良いんじゃねぇの……？」

壁の隙間、抉れた大地の向こう側に爆笑するイレヴンと呆れたジルが見える。

よってわざとかどうかは分からない。魔法なのに何故予想外の結果が起きるのかと疑問に思うも、そういうものなのかと納得できてしまうぐらいにはアイン達は魔法に縁がなかった。

そしてついに、大地の鳴動が止んだ。

残響に揺れているように思える地面。アイン達の目の前には三匹の群羊。

それらは魔法を敵対行動と捉え、鼻息荒く蹄を踏み鳴らしている。

「よっしゃ行くぞ!!」

「「「おおっし!!」」」

体は絶好調。剣は軽く、振りは重い。強化魔法というものは素晴らしい。

踏み込んだ足は力強く地面をとらえ、顔面に風を受けながら群羊へと飛び掛かった。


群羊と交戦するアイン達を暫く眺め、リゼルは大丈夫そうだなと頷いた。

そもそもジルが止めなかったことこそ、三匹いけるというアイン達の言葉に嘘はないという証明だ。だからこそ雑な作戦を実行に移すことができたのだから、流石はCランク冒険者だろう。

「左側の兄さんたち強ぇべなぁ」

「十匹もおんのになぁ」

観戦モードに入り、座って昼食まで食べ始めている村人達が感心したように言う。

今までに何人もの冒険者を雇っているだろうに、それでも感心するだけのものがあるらしい。リゼルも群羊の数を着々と減らしているジル達を眺め、誇らしげに口元を綻ばせた。

ちなみにまだ魔力防壁は張っていない。あの重量級の突進を止められるだけの防壁を長時間広範囲は流石に疲れてしまうので、迫ってきた時だけ張る予定だ。

「右側は元気でええなぁ」

一方、強化魔法でテンションが振り切れているアイン達は勢いのままに羊へと斬りかかっていた。

「あーーーいッ」

斬る。

「あーーーーいッ！」

斬る。

「あーーーーーーーいッ!!」

とどめを刺す。

「「うおおおおおーーーーーいッ!!」」

一匹目を切り伏せ、歓喜の雄たけびを上げている。

「強化魔法って頭パァになるんかね、貴族さん」

「そういう効果はない筈なんですけど」

リゼルと老婆は不思議そうにそれを眺めていた。

そうして村人がのんびりと観戦している間にも、群羊はどんどんと数を減らしていく。十分ほどでジル達が自らの持ち分を片付けて村に戻り、さらに二十分後にはアイン達の勝利の雄たけびが力強く草原に響き渡った。

無事に依頼を完了したリゼル達は、村人達に見送られながら馬車で王都まで送ってもらえた。帰りは馬車二台を出してもらえたのでパーティごとに分かれ、村人からこれでもかと持たされた昼食を味わいながらの長閑で楽しい旅路だ。

ちなみに群羊は角が素材になるらしい。放置して帰ろうとしたリゼル達はアインらに有り得ないと騒がれた。そこでこっそり回収しよう、とならない辺りが彼らの素直さの表れだろう。

肉は村人が塩漬けにするというので総出で村まで運んだ。

荷車に積んでは運ぶの力仕事。リゼルも当たり前のように荷車を構えていたのだが、当たり前のように「何してんだろう」という顔をされて「あ、代わるんで」と極々自然に荷車を取られた。解せない。

「依頼終了お疲れ様でした」

「有難うございます」

「報酬はひとまず貴方に渡せば良いでしょうか」

「良いですか?」

「うっす」

リゼル達は共に冒険者ギルドを訪れ、依頼終了の手続きを行っていた。諸々の確認が済めば、最後にパーティリーダーであるリゼルとアインのギルドカードが返される。

合同で依頼を受けた場合、まずどちらのパーティリーダーを優先するかで揉めたりするのだが、両者の間にそういった殺伐(さつばつ)とした雰囲気は一切ない。どちらかと言えば喧嘩っ早いアイン達なのだが、まぁ納得だろうとスタッドの隣で暇そうにしている某ギルド職員は深く頷いた。

「お待たせしました」

「うぃーす」

「おい、アイン」

仲間の待つテーブルに戻ってすぐ、アインは自身のパーティメンバーに呼ばれる。

無言で手招かれ、何だ何だと近寄ってみれば潜めた声で告げられた。

「あっちから頼まれた。リゼルさん報酬分けやったことねぇから最初やらせてやれって」

「ああ、合同初めてっつってたもんな」

アインは昼食をとったばかりなのに既に空いてきた腹を撫でながらリゼルを見る。

ジル達と何やら楽しそうに話し、スタッドに渡された報酬をテーブルの上に敷いた布へと並べていた。一、二、と数える指先が爪の先まで整っているのが流石だな、と内心で零す。

そして気付く。本来ならば今の時点で、報酬をちょろまかされないか目を光らせている筈だ。それを全く警戒していない自分、同じくパーティメンバー、だが違和感はない。ならば答えなど既に決まっている。

「まぁあの人に限って悪いようにはされねぇし、オッケー出しといたけど」

「ん、了解」

今までアイン達は何度も合同で依頼を受けてきた。

報酬で揉めなかったことなど一度もない。何処かのパーティが報酬分配を仕切ることなど許されることではなく、辛うじて代表としてパーティリーダーが話し合ったとしても一秒後には怒鳴り合いになる。

しかしアイン達は今、それらを全て忘れていた。

あまりにも普段のやり取りとリゼルが結びつかず、また普段のやり取りから大きく外れた流れに一周回って粛々と落ち着き始めていた。仕方ない。だって相手はリゼルなのだから。

「ええと、イレヴンが頼んでくれたみたいだし、まず俺が分けてみますね」

不束者ですが、といったようにリゼルが穏やかな声色で告げる。

もはや雰囲気からして本来の報酬分けとは違う。だが誰も突っ込まないので、リゼルは問題なしと判断して相談を続行した。立っていたり座っていたり、自由にくつろぐ面々が囲んでいるテーブルの上には何枚もの銀貨が並べられている。

「金額的に、きっちり七等分できるんですけど」

いきなり言っている意味が分からなくなったアイン達が「？？？」となったが、顔には出ていなかった為に流された。

「俺も色々勉強して、こういう時は等分じゃないみたいで」

イレヴンはポーカーフェイスで真剣な顔を気取っているもののプルプルしている。

ちなみにリゼルにやらせようと言い出したのは彼だ。笑いたくて仕方がないのだろう、そんな姿を一瞥したジルが呆れたように溜息をつく。しかしイレヴンが言い出した時、全く止めようとはしなかったのもジルだ。

やりたいだろうしやらせてやれと思っているのか、面白がっているのか、あるいは両方か。

「アイン君達は先に行って群羊を森から出してくれたし、村の方々にも話を通してくれていたのでとても助かりました」

「いやぁ、そんなそんな」

正直、早めに活動を始めて報酬をもぎ取ろうと考えていたアイン達だが、思わず照れたように鼻の下を擦りながら否定してしまう。本来ならばとっくにこの事実を己の功績として主張しているにもかかわらず、だ。

「でも俺達のほうが羊を多く倒したっていうのもあって」

何恩着せがましいこと言ってやがる、とは怒鳴らない。

事実だ。一匹二匹の差ならまだしも倍以上の開きがある。

もはや牽制する気すら起きない。何故なら言っているのがリゼルだからだ。

「お互い頑張りましたってことで半々だと思うんです」

いきなり大雑把（おおざっぱ）になった。

アイン達は思わずリゼルを凝視した。いやだって強化魔法とか。分断とか。そもそも自分達が必要だったのかとか。ああそうか。だから分け前の三匹だったのか。有難うございます。

「だからアイン君達が四人、俺達が三人なので」

リゼルによって布の上の銀貨が淀みなく左右へと分けられていく。

その割合はまさしく四対三。まさかの最初の七等分まで話が戻った。そんな馬鹿なとリゼル以外の視線が鈍く煌めく銀貨を見つめる。

半々ならば半々ではないのか。そこで何故人数を考慮するのか。全員頑張りましたってことなのか。そうなのか。何だか納得してきた。リゼルが言うならそうなのだろう。全人類に幸あれ。

よし、とばかりにリゼルの指先が銀貨から離れていく。

「こう、でどうでしょう」

「良いと思います」

アイン達は冒険者になって以来、初めてこのうえなく平和な気持ちで報酬を手に入れた。


その数日後。別件の合同依頼にて。

「ランクも同じテメェらが誰に従えっつってんだァア⁉」

「はぁ⁉　余所(よそ)のパーティ強化する訳ねぇ⁉　リゼルさんしたけど⁉」

「何でテメェらが報酬仕切ってやがる許してねぇーーーよ‼」

平和な気持ちはすでに消え、元に戻ったアイン達が元気に依頼を受ける姿が目撃された。

139.

ざわついた空気に満ちる冒険者ギルドで、男は目の前の存在に目を奪われていた。

「俺のランク、ですか？」

穏やかな相貌（そうぼう）は品に富み、そして優しい声は印象とは裏腹に人の意識を強く惹きつける。細められた一対のアメジストは清廉であり、音のない所作の一つ一つに不思議と目を奪われる。だがその笑みだけが、外見の印象を裏切るほどに自負に溢れていた。

そして男の前で、薄い唇が笑みに違わず誇らしげに開かれる。

「Ｂです」

男は目を見開いた。

「んん……ッ、……や、微妙……ッんんんん驚きづれぇなぁ」

凄いと言われれば凄いのだが、思いきり驚くには足りない。

むしろ目の前の穏やかな男の持つ大物感と釣り合わずに酷く納得しづらい。

何故だと不思議そうな表情を浮かべられたのが、余計に釈然としなかった。


事の始まりは少し前。

リゼル達はいつものとおり依頼を受け、迷宮からギルドへと帰ってきたところだった。

三人でギルドの扉を潜り、珍しく各々が一息ついた。空いている時間に依頼を終えられなかったうえ、迷宮の立地もあって帰りの馬車がなかなかに混んでいたからだ。

「今日の迷宮は大変でしたね」

「罠解除必須っつうの、やっぱ面倒ッスね」

「ミンチんなるよかマシだろ」

大規模な罠が多数存在する〝機械仕掛けの迷宮〟は、剥き出しの巨大歯車や金属部品などといった、見ている分には懐古的な美しさと楽しさを感じさせる迷宮だった。しかし、その解除の難度は機構の規模に比例して複雑化する。

あまりの手順の多さに一度、ジルが力ずくで歯車を止められないかと画策するも、真っ当な攻略を望む迷宮が空気を読まない筈もなく全く歯が立たなかった。迷宮だから仕方ない。

「やっぱりこの時間だと混んでますね」

「本番はこれからだけどな」

「カウンターは空いてんだから良いじゃねッスか」

冒険者達もひと暴れした後なので、面倒な手続きは早々に終えたいのだろう。

ギルドにいる冒険者の多くはそれらを終え、報酬待ちであったり、今日は何処に飲みに行こうかと話し合っていたりする。リゼルは今でも時々感心するが、冒険者というのは逐一行動が素早い。

「俺達も今日、飲みに行きませんか？」

「お、行こ行こ」

スタッドの前にできた列に並びながら、リゼル達はこれからの予定を話す。

列といっても前の一組だけ、更には仕事の手の早いスタッドだ。すぐに順番が来るだろう。

「お前は飲むなよ」

「飲みませんよ」

「何、まだ反省中？」

「反省はしてますけど、そうじゃなくても飲みません」

落ち込んだ様子はないが、反省中という言葉に嘘はないのだろう。

ジル達は納得したように適当な声を漏らす。二人にしてみれば気にしすぎだと思うが、本人が許せないというならば仕方ない。その理由が依頼人に迷惑をかけたこと、ギルドの評価を落としたことだけではないと知っているのだから猶更(なおさら)のこと。

「俺個人で受けた依頼ならともかく、パーティで受けた依頼でしたし」

こういう部分を意外と気にするのだ。

他者の評価が不当に落ちるのを好まない。それが自身の所為なのだとすればより顕著に。ジル達は、リゼルが自身らのことを一切の贔屓目もないまま高く評価しているのを知っていた。

ジルは何も言わず溜息をつき、イレヴンは機嫌良く唇に弧を描きながらリゼルを覗き込む。

「ま、リーダーとしての責任っつーならズレた考えでもねぇんだけどさァ」

「ご教授、有難うございます」

柔らかな笑みに目を細め、イレヴンは唯人より鋭い牙を覗かせながら唇を開いた。

「そんくらいで価値なくなるような雑魚とか思われてんの？」

挑発的な笑みと煽るような深い声。しかしリゼルは可笑しそうに笑うのみ。

覗き込むイレヴンの頬へと手を伸ばし、その鱗へと指の背で触れて一度だけなぞる。そうすればすんなりと挑発的な顔は鳴りを潜め、何処か満足げな表情を浮かべて離れていった。

「そうならないことも、君達が全く気にしてないことも知ってますよ。この間は理由が理由だったので、俺が勝手に反省してるだけです」

「そうしてぇなら好きにしろ」

「そうさせてください」

あまり気にしすぎるとジル達が不快がるので、リゼルは適度に反省中だ。

「つかリーダー、個人で受けた依頼ならミスっても気にしねぇんだ？」

「反省はしますけど、あまり気にしないですね」

前で依頼の終了手続きを行っているパーティが、及び腰でスタッドへと報酬の譲歩を言い募っている姿を眺めながらリゼルはあっさりと告げる。これにはジルもイレヴンも、少しばかり意外そうであった。

リゼルとて依頼に失敗すれば原因を追究し、反省し、改善する。依頼人にも申し訳なく思うし、できる限りのフォローも入れるだろう。しかしすぐに切り替え、過剰に後に引くことはない。

「全て完璧に、なんて思い上がれるほど冒険者を甘く見てはないですよ」

この人こういうこと言うんだもんなぁと、後ろを通りがかった冒険者は素知らぬフリをしつつ満更でもなさそうに零した。

「実際、依頼放棄は何回かありますし」

「あれはお前が変な依頼ばっか選ぶからだろうが」

勿論リゼルも、受けるからには達成する心意気で依頼を受ける。

だが頑張ってもどうにもならないこともあった。具体的に言うと、遺跡の絵画を求めて迷宮に潜ってもドアップのミノタウルス絵画しか手に入らないことなどがある。運任せの依頼でありがちだ。その場合もギルドカードには依頼失敗として刻まれるが、こういうのはリゼルは気にしない。

「つか依頼放棄ぐらい俺あるし。ニィサンもあんじゃん？」

「まぁな」

「それは何となく思ってました」

ジルもイレヴンも酷く癖の強い性格をしている。

依頼人ありきの冒険者活動のなか、実力だけで優等生とはいかないだろう。あっさりと告げたジル達を見る限り、依頼放棄が特別珍しいという訳でもないようだった。

「次の方、どうぞ」

会話に興じていれば、ふいに淡々とした声がリゼル達へと呼びかける。

前で手続きしていた冒険者達は機嫌が良さそうにテーブルへと歩いていったので、報酬交渉は上手くいったらしい。スタッドとて絶対零度ではあるが横暴ではない、言い分が正しければ冒険者の為に依頼人から金を毟り取ってくることに躊躇など微塵もないのだ。

「お疲れ様でした」

「お疲れ様です、スタッド君」

彼は無表情で頷き、じっとリゼルを見上げる。

気付いたリゼルは頬を緩ませ、感情の映らないガラス玉のような瞳に見つめられながらスタッドの髪を撫でた。耳元の髪を耳にかけるように梳けば、その嬉しそうな雰囲気にポンッと花が一つ飛んでいったような錯覚に陥る。それが分かるのはリゼルだけなので、他の二人は無表情がシュールすぎる光景にしか見えないのだが。

そして、満足げなスタッドへとリゼル達はギルドカードを渡した。

「依頼は【機械仕掛けの迷宮で手に入る歯車の入手】ですね。迷宮品をお預かりします」

「はい」

リゼルはポーチから小さなガラスケースを取り出し、机の上に置いた。

一点の曇りもないケースの底には、黒く艶のあるクッションが敷き詰められている。そこに黄金色の歯車が一つ収められ、その下に小さな文字で〝No.142〟と刻まれた金属プレートが縫いつけられていた。

「歯車マニアとか分かんねぇなァ」

「コレクター精神なんでしょうね」

この歯車は〝機械仕掛けの迷宮〟に出現する宝箱からのみ手に入る。

それらは一つ一つにナンバリングが施されており、その美しい造形からコレクターが多い。ガラスケースもナンバリングプレートもリゼルがわざわざ用意したものではなく、迷宮の本気度が窺える。

「さっきまで失敗がーとか言ってた癖に、百パー運の依頼選ぶリーダーのが分かんねぇけど」

「いつものことだろうが」

ぼそりと呟いたイレヴンは、ジルからの捻くれた同意に確かにと頷いた。

「状態も良いので報酬は満額で出ます。何か問題はありませんか」

「大丈夫です、有難うございます」

スタッドは数秒だけリゼルを見上げ、本当に問題がないことを確認する。

そしてそのまま報酬の用意を始めた。どうしても依頼人の確認が必須な場合を除き、基本的にはギルド職員の判断で報酬は支払われる。冒険者にとっては有難い即金だが、商業ギルドの職員がこれを知るとまず間違いなく「信じられない」という顔で凝視してくるようだ。

「金貨五枚、ご確認ください」

「Cの依頼なのに高額ですよね」

「コレクターが多いならこんなモンだろ」

元々この手の納品依頼は、既にモノを持っている冒険者が受ける依頼だ。

更に今回は、歯車コレクターが依頼ボードでかち合った。互いに張り合うように日々報酬を吊り上げるのを、冒険者達は面白おかしく眺めていたのだ。当然、報酬が限界まで上がるのを待っていた。

そんな冒険者達が報酬額も打ち止めだろうと判断し、歯車探しを視野に入れつつ当の迷宮に関する依頼を受けておこうと動き始めたのが最近のこと。だが今日、まさかのリゼルが「その歯車を見てみたい」という理由で依頼を受け、運よく歯車を手に入れてきた。

まぁ仕方ない、というのは周囲の談。運要素の強い依頼だったので未練もない。

「二枚、二枚、一枚でじゃんけんですね」

「負けた奴が一枚？」

「たまには勝った人にしましょうか」

後ろに誰も並んでいないので、リゼル達はその場でさっさとじゃんけんを終わらせた。

結果はジルの一人勝ち。勝ったのに損をするとはこれ如何に。嬉しくない勝利だった。

「今、少々お時間よろしいでしょうか」

ふいに、じゃんけんを淡々と眺めていたスタッドから声がかかる。

正確にはリゼルへ、なのだろう。ジル、イレヴンと順番にトレーに乗せられた金貨を回収していき、そして最後にリゼルが二枚の金貨を手に取りながら頷いてみせた。

「大丈夫ですけど、何かありましたか？」

「ランクアップのお話をさせていただきたいと思います」

ぱちり、とリゼルが一度目を瞬いた。

そして嬉しそうに、蕩けるようにふわりと顔を綻ばせる。

ジルとイレヴンは視線だけでその様子を窺っていた。当然だろうと斜に構えるのとも、何故だと疑問に思うのとも違う。ただ愉快げな色を孕み、リゼルを己の元へと迎え入れた。

「この間、依頼放棄したばかりですけど」

「それも考慮したうえで、アスタルニアでの実績を含め昇格に相応しいと判断しました」

スタッドがジルとイレヴンのギルドカードを、トレーへと置いて差し出しながら告げる。

冒険者はBランクまでは職員によって昇格が決められる。上位と呼ばれるA、Sへの昇格はギルド長の判断が必要だが、今はスタッドがリゼルの昇格を決められる段階だ。

「迷宮攻略数、魔物討伐数、この辺りは上位ランクと比べても優秀な部類に入ります。貴方というよりは、その二人の影響が強いんでしょうが」

温度のない視線が自身らを一瞥するのをイレヴンは鼻で笑い、ジルは何も言わずに流す。

「依頼人との関係も非常に良好です。全体的に護衛依頼が少ないのが難点でしたが」

「受けさせたくねぇっつったの誰だよ」

「仕事と個人的な心情は違うんです黙ってろ馬鹿」

スタッドは業務として定められているもの以外で他者に気を遣ったりはしない。

嘘もつかない。誤魔化しもしない。良くも悪くも素直であり、常に本音しか口にしない彼なので、依頼人主体の色が強い護衛依頼をリゼルに受けてほしくないと思っているのは今も変わらない。同時に、リゼルにはギルド職員としての価値を見出されたと判断している彼が職務に手を抜くこともなかった。

それゆえの矛盾だが、それを悪びれることなく堂々と棚に上げるところがスタッドらしい。

リゼルは可笑しそうに笑みを零し、頬に落ちた髪を耳にかけながら問いかける。

「それでも、君は問題がないって判断してくれたんですよね」

促すように首を傾けてみれば、スタッドは真っすぐに此方を見据えていた。

「先日の合同依頼での村の防衛、その他護衛依頼ではありませんが似たような状況で有効な手段が取れていると聞いています」

「この間は、結局俺の出番はなかったんですけど」

ほのほのと微笑むリゼルに、隣で密かに聞き耳を立てているギルド職員は「言っちゃうんだもんなぁ」と内心で呟いた。謙虚というよりは、ただの事実を口にしたことになるのだろう。それでも他の冒険者とは雲泥の差があった。

大多数の冒険者はというと、ランクアップはまだかと職員を促し、何故まだなのかと文句をつけてくる。そうして手柄を主張され、初めてギルド側がランクアップを考える冒険者も少なくはない。

これで全くランクアップに興味がないのなら冒険者の風上にも置けないが、リゼルの嬉しそうな顔を見れば違うのだろうと分かる。

「(正当じゃない評価はいらないタイプかぁ。そりゃスタッドとも気ぃ合うわ)」

自分で納得していないものを称賛されてもまるで嬉しくはない。

ならば自分で納得したものへの賛辞はというと、自分が納得した時点で特に必要がない。

おべっか、ごますり、過剰な賛辞、一切通用しない同僚を思いながら職員は深く頷いた。

「ですので、ランクアップに相応しいと判断したんですが」

スタッドは正直だ。

ギルド職員として、一切の贔屓なく、はっきりとそう告げる。

「如何(いかが)でしょうか」

「ぜひ、お願いします」

この問いかけに否を唱える冒険者など存在しない。迷いなく受け入れたリゼルにスタッドも頷き、彼は手元に残していたリゼルのギルドカードを魔道具に差し込んだ。

その一連の作業を隠すことなく嬉しそうに見守るリゼルへ、ふいにイレヴンが意外そうに口を開く。イレヴンも以前、リゼルのランクアップに立ち会ったことはあるが。

「リーダー前も嬉しそうだったけどさァ、そんなだっけ」

「どうでしょう。今回は特に嬉しいっていうのもあるかもしれません」

勿論いつも嬉しいのだけど、と付け加えてリゼルは微笑んだ。

「Bは、俺にとって特別なので」

何気なく告げられた言葉に、イレヴンとスタッドの視線が一瞬だけ同じ相手を捉える。

その視線の先にはジルがいた。彼は思わずと言った体(てい)でリゼルを見下ろし、珍しくも少しばかり虚をつかれた顔をしたが、一瞬後には呆れたように視線を他所へと投げていた。

眉間に微かに刻まれた皺は決して不快からではない。そう同じ穴の狢(むじな)二人は気付いていていた。

「……これで手続きは完了です。どうぞお取りください」

「有難うございます」

「ほらリーダー、同じ色」

自分が同じ立場ならばと考えれば、わざわざ突っ込むのも墓穴を掘るようなものだろう。

イレヴンとスタッドは素知らぬ振りをしながら、一人は手続きの終わったカードを差し出し、一人は自らのカードを手にしてそれと並べてみせる。

リゼルの手の中にあるカードはＢランクを象徴する色で艶めいていた。

「ようやく君達に追いつきました」

「急がせてねぇだろ」

「早く来いって言ってましたよ」

リゼルは可笑しそうに告げながらカードをポーチへと差し込んだ。

そして機嫌が良さそうにジル達を振り返る。その顔には、やはり穏やかで甘い笑み。

「今日は、飲みに行きましょう」

「……は？　や、行くけど」

何故か先程と似たような会話が繰り返され、イレヴンが戸惑いながらに頷く。

「強い装備も買いに行きます」

「それ以上何が欲しいんだよ」

もはや最上級と呼べる装備を身に着けておいて何を、とジルが呆れたように溜息をつく。

「喧嘩だって、売られたら一人で買います」

「できれば流してください」

変な方向に自信ありげな姿に、スタッドが淡々と懇願する。

これは、と三人はリゼルを注視した。綻ぶような目元、誇らしげな口元、僅かに多い口数に、手持ち無沙汰にスタッドを撫でる手元。物凄く浮かれているのかもしれない。リゼルらしく冷静で、穏やかに、そして全力で喜んでいる。冒険者としては当たり前の光景なのだが、物珍しさが先だって小さな違和感を次々と拾ってしまう。

「スタッド君も今夜、一緒にどうですか？」

「ぜひお願いします」

存分に撫でられ、非常にご満悦なスタッドが無表情に頷いた。

まぁ喜んでるなら良いけど、とジル達は見守る体勢となる。ジル達とて嬉しくない訳ではない。普通に喜ばしい。似合いもしない誇らしさすら感じそうだ。だが予想以上にリゼルが大喜びなのでそちらに気を取られている。

「実力的に君達に並べたって実感はないですけど、肩書きだけでも嬉しいですね」

「あー……まぁ良いや。リーダーおめでとー」

「有難うございます」

リゼルは己のパーティがランク外の実力者である自覚が薄い。

そして三人はギルドに徐々に冒険者が増えてきたのを皮切りに、あまり受付前で長居するのも悪いだろうとその場を離れる。スタッドにはまた後で、と伝えておいた。

「夜、ジャッジ君も誘いましょうか。ランクアップのお祝いに奢りますよ」

「なんでお前は奢りたがんだよ」

そうしてギルドの扉へと向かう最中のことだ。

「ギルドの見る目も落ちたモンだなぁ」

ふいに、すれ違いざまに嘲笑うように吐き捨てられる。

リゼルは足を止めた。見れば依頼をこなしてきた帰りだろう冒険者が数人、皮肉るような笑みを浮かべて此方を見ていた。何というタイムリーな邂逅(かいこう)なのかとリゼルの顔が心なしか輝く。

普段なら気にせずギルドを出るところ、足を止めた時点でジル達は察していたのだろう。

更にはリゼルが基本的には有言実行の男だと知っている。同じく足を止めた。

「ランク、金で買いでもしたか？」

「そりゃ凄ぇ、幾らかかんのか教えてほしいもんだ」

リゼルはジルを見る。男達を一瞥したのち、好きにしろとばかりに頷かれた。

リゼルはイレヴンを見る。指先でバンッと銃を撃つ真似をされた。

それに対して首を振れば露骨に渋られたが、最終的に心底渋々オッケーを貰えた。

このやり取りの間、無言だ。何してんだ、という周囲の視線が集まる。

「おい、聞いてんのか！」

「大丈夫です、ちゃんと聞いてますよ」

苛立ちを隠さず怒鳴る男達に、リゼルはすんなりと返答を口にした。

彼らが思わず口を噤む。怒鳴り怒鳴られなら過熱のしようもあるが、平素と変わらず肯定(こうてい)されるとどうしたら良いのか分からない。冒険者ならば猶更だ。

そんな男たちを尻目に、リゼルは何かを悩むように指先を口元に触れさせた。

「あまり、喧嘩って買ったことがなくて……」

やはり初対面の冒険者が増えるとよく絡まれるなと、いっそ懐かしささえ感じていた。

周囲の冒険者も相手が相手なので囃し立てはせず様子を窺っていたが、まさか喧嘩を買うのかと途端に視線が集まる。まるで時間が止まったかのようにギルドが静まり返った。

「あ」

そして思いついたかのように声を零したリゼルに止まった時が動き出し、

「〝表に出やがれ〟」

また止まった。

ジルは胡乱な目でその姿を見下ろし、イレヴンは何かを嘆くように両手で顔を覆い、スタッドは瞬きを忘れたかのようにリゼルを凝視する。相対していた男達など、もはや一切の戦意が吹き飛んでいた。喧嘩を売ってこうはならないだろうという悲劇に同情の視線すら集まっている。

そんななか、ただ一人酷く満足げであったリゼルが奇妙な空気に気付いた。

微動だにしない男達と、半開きで揺れているギルドの扉を見比べる。何かがおかしい。

「あの、表に……違いました？」

予想では、男達が威勢よく吠えながら外へと躍り出てくれる筈だった。

リゼルでなければそうだった。誰もがそれを知っている。でもリゼルだけは知らない。この生温かい空気は誰の罪でもないのだ。その世知辛さに職員の一人がほろりと涙をこぼす。

「ははは っ」

ふいに弾けるような笑い声がその空気を払拭(ふっしょく)した。

「その喧嘩、俺が売ったことにしちゃあ駄目か？」

坑道(こうどう)の奥深くで聞く遠い風の音のような低く深い声と、軽い口調。

リゼルが静かにそちらを向けば、四十手前だろう冒険者が見物人の集まりから足を踏み出したところであった。纏う防具はいかにも使い込まれ、数多の実戦を繰り返してきたのだろう年季を感じさせる。動きを阻害しないよう工夫された胸当て、手首部分が細かくひび割れて折り目のついた革の籠手(こて)、それらの防具は冒険者の典型的な装備だった。

その手にあるのは一本の槍(やり)。肩に凭れかけるように支えられているそれは、切っ先を布で覆われながらも鋭い雰囲気を放ち続けている。

「けど、折角彼らが売ってくれた喧嘩なので」

「やっぱキャンセルで」

「リーダーキャンセル料、キャンセル料ぶんどって」

当の男達に声を揃えて辞退された。

「取れるでしょうか」

「追い打ちすぎんだろ」

消沈(しょうちん)した様子で去り行く男達をリゼルは止めることなく見送った。

上手く喧嘩が買えなくて申し訳ない。自身の言葉を皮切りに戦意喪失(そうしつ)したのは分かったので、きっと何かが違ったのだろう。周りの冒険者を真似たので間違ってはいなかった筈だが。

そんなことを考えながら、近付いてくる冒険者へと向き直った。

「て、ことでだ。どうだ？」

彼は、トンッと槍を肩に跳ねさせる。

「先輩の腕試し、受けてみねぇか」

鷹揚に笑う姿はいかにも強者らしく。

リゼルは微笑み、さりげなく観察するようにその姿を眺めた。このまま喧嘩となれば恐らく自身が負けるだろう。しかし名乗り出てまで弱者を甚振（いたぶ）るタイプにも見えない。

「ジルじゃなくて良いんですか？」

「ま、本命はそうなんだけどな」

ならば、と問いかければあっさりと肯定が返ってくる。

からからと笑った冒険者は、視線だけを動かしてジルを見据えた。一瞬交わった視線は、すぐに鬱陶しそうなジルによって外されてしまう。

「そこの一刀は、何回誘ってもノッてこないからなぁ」

残念そうに肩を竦め、気落ちしたように後ろ髪を掻き回す。

そして彼は手を止めて、ひたりとリゼルを見据えた。命のやり取りを楽しまんとする好戦的な獣の瞳。その日に焼けてカサついた唇が、ゆっくりと笑みを浮かべて煽るように促した。

「断ってくれるなよ。お前さんが買っちまった喧嘩だ、売り手が変わってもな」

「一刀の代わり、なんて荷が重い気もしますけど」

悪戯っぽくリゼルが目を細めれば、溜息をついたのはジルだった。

確かに戦闘での力量と言われれば間違いではないのだが、有り得ないことだろうと思わずにはいられない。本人が本音で言っていることは分かるので口は挟まないが。

「つうか暴論じゃん。リーダー、ヤなら無視しよ」

「いえ、嫌って訳じゃないんですけど」

気に入らない、という態度を隠そうともしないイレヴンが肩を寄せてくる。

促すように触れた肩同士に、リゼルは少し待ってというように微笑んだ。拗ねたように離れていく肩に苦笑を零し、そして改めて冒険者を観察する。

目の前に立つ冒険者はいかにも腕が立ちそうで、知名度的にSではないだろうがAかBであるのだろう。たとえランクが同じであっても力量が同じということはなく、このまま喧嘩をすれば恐らくリゼルが負けてしまう。それは別に良いのだが。

「少し相談しても?」

「どーぞ?」

冒険者らしい無骨な雰囲気ながら、紳士を気取って差し出された掌が不思議と嵌って見えた。

リゼルは周囲の面々に「喧嘩の始まり方じゃねぇなぁ……」なんて見守られながらジル達と向き合う。秘密の作戦会議っぽい空気を醸し出しているものの会話はダダ漏れだ。

「これ、勝ち負けはどっちでも良いんですけど」

「あ、良いんだ？」

「実際勝てねぇしな」

「ですよね」

ジルが冒険者の持つ槍の先端を一瞥する。

リゼルとてギルドにBランクと認められるだけの実力は確かにあるが、魔法だけで戦うのならば良くて引き分けだろう。流石に相性が悪すぎる。

「でも、ボコボコにされるのは流石に……」

ボコボコ、と周りの野次馬は無言でリゼルを見た。

次いで示し合わせたように彼らの視線が槍を手にする冒険者へと向けられる。何かを訴えるように、あるいは悩みながらも微妙そうに、そして一部は釘を刺すように集まる視線の数々に冒険者は思わず口元を引き攣らせた。

「や、流石にねぇッスよ。魔法使い相手に本気とかただの虐殺(リンチ)だし」

イレヴンが明るい声で告げ、ふいと笑みをそのままに頤を持ち上げる。

一呼吸の間。彼はリゼルから死角になっているのを知っていて、冒険者へと視線を流しながら嗤(わら)う。

「なァ？」

縦に裂くように絞(しぼ)られる瞳孔。そして弧を描く瞳は得体の知れない悍(おぞ)ましさを孕んでいた。笑みに歪んだ口元から鋭い牙が覗き、声色(こわいろ)とは真反対の嗜虐性(しぎゃくせい)に富んでいる。

それは強烈な牽制。見る者によっては視線だけで完全に動きを封じられるだろう、手慣れた恐喝(きょうかく)

でもあった。冒険者はゆるく笑い、片手を上げることでそれに応える。

「ほら、すっげぇ手加減してくれるって」

「なら安心ですね」

ぱ、と笑みをリゼルの為だけのものに戻すイレヴンに、過保護なことだとジルは吐息を漏らすような溜息をついた。本来ならば喧嘩に反対したいところを、珍しく浮かれに浮かれているリゼルを前に強く拒否できない八つ当たりもあるのだろう。

そもそも、かの冒険者が加減を知らない相手ならジル達はとっくにこの場を去っている。

「ナハスさんもそうでしたけど、槍の玄人（くろうと）って凄く強そうに見えて」

「あー……丁度、張るぐらいじゃねぇの」

「彼とナハスさんがですか？」

リゼルは感心しながらも、何となく世話焼きな副隊長のことを思い浮かべた。

未だ鮮明に思い出せるその姿は魔鳥を賛美し、そして此方を叱り、アリムにこき使われ、魔鳥を撫で回し、そして自身を看病してくれて、宿主の友人で、魔鳥の世話を焼き、そしてセンスの絶妙過ぎる土産を渡してくれて、魔鳥との空中散歩を喜々としてこなしている。

「ナハスさん、強いんですね」

「まぁリーダーが言いたいことは分かっけど」

ナハスが聞いたら複雑そうにするだろう。

そんなことは露知らず、リゼルは決意したように一つ頷いた。ナハスと同じくらいと聞くと、不思議と上手く相手をしてもらえそうな気がする。ただのイメージだが。

「じゃあ頑張ってみます。ランクアップしましたし」

「お前ほんと大喜びだな」

「大喜びです」

リゼルは至極堂々と返し、そして冒険者を振り返った。

彼は槍を揺らしながら、立ちっぱなしの姿勢を変えずに此方を見ている。片頬を歪ませるように笑んだ唇を動かし、だらしない立ち姿から少しだけ背筋を伸ばしてみせた。

「話し合いは終わったか?」

「はい。腕試し、お願いして良いですか?」

「そうこなくっちゃなぁ」

威勢よく声を上げ、冒険者は扉へと足を踏み出す。

しかし一歩踏み出しかけたところで、思い出したようにリゼルを振り返った。

「そういやお前さん、ランクは何になったんだ?」

そして冒頭に戻る。


色々衝撃を受けつつも、冒険者の男はギルドの前で肩を回しながら立っていた。

槍の布は外さない。腕試し、の言葉に嘘偽りはないのだから余分な怪我をさせるつもりもなかった。相手が言うには喧嘩らしいが、それならそれらしく振る舞ってほしいものだ。

「これはやり過ぎっていうのありますか？」

「あー……周りに被害出さなきゃ良いんじゃねぇの」

「取り敢えずリーダーは殺す気でだいじょぶ」

「分かりました」

分かるな。

野次馬である大量の冒険者たちが、何故か喧嘩講座を受けるリゼルに突っ込む。

男とてただのノリで喧嘩を売った訳ではない。リゼル個人の実力は余りにも知られておらず、疑問に思っている冒険者も少なくはない。もし今回の喧嘩で一刀の上にいるだけの実力を示せなければ、今日からリゼルを見る目は変わるだろう。

メンバーに依存するような者は、どんな好人物だろうと冒険者からは認められない。

「通りを塞いじゃいますね」

「ここら辺の奴らは慣れてっから。それより狙うなら目と喉、特に喉ついて」

「頑張ります」

しかし教える側に殺意がありすぎるのではないか、と男は首を捻る。

「あの槍、魔力反射ついてんぞ」

「そうなんですか？　気を付けないと駄目ですね」

そしてがんがんネタバレされるな、と空笑いを零す。

もうちょっとこう食らってから驚くとか、と思わないでもないが、確かに相性という点では有利すぎるだろう。回した首の骨が鳴る。ふんふんと真面目に授業を受けるリゼルを眺めた。見るからに品の良い相手だ。殴り合いの喧嘩など一度も経験がないだろう。

「つうかお前、時々一人で絡まれてんだろ」

「返り討ちにしてんスよね。それと同じじゃん」

「あれは格下なので。格上相手は避けますよ」

だが、絡んできた相手を格下と断じる程の自負はある。

そうでなければと、男は笑みを深めた。肩に立てかけるように持っていた槍を握り、傾けていた姿勢は真直に。ぶら下げるように持った槍の切っ先はリゼル達へと向いていた。

「ようし、そろそろ良いか？」

「はい、お待たせしました」

パーティの応援に見送られたリゼルがゆっくりと歩いて男の前に立つ。

微笑んだ顔には素人らしい高揚も気負いもなく、まるで道の真ん中で見かけた旧友に話しかけるような自然体で立っていた。度胸は合格、と男は唇を舐めて湿らせながら槍を両手で握る。

軽く腰を落とし、構えた。

「初手はお前さんに譲ってやるよ。そら、どんと撃ち込んで来い」

「撃ち込むっていうほど、強力な魔法も使えないんですけど」

苦笑したリゼルがふと口を閉じ、柔らかな笑みを浮かべた瞳で男を見据える。

その姿を目に映しながら男は前へ飛んだ。瞬間、地面から土塊の爪が突き立つ。数瞬前までいたはずの獲物を切り裂こうと収縮したそれが、空ぶってひしゃげる音がした。

冒険者や通行人、野次馬達が悲鳴にも似た歓声を上げる。その頃には既に男は槍を振り終えていた。リゼルの張る魔力防壁が甲高い音を立てて砕ける。

「へぇ、対魔武器に詳しいな」

槍の切っ先は砕けた筈の防壁に阻まれていた。

先端から蜘蛛の巣状の魔力を映す壁を見て、男はすかさず距離を置いた。

「連続使用に制限がある、ですよね」

「よーく勉強してんじゃねぇか」

彼は獰猛に笑いながら槍を構え直す。

魔力を切り裂き、貫く魔力反射も万能ではない。使用後に性能が回復するまで若干のタイムラグがある。それは些細なラグだが、戦いの最中では軽視もできない程の差があった。

だからこそ二重に張られた結界で止められる。止められる程に男の槍は鋭い。

「こりゃあ楽しめそうだ」

「光栄です」

腕を振ったリゼル。背後から何本もの炎の矢が男へと襲いかかる。

それを切り伏せ、避け、男は地を蹴った。再度リゼルへと肉薄する。他の魔法の発動中は防壁を張れない。男は己のパーティにいる魔法使いからそう聞いている。狙い目だ。

「終わらせてくれんなよ」

片腕を撓らせ、風を裂く音と共に槍を突き出した。

容赦なく突き出した先端の向こう側、視線を逸らすことなく此方を見据える瞳が見えた。

清廉なままに瞳が愉楽に細められ、無邪気にすら思わせる笑みを浮かべる。

「胸、お借りしますね」

一歩、リゼルが体を引いた。

槍を避けるには不十分な動き。構わず槍を押し出す男は直後、眉を跳ね上げた。

リゼルの影から黒い槍が飛び出す。足を貫こうとする二本を踏み出した足を引くことで避け、引き寄せた槍で薙ぎ払う。だが、リゼルの攻勢はそれだけでは終わらなかった。

「こりゃあ凄ぇ……ッ」

真後ろにせり出した土壁が、咄嗟に引いた男の体をその場に押しとどめる。

一瞬背後へとやった視線を戻した時には、リゼルの指先は振るい終えられていた。冒険者らしからぬ指先が纏っていた水の塊が鞭のように撓り、刃となって男へと襲いかかる。頭を切り離そうと首を狙った刃を伏せて躱す。眼前の地面から両眼を貫こうと突き出した爪を籠手で殴り壊す。背後で水の鎌が土壁を破壊する音がした。

「魔法ってこんな連発できるもんか？」

「いや見たことねぇよ」

野次馬の声に内心で同意を零し、いまだ楽しげである男は屈んだ体を引き上げる。

同時にリゼルへと肉薄。槍で魔力防壁を破壊、だがやはり止められる。抜け目なく防御に回る手

腕は見事、と距離をとれば眼球の寸前を幾重もの風の刃が切り裂いていく。

「つうかお前さん、アドバイスに忠実すぎんだろ……ッ」

執拗に目と喉を狙ってくる。そこに一切の躊躇はない。

「どうせ当たらないから良いって、ジル達が」

「避けられっけどな。怖いんだよこれ」

なにせ当たれば即死だ。避けられてはいるが普通に怖い。

言っている傍から二発、三発と獣のように喉元を食らおうとする風の刃を避け、一呼吸ついた男が爪先で地面を数回ノックする。それを境目に彼の纏う空気が覇気を帯びた。

遊びに興じるような笑みはそのままに、空気が真剣味を帯びて張り詰める。

「及第点には届きましたか、先輩？」

「おーう、充分だ。おめでとさん」

嬉しそうに破顔したリゼルに笑みを深める。身を屈め、地面を蹴る。

先程よりも数段速い。男は襲いくる魔法を切り捨て、そして一枚目の魔力防壁を貫いた。だがそこで止まらない。勢いのまま槍を回し、石突を残る防壁に打ちつける。

叩き割られた防壁が、ガラスが割れるような音を立てて崩れ落ちた。

「防壁も万能って訳じゃあねぇよな」

「一撃、凄いですね」

槍を薙ぐ。もはやリゼルを守るものはない。この間合いなら避けられることもない。

男は確信を持ち、リゼルの体を簡単に吹き飛ばすだろう一撃を叩き込んだ。筈だった。

「何だ？」

目を見開く。槍は確かに存在していた筈のリゼルをすり抜けた。

同時に目の前の穏やかな姿が掻き消える。その数歩向こう側に、幾つもの魔法陣を従えて此方へと向ける姿があった。男は吐き捨てるように笑う。

「Pierce（つらぬいて）」

全ての魔法陣が白熱を帯びた光を放つ。

そこから無数に伸びた光の槍。男の目を、喉を、足を、心臓を、貫こうとするそれらを男は焦燥を浮かべることもなく槍で迎え撃ち、避けた。魔法陣という槍の出現場所、それさえ分かっていれば男程度の冒険者にとってはやり過ごすのも難しいことではない。

とはいえ紙一重。予想以上だと、男は獰猛に目を見開いた。

「惜しかったなぁ！」

魔法陣も既に尽きた。今や目前まで迫った薄い体を貫こうと槍を引いた。

だが今まさに敗北しようとしているリゼルの余裕は変わらない。理解できていないのではない。諦めている訳でもない。全てを理解しているにもかかわらず平静のまま微笑んでいる。

直後、隠されていた魔法陣が二つ姿を現した。

従えるように左右に二つ。青い外套が光を宿しながら揺れる。生まれた純白の槍が男の喉を貫かんと襲いかかり、男は踏み込みを止めないままに間を縫うように避けた。

「そういうことかよ」

男は笑い出したい気分だった。

今が瞬間を惜しむ戦いの最中でなければ、確実に大声を上げて笑っていただろう。楽しい、楽しい、愉快だ、これだから、そう振りきれた高揚のままに腹を抱えて叫んでいた筈だ。

目の前のリゼルは、今まさに己を貫かんとする穂先（ほさき）など見てはいない。

手を喉元で横に構え、掌を男へと向けている。その傷一つない手から、一筋の真白い光の刃が生まれた。同じ神々しさを孕む槍はいまだ残り、男の首後ろで穂先を交差して退路を絶つ。

後はまるで処刑台のように。光の刃は槍を伝い、首を刎（は）ねるだろう。

「さぁて、早いモン勝ちだ」

「お手柔らかに」

リゼルの白金の髪が広がり、男の槍を握る掌に血管が浮き出す。

そして野次馬の歓声が響き渡った。


リゼルが目を閉じることは最後までなかった。

自らの肩を貫こうとした槍（とはいえ布に包まれているので強烈な衝撃があるだけだろうが）、それを止めている一本の剣を視線だけでなぞる。大剣ながら細身、見慣れた得物だ。

「有難うございます」

「ああ」

まるで相手の立ち入りを禁ずるかのように差し込まれている剣。

それを辿ったリゼルの視線が黒衣へとたどり着き、何かを確認するように一瞥を寄越した灰銀の瞳で止まる。礼を告げれば不愛想な返答。敢えて痛い思いをしたくはないので、助けてくれたのは素直に有難かった。

「リーダーだいじょぶ?」

「はい、何処も痛くないですよ」

そして恐らく、ジルと共に止めに入ってくれたのだろう。

いつの間にか隣に立っていたイレヴンが、やや眉を寄せながら上から下まで無事を確認している。改めて確認せずとも傷がないことは分かっているだろうにと可笑しく思うも、その気持ちが嬉しくて口にはしない。皺の寄った眉間を和らげるように、その額を指先で撫でてやった。

「おいおい、『喧嘩も一人で買える』んじゃなかったのか?」

少しも重量を感じさせずにゆっくりと下ろされた大剣の向こう側。

切り離されずに済んだ首元をさすりさすりと擦りながら、槍を抱えた冒険者の男がカラリと笑う。やはり最後の魔法も防がれてしまったようだ。手加減されたうえに負けてしまったのだから完敗だろう。

「最後だけなので、おまけしてください」

「まぁ、俺も最後は力入っちまったからなぁ」

止めてくれて助かったとジルに告げて、男は満足げに大きく息を吐いた。

「いやー、ピンでこれだけやれる魔法使いは初めてだ」

「試してもらえた感想は聞いても？」

「ん？　そうだな」

彼は槍を肩にかけ、しげしげとリゼルを眺める。

周囲の野次馬達は少しずつ解散していた。通行人らは興奮気味に普段の生活へと戻りつつあり、冒険者らはリゼル達の喧嘩の考察を話し合いながら去っていく。

「流石は一刀らを普段から見てるだけあって、お前さん目は良いな」

「あ、本当ですか？」

「おう、俺の槍も目で追えてたろ」

ニッと朗らかに笑った男に、リゼルも邪気なく嬉しそうに頬を緩める。

なにせジル達はできて当たり前の範囲が広すぎてあまり褒めてくれない。リゼルとて自身の力不足を常々感じている身、師ではなくパーティ相手に褒められたいと思ったことは一度もないのだが、だがそれはそれとして褒められれば素直に嬉しい。

「そういや、詠唱（えいしょう）もなしに魔法連発してたのは凄かったな。どうやってんだ？」

「あれは、戦う前にたくさん時間を貰えたので。作ってストックしておいたんです」

「へぇ、そんなことできんのか。他の魔法使いもやりゃあ良いのにな」

できるか、と見物から撤退中の魔法使いが無言でのけぞっていた。

恐らく理屈としてはできないことはない。ただ酷く繊細な魔力操作と、高い集中力と、その他諸々処理できる頭があって初めてできる。そのあたりは既に魔法使い云々といった領分ではないのだ。学者に熊を持ち上げろと言っているようなものなのだ。非魔法使いは何も分かってくれない。

「とにかく、お前さんと戦りあえて良かった」

「一刀の代わりになれましたか？」

「ハハッ、一刀とじゃできない戦いだったさ。ありがとな」

ふいに男を呼ぶ声があった。

どうやらパーティを待たせていたようで、彼は「すぐ行く」と声を張り上げて手を振り返した。そして肩に凭れさせている槍を指先でノックしながら、特に恩を売るでもなく平然と告げる。

「そいつらに比べりゃ大したもんじゃないが、俺らも暫く王都に居るつもりだ。何かありゃ頼ってくれて良いぞ」

「有難うございます。その時はお願いしますね」

「おーおー、おいちゃんに任せとけ」

此方を見下ろす瞳には存外信頼が滲んでいて、どうやら認めてもらえたようだとリゼルは感慨深げに頷いた。それに対してこちらも可笑しげに頷いた男に、ふと思いついて悪戯っぽく小さく首を傾げてみせる。

「次は、本気を出してもらえるでしょうか」

「うん？」

男は微かに瞠目し、そして好戦的に唇を歪ませた。

「そりゃあ、お互いにな」

彼はひらりと手を振って、自らを待つ仲間たちの元へと去っていった。

その広く頼りがいのある背を見送り、リゼルはひとまず少し荒れた地面を均す作業に移る。片付けは全ての基本だ。苦手だが。とはいえこういった片付けならば問題ない。

「リーダーどうだった？　初喧嘩」

「ほぼ喧嘩じゃねぇだろ」

「そうだけど」

「ちょっと緊張しました」

雑談を交わしながら通りを元通りにして、そろそろ行こうかと歩き出す。

そんな三人には普段以上の騒めきと視線が集まっていた。その中には冒険者も多く、そこに感心はあれど落胆はない。リゼルの冒険者としての大一番は上々の結果で幕を下ろした。

しかしリゼル達はそんなことなど知る由もなく、今夜は何処の店に行こうかと話し合いながら宿へと歩いていくのだった。


その夜、とあるバーのような雰囲気の酒場にて。

「ランクアップおめでとうございます」

「だからスタッド、そんな淡々とじゃなくて、もっと……まぁ良いや。リゼルさん、おめでとうございます！」

「有難うございます」

「ランクアップ早々貴方が喧嘩を売られた時は驚きましたが」

「驚いたなら驚いた顔しろよ能面」

「黙れ馬鹿」

「えっ、け、喧嘩って、その、リゼルさん怪我とか……っ」

「大丈夫ですよ。負けちゃいましたけど、無傷です」

「良かった……でも、リゼルさんが喧嘩なんて、その、これからもあったりするんですか？」

「いえ、向こうから来なければあまり。上手く買えなかったし、道を塞いだり魔法で荒らしたりするのが凄く申し訳なかったので」

「そこかよ」

140.

王都の路地裏を一人の男が歩いていた。

世の全ての悲痛を背負っているような、自信の一切を喪失したような。体を縮こませながら、視線を右往左往させながら歩く姿は酷く気が弱そうであった。俯きっぱなしの彼が足を踏み出す度に、サイドの中程で結ばれた癖のある長い髪が揺れる。

「大丈夫？　元気がないみたいだけれど」

そんな彼へと優しく艶のある声がかかる。男の足が止まった。

王都の路地裏の、憲兵も容易に足を踏み入れられない深部。表を歩けない者達が暗躍するこの場所では、狭い通りを縄張りに幾人もの花売りが己の巣に客がかかるのを待っている。

彼女は、その内の一人だった。

「嫌なことがあったの?」

立ち止まり、俯き続ける男へと女のたおやかな腕が伸びる。

そっと肩に触れた細い指にも男は微動だにしない。触れる女の手が指先から掌へ、そして腕を滑らせ抱きしめるように体を寄せられる。香り立つ程の色香が、触れた女の肌から立ち上った。

「私もそうなの」

耳元で囁くように、甘い甘い甘露(かんろ)のような声。

女は触れる男の体のあまりの冷たさに驚いたが、しかしおくびにも出さずに微笑んで恋人のように頬を寄せた。薄く鮮やかな布に包まれた華奢(きゃしゃ)な体が、冷えきった男の体を温める。

男は何も言わない。ただ何かを耐え忍ぶように、変わらぬ悲痛な顔で俯いている。

「ねぇ、今夜だけで良いの。お金もいらないわ」

女の、目の覚めるような赤に飾られた唇が、ゆっくりと男の耳元へと寄せられた。

幼子の内緒話のように幼気(いたいけ)に、しかし抗いがたい毒を思わせるほど艶やかな声で囁いた。

「嫌なこと、忘れてしまいましょう?」

男ならば誰しも無意識に吸い寄せられてしまうだろう声色、それを紡ぐ唇が弧を描く。

女は、本来ならばこの場に居るような身分ではなかった。良家の子女として何不自由なく育ち、親から愛され可愛がられてきた彼女は、それら全てを裏切って時折こうして裏通りに立つ。

得られるものは少しの刺激と身を焦がすような快感のみ。それで充分だった。他に欲しいものなどなく、女は全てを持っていた。時に他者へと犠牲を強いながら、それさえも娯楽としながら彼女は人生を謳歌していた。

女はそれ以上何も告げず、ただ蠱惑的な笑みを浮かべて、荒れなど知らない手で男を近くの扉へと促す。俯いたままの男は、意思のない人形のように足を動かしていた。

女が後ろ手に煤けた木の扉を開けば、揺れる明かりに照らされた室内が姿を現す。狭い部屋にはランプと最低限の荷物、そして整えられたベッドが一つのみ。静寂の中に何処からか漏れ聞こえる嬌声が響く異様の空間は、まるで女という怪物の胃の中のようであった。

女が扉の鍵を閉めた。ギ、と古びた鉄がこすれあう音がした。

「怖がらないで良いの」

部屋の真ん中で立ちすくむ男へと歩み寄り、恋人のようにしなだれかかりながら腕に手を絡める。ゆっくりとベッドへ向かい、隙間なく体を寄せながら並んで腰掛けた。

男の結ばれた髪が肩を滑り、落ちる。

「あなたの顔、ちゃんと見たいわ」

女は手を伸ばし、愛でるように男の頬へと触れた。

撫で上げるように髪をよけていき、ようやく見えた男の顔は雰囲気を裏切ることなく酷く悲痛な面持ちをしている。だが顔の造形はそれほど悪くない。女は赤に彩られた唇を色香を孕む笑みに歪め、俯いたままの男へと寄せる。

「一つだけ、お願い」

そして自らの手で露にした男の耳に、その艶やかな赤を移そうとする寸前。

吐息の伝わる距離から甘い懇願を囁いた。

「恋人みたいに、優しく抱いて」

女は欲を煽るような仕草で重ねた男の手の甲を布ごしに撫でる。

誘うように、促すように。逸らされていた男の視線が、ようやく揺れながらも女を見る。

「恋、人……?」

「ええ、そう」

初めて目の合った男に女は蕩けるような笑みを浮かべた。

間近にある男の瞳は酷く澱んでいる。暗く絶望的で、恨み嘆きを煮詰め、覗き込んだ深淵をそのまま映しこんだような澱み。しかし此処はそういう者達が集まる場所。女にとっては忌避を抱くようなものではなく、刺激を増す要因の一つでしかない。

ぞくりぞくりと背筋を震わせる何かを、女は快楽の予兆だと受け取った。

「恋人、なんて……ぼ、僕に、そんな価値」

「いいえ。あなた、素敵よ」

震える声で呟いた男に、女は優しさなど欠片も抱かない甘い声で囁く。

弱気な男もたまには良いものだ。相手の言葉に同意を返し、好意を示してみせれば簡単に流されて優しく抱いてくれる。彼女はそんな男を何人も相手にしてきた。

「自信を持って」

「そ、そんな、そんなの」

うろうろと、男の瞳が忙しなく泳ぐ。

「控えめなひと、私すきよ」

「ひ、控えめとか、い、い、いつも、鬱陶しいって」

女が体を寄せる。赤い唇が、男の色味のない唇へと寄せられる。

「慎重ってことじゃない。あなたの立派な長所だわ」

「…………」

触れかけた唇が止まった。男の両手が、女の細い手首を握っている。

女は蕩けそうな笑みを浮かべ、かけられる力のままにベッドへと慣れきった仕草で倒れこんだ。

唇と同じ色のマニキュアに彩られた爪を泳がせ、ベッドから投げ出された足を折り曲げて踵から靴を脱ぐ。

揺れるランプの灯りの中、折り曲げた脚を男の骨ばった腰へと寄せた。

「意外と強引なのね。そういうところも、魅力的」

シーツに押さえつけられた両手に女の笑みが深まる。

落ちた男の髪が頬をくすぐる感覚に、キスの時に邪魔になりそうだと内心で零した。

「————……て」

「え？」

ふいに男が何かを呟いた。

見上げた顔は逆光となって暗い。淀んだ瞳がより暗く見えた。

「なぁに？　あなたのこと、聞かせて」

女が促す。男は何かを呟き続けていた。

「ど、どうして、そんな、ひ、酷いよ、酷い、酷い、酷い、僕を、酷い」

どうしたのだろうか、と女は奇妙に思って男を見上げた。

男の目は何も見ていない。押さえつけた女を見下ろしてはいるが、その瞳には何も映ってはいない。ひたすらの闇、今の彼の世界には彼の他に何も存在していない。何かがおかしい。

女は両手を自由にしようと抵抗したが、手首を捕まえる力は緩まなかった。

「無理矢理、じ、自信とか、無理なこと言って、ぼ、ぼ、僕をいじめて、こんなの、嫌なのに、な、何で、そんな、長所とか、無理矢理、酷い、意外って、酷い、な、何でそんなこと言うの、わ、わ、分からない、怖い」

「ちょっと、や、痛いってば……っ」

握り込まれた女の手首が軋む。

だがどれほど女がもがこうと意味をなさない。頼りない外見からは想像できない力の強さに女は恐怖した。得体の知れないものへの恐怖だ。先程背筋を震わせたものは快楽ではなく悪寒だったのだと、彼女はようやく気付いた。

「ぼ、僕のこと馬鹿に、あは、馬鹿にするんだ、し、知ってる、そうだよね、僕なんかがそ、そんな、あはは、ど、どうでも良くて」

「ひ、やだ、やだ……!!」

悲痛を極めた男の顔が歪(いびつ)な笑みを浮かべた。

何処までも壊れきった、無理やり顔の筋肉を歪めたような笑みだった。浮かぶ涙すら黒く淀んで見えるその笑みに、女は引き攣った呼吸を押し込めて力の限り暴れる。

「あは、そんな、価値、僕にはな、な、ないのに」

ふいに女の片手が解放された。

女は力の限り男の体を押しのけ、ぐらりと体勢を崩した男の横をすり抜けようと起き上がる。ベッドから下ろした裸足(はだし)の片足が小石を踏んだ。しかし女にその痛みを感じる余裕などない。

彼女の目は扉しか見ていなかった。掴まれたままの片手をちぎれそうな力で振り回し、立ち上がろうと小石の刺さる足へと力を込める。とにかく必死だった。

人生で初めて、彼女は必死な思いをして足掻(あが)いていた。

「どこにいくの」

女の顔が絶望に染まる。

掴まれた手首の骨が軋んで悲鳴を上げる。彼女も赤い唇を開いて甲高い悲鳴を上げた。

「ほ、ほら、嫌なこと忘れさせてくれるって、い、言ったのに、嘘つき、酷い、僕のこと、き、酷い、聞いてくれるって、い、い、言って、言ってたのに、あは、やっぱり、嘘で、捨てて、何処に、酷い、酷い、あは、し、知ってる、僕が、駄目だから、あはは、あは……ぁあああああ!!」

肩が外れかねない力で腕を引かれ、女はベッドへと引き戻された。

女が夜な夜な男を誘いこみ、快楽に興じ、自堕落（じだらく）に陥った聖域へと叩きつけられた。男の悲鳴のような慟哭（どうこく）に女の体が震える。赤い唇からは意味のない音しか零れない。

「酷い酷い酷い忘れさせてくれるって言ったのに酷いことばっかり言って!!　僕に僕が僕を馬鹿にして馬鹿にした馬鹿にした馬鹿にした僕のことが嫌いだから!!」

肺を吐き出さんとするように叫ぶ男へ、女は必死に否定の言葉を紡ぐ。

そんなつもりはなかった。ごめんなさい。馬鹿にしてなんかないわ。ごめんなさい。愛しているわ。ねぇ、愛しているの。好きに抱いていいわ。助けてパパ。だから許して。

「ひっ」

突如（とつじょ）ピタリと男の悲鳴が止む。女は瞬きを忘れたかのように目を見張っていた。

女の涙に塗れた瞳が鈍い銀色を映す。ランプの灯りを反射する酷く厳めしいナイフ。震える肺を振り絞って零した悲鳴は喉で潰れ、歪な音を断続的に漏らすだけだった。

「ね、ねぇ、大好きよ、私、あなたが好き、嫌ってなんかないわ、だから」

「嘘つき」

男の手が女の口を塞ぐ。顎を砕かんばかりの力だった。

その掌に、ぽとりと水滴が落ちる。悲痛のあまりぐちゃぐちゃに壊れた男の瞳から零れ落ちた涙。

それは手を伝って指の隙間を通り、女の赤い唇へと触れて滲ませた。

「 Please call me “Trash〟（僕を肯定しないで）」

酷く苦い。呆然とそう考える女へと、ナイフが振り下ろされる。

「っあー……」

長い前髪で両目を隠した青年は、扉を開いた先の光景に溜息交じりでそう零した。

血だまりの中にしゃがみ込んだ男は、その声に握ったナイフを胸に引き寄せてひきつけのように体を震わせる。彼の体の下には赤に染まったシーツがあり、そこに多数のナイフによって縫い止められた一人分の遺体が横たわっていた。

青年は顔以外に原型を留めない遺体を一瞥して、脱力したように壁に寄りかかりながら再び深く溜息をついた。返り血に染まった男が、何か悪いことをしてしまったかと怯えながら問いかける。

「な、何、何で、ここ……」

「取り敢えず消えろ」

間髪を容れず寄越された返答に、男はもう一度肩を揺らした。

「あ、あ、僕、な、何も、してな」

「貴族さん、来んぞ」

男の目が見開き、失敗した呼吸にヒュッと喉が鳴った。

男は引き寄せたナイフを、すがるように両手で握り締める。血の匂いが充満した狭い部屋で、青年が鬱陶しそうに口を噤みながら匂いを散らすように手を振る。それを呆然と眺めた。

「依頼受けて」

青年が口を開き、その手で遺体を指さした。

「探し人」

血まみれの男の体が強く震える。

彼は何処を見れば良いのか、何を見れば良いのか分からなくなったように忙しなく瞳を泳がせながら、足を縺れさせるようにベッドから立ち上がった。よろける体で逃げるように二歩、三歩と後退すれば、手にしたナイフからポタリポタリと赤が滴り落ちて床に斑点を描く。

「ぼ、僕、そんな、そんなつもりじゃ、そ」

「だから、さっさとどっか消えろ」

青年にしても、とある清廉な冒険者の探し人がこうなっているのは予想外だった。

フォーキ団壊滅から残った八人の中では最も早くアスタルニアから王都へと到着し、挨拶をしようとタイミングを図っていた際にふと血の匂いがして嫌な予感がしてみれば、同じくいつの間にか到着していた目の前の男を発見した。それが今だ。

「貴族さんがお前の顔見んのが一番面倒になる」

「……ッ」

男は顔色をなくし、そして俯くようにだらりと両手を下げた。

床を向いた顔をサイドに結ばれた髪が隠す。彼は重い足取りで青年の横を通り抜け、扉を潜ったところで足を止めた。空は彼の瞳のように暗く、彼の瞳と比べるべくもなく美しい。

「あ、あの人も、こ、怖い………」

呟き、男は重い足取りなどなかったかのように姿を消した。

青年はそれをどうでも良さそうに見て、そして室内を一瞥する。内臓まで掻き混ぜられた遺体の生臭さと空気の変な蒸し暑さ。彼にとって慣れ親しんだものであり、特に感慨も何もない。

青年は特に何も思わず、しかし微かに扉を開けたままその場から姿を消した。聞き覚えのある声が三つ、徐々にこちらへと近付いてきていた。


とある貴族の依頼によって捜していた相手が、見つけた時には惨殺されていた。

「ミステリーですよね」

「つってても裏じゃん？　んな珍しくねぇって」

「だから貴族の依頼なんざ面倒だっつったじゃねぇか」

「裏通り、しっかり見たことなくて」

探し人の遺体を発見し、ギルドに報告したのが昨日のこと。

リゼル達は再びギルドに集合していた。テーブルを一つ独占し、条件の良い依頼を奪い合って賑やかなギルドの毎朝恒例の光景をのんびりと眺めている。少しでも良い条件を求める姿勢は素晴らしい、けれど残った依頼もなかなかに味があって良いものだ。リゼルはそんなことを考えながら冒険者達を見守り、背凭れを使用しない手本のような姿勢で椅子に腰かけていた。

何故かと言われれば朝一で呼び出されたから。まだ空も薄暗い内に、冒険者ギルドの伝令が力の限り宿へと走ってきたのだ。

「裏商店以外見たことなかったたっけ」

「はい、実は」

「いつでも見りゃ良いだろ」

「用もなくウロつくのはちょっと違うんですよね」

ならば捜索依頼という大義名分を掲げ、裏通りを満喫してしまえという狙いだ。

表では容易な散策も、路地裏の深部では酷く難しい。見覚えのない通りに潜んでいるものは何か、余所の縄張りに足を踏み入れるのが何を意味するのか。それを知らずに命の保証はなく、慣れた者でも見知った道以外は使わないという。

ただの散策の為だけにジル達を連れ回しては変な連中に目をつけられるだろう。リゼルは裏商店にまだまだ用がある。結果、昨日は捜索にかこつけて目一杯に探索を楽しんだ。

「で、満足したのか」

「しました。刺激的な場所ですよね」

「昼間は全ッ然人いねぇんスけど」

「夜だけ賑わうっていうのも味があります」

先日の探索も割と物騒なあれこれに遭遇したのだがリゼルは満足そうだ。

事前にイレヴンから探し人の情報を聞いていたのも大きい。望んで裏通りにいるのなら速やかに探す必要もなく、裏の人脈を頼ることなく冒険者として捜索と散策を両立させられた。

「なら難癖つけられる甲斐もあるってもんだな」

揶揄うように唇を歪めたジルに、リゼルも困ったように微笑んだ。

今日呼び出されたのはまさにジルの言ったとおり。探し出した子女が既に遺体であったことを、父親である依頼主が事もあろうに冒険者の所為だと言い張ったのだ。

「探してやったのにうっぜぇよなァ」

「御息女を亡くしてショックなんでしょう」

「八つ当たりで済みゃ良いけどな」

「そーれ」

嫌そうに顔を顰めるジルとイレヴン。それには理由があった。

そもそも最初は匿名で貼り出されていた人探し。憲兵ではなく冒険者ギルドに持ち込まれているのだから深刻ではないのだろうと思い、詳しい事情はギルド職員からという記載に従ってスタッドに声をかければ、少しばかり無言になった彼に別室に連れていかれて「依頼主が貴族である」「捜索対象は路地裏に入り浸りの彼の娘である」と説明された。

『本来ならこの時点で冒険者に拒否権を与えるなと言われていますが、どうしますか』

他言無用であるだろうにスタッドは堂々とそれを教えてくれた。

ようは夜遊びを繰り返す娘の保護を頼んだなどという噂が広まれば、家の名前に傷がつくとでも考えたのだろう。知る者は少ないほうが良い、だから事情を知る冒険者は一組しか許さないというのだ。

当然とはいえ体面を酷く気にする相手なのだろう。憲兵を頼らないのも同じ理由。そんな相手が娘の死の責任を冒険者に被せようというのだから、その思惑など自然と察せられた。

「夜遊びは俺らが呼び出しててぇ？　ついに犯して嬲り殺しぃ？」

通りがかりの冒険者が聞き間違いかと二度見しながら通りすぎて行った。

「んーなの信じる奴いる訳ねぇじゃん」

「信じてもらう必要ねぇんだろ」

「それ意味あんの」

「ありますよ。そういう言い分があるのとないのじゃ大違いです」

知っているのに知らない振りをするのも、真意に気付きながらも表向きの言葉を受け入れるのもリゼルにとっては日常茶飯事だった。敬愛する王への侮辱や害がなければそれで良いし、いちいち暴いて揚げ足を取りにいくほど暇でもない。

「もし本当に八つ当たりじゃなかったらどうしましょう」

「どうって？」

「買収か、口封じとかもあるんですよね」

リゼルはイレヴンが座った椅子を傾け、器用に揺らしているのを眺めながら問いかける。

する側の事情は理解できるが、それに対し冒険者がどういった姿勢をとるのかが分からない。そんなリゼルの質問の意図を察し、ジル達は思案するように視線を何処という訳でもなく流す。

「あー……買収はあるかもな。応える奴なんざほとんどいねぇけど」

「まぁリスクでかすぎるし」

　確かに、とリゼルは頷いた。

　大金と引き換えに貴族殺しの汚名を背負わされるなど全く割に合わない。冒険者は金に固執すると思われがちだし、それも決して間違いではないが、常日頃から命を懸けているだけあって危機管理能力は割と高い。

　それなりに冒険者を続けていれば、こういった貴族との駆け引きで危ない橋など決して渡らなくなるだろう。冒険中は割と平気で渡るが。そのあたりは性分なので仕方ない。

「口封じはねぇッスね」

「相手がよっぽど馬鹿じゃなけりゃな」

「ギルドへの配慮ですか？」

「まぁな。冒険者が濡れ衣着せられて殺されりゃギルドが黙ってねぇだろ」

　ギルドは公平ではあるが、基本的には冒険者の味方だ。

　更にそんな暴挙を見逃したとなれば他の冒険者の不信を買う。国から国へと移動する冒険者。信頼を失って王都ギルドから冒険者が消えた、なんてことになれば目も当てられない。

「特に王都は憲兵とも連携もとれてる」

「あ、成程。トップが子爵ですしね」

　子爵位を持つレイが率いる憲兵団。今回の相手の爵位など知らないが、全く手出しできないということはないだろう。予想としてはそれほど地位の高い相手でもなさそうなのだが。

ならば強硬手段には出まい。下手をすればそれこそ家が取り潰されて、家名を守るどころではなくなってしまう。

「お待たせして申し訳ございません」

和気藹々と物騒なことを話していれば、受付業務の一段落したスタッドから声がかかる。

「お疲れ様です、スタッド君」

「いえ。朝からご足労頂き申し訳ございません。こちらへ」

そのまま、依頼を受けた際にも使用した部屋へと誘導される。冒険者で賑わう場で堂々と話せる内容でもないだろうとリゼル達は素直に従い、応接室と呼ばれる部屋へと向かった。

三人はそれぞれ向かい合わせのソファに腰かける。スタッドだけが一人立っていた。

「で？」

リゼルの隣に座るイレヴンが、膝に頬杖をつきながら煽るように促した。

正反対に凛と背筋を伸ばして立っているスタッドは、まるで切り捨てるような温度を感じさせない視線でそれを一瞥する。何も返さず、リゼルのもの柔らかな顔へと視線を定めた。

「これは、あくまでただの報告として耳に入れていただきたいのですが」

無感情の目を逸らすことなく告げるスタッドに、リゼルは了承を示すように目元を緩める。それを許可と受け取り、彼は一旦閉じていた唇を再び開いた。

「探し人の依頼主が、今日中にでも貴方達を引き渡すようギルドに申し入れてきました」

「引き渡す、ね」

向かいに一人座るジルが腕を組み、気だるげにソファの背へ体重を預けた。

微かにソファの軋む音がする。彼は「やはり買収のほうだった」などと何故か和気藹々と楽しんでいるリゼルとイレヴンに溜息をつき、これを報告と告げたスタッドの意図を察しながらも質問を投げかけた。

「そっちの対応は」

「既に依頼は完了しており、これ以上依頼人に付き合う義務もありません。貴方達が望まないのなら既定のとおりギルドが対応に当たります」

だろうな、とジルは退屈そうに頷く。

ならば後はリゼル次第だ。何やらイレヴンと声を潜めて話しているパーティリーダーへ、彼は顎で促すように丸投げした。彼自身は別にどちらでも構わない。

「そうですね」

それに気付き、リゼルは考えるように指先で口元に触れる。

「引き渡し、というのは？」

「あちらが迎えを寄越すそうです。こちらからの返答も聞かずに勝手に決められたらしく、既に此方へ向かっている最中だとは思いますが」

絶対零度の名に相応しい声色は、使者など無視しても構わないと率直に伝えてきた。

言い方からして対応に当たったのはスタッドではないのだろう。他のスタッフか、あるいはギルドマスターか。スタッドの気質を知っていれば英断だと言うしかない。

「なら、その方次第ということで」

あっさりと告げ、リゼルは立ち上がる。

ジルとイレヴンも反論することなく立ち上がり、こちらもあっさりと頷いたスタッドによって再び先導されながら部屋を出た。先程までいたテーブルで待っていれば良いだろう。

「いつごろ来るんですか？」

「早朝にとだけで詳しくは聞いていません。ですがそれほど待つことはないかと」

それもそうだろう、冒険者にあることないこと言い触らされては堪らない。

ならば早々に口止めしたい筈だ。ギルドを無視して迎えを出すあたりにそれが窺える。

「分かりました。じゃあ、またテーブルを」

借りますね、と言いかけた時だった。

ギルド内部の廊下を通りすぎ、ギルド受付へと戻ったリゼルの耳に馬の嘶きが届く。まさに馬車を牽く馬の歩みを止めようと手綱を引いた瞬間のような音。

四人は足を止め、ギルドの扉を眺めた。

「どんな奴かなァ」

「あんま遊ぶなよ」

「あっちの出方次第」

調子に乗った相手を徹底的に嬲ることに悦楽を感じるイレヴンだ。

嗜虐的な笑みは楽しげでもあり、ジルは上辺だけの忠告を投げながらリゼルを見下ろす。

人を見極めることに慣れている男が、一体何をもって誘われてやろうと判断するのか。使者は媚(こ)びを売れば良いのか、それとも横柄に出れば良いのか、それはジル達ですら分からない。まだ見ぬ使者に同情すら湧いてきそうだ。

ただ、思うことはただ一つ。精々(せいぜい)リゼルを楽しませろと、ただそれだけだった。

椅子に座ることなく待っていれば、ついに迎えの使者によりギルドの扉が開かれた。

現れた姿は誰にとっても予想外だろう。身分を表すような身なりの良い服に、恵まれて育ってきただろう無垢(むく)な顔。物珍しそうにギルドを見回す姿が年相応である幼い少年が一人。

そんな彼は何かを見つけたように、可愛らしい顔をパッと華やかな笑みに染める。

「あっ、お父さぁん」

少年の視線の先にはリゼル。

その場にいた冒険者は首を振り子のようにして見比べていたし、ギルド職員たちも同じように見比べていたし、スタッドは無表情でリゼルを凝視しながら背に雷を落としていた。

トッコトッコと機嫌が良さそうに近付いてきた少年が、その勢いを殺すことなく腰に抱き着いてくる。リゼルは何かに納得しながらそれを受け入れ、腹から見上げてくる大きな瞳に応えるように小振りな頭を撫でてやる。

「お久しぶりですぅ」

「久しぶりです。元気そうですね」

幸せそうに頭を撫でる手を享受する少年から、ふとリゼルは視線を上げた。

物凄い形相で此方を見ている周囲はさておき、すぐ隣から痛いほどの視線が刺さっているのを感じる。そちらを見れば、人形のように微動だにせず此方を凝視するスタッドがいた。

手を伸ばし、その頬へと掌をあてる。そのままふにふにと薄い頬を揉んでやれば、ようやく一度だけの瞬きが返ってきた。正気に返ったようで何よりだ。

「彼は」

「以前、騎士学校の依頼を受けたでしょう？　その時に知り合った子なんです」

「何故」

「このくらいの子がいても不思議じゃないなと思って、試しに呼んでもらいました」

説明をすれば支障なく納得したのだろう。

スタッドは数度瞬き、頬にあてられた手を自らの頭へと乗せた。リゼルが相好を崩して頭を撫でれば満足したらしく、マイスターのように頷いたと思えば職員として立会人の立場をとる。

それを見てリゼルも一安心し、改めて抱きついている少年を見下ろした。

「一人で来たんですか？」

「そうでぇす。帰ってるって聞いたから、会えて良かったぁ」

「あー……あ？　あぁ、あん時のチビ。で、仕留めた？」

「それが、穴の底に仕込む槍を運んでるときに、ライナ先輩に見つかっちゃって……もうちょっとサッショウリョク？　の低いやつにしろって怒られちゃいましたぁ」

背の低さを揶揄われ、復讐へと走ってしまった経歴を持つ少年。

リゼルの本領を垣間見た出来事、その直後の出会いということもありジルもイレヴンも珍しく覚えていたようだ。無垢で清らかな幼い相貌で、悪びれず残酷な復讐を下そうとする姿は確かにインパクトがあった。

残念そうにリゼルの腹へと顔を埋めた少年は、よしよしとリゼルに頭を撫でられて花が綻ぶような笑みを浮かべて顔を上げる。

「でも今度はちゃんと落とし穴を掘って、水を流し込んで、嘲笑ってやれましたぁ！」

ふくふくとした頬を仄かに染め、可愛らしく笑う少年の言動が一致せず周囲は大混乱だ。

「証拠隠滅できたか」

「うぅん、失敗しちゃいましたぁ」

一応アドバイスをした身であるジルが確認すれば、少年は申し訳なさそうにリゼルの服を握る手に力を込める。ベルトの金具に頬を当て、その冷たさを心地よく思いながら口を開いた。

「出せチビって煩いから、早く埋めなきゃって思ってぇ。ちゃんと土は残しておいたから、スコップで戻そうとしたんですけど、重くって……」

「あー、こんだけガキだとなァ」

「深く掘ってんなら余計にな」

リゼルは穴の証拠隠滅だと思っていたのだが、どうやら人も含んでいたらしい。

感心したように目を瞬かせ、もしかしたらあまりジル達と少年を関わらせるのは教育に良くないかもしれないと一瞬考える。だが少年の嬉しそうな顔を見て、まぁ良いかと思い直した。

「もたもたしてたらライナ先輩が走ってきて、サッショウリョク、は駄目だって言われちゃいましたぁ」

汗を流しながら穴を掘り、うんうんと魔力をひねり出しながら水を流す。

諦めず復讐を成し遂げようとするガッツをライナは高く評価したのだろう。最終的に、揶揄った側とやり返す側とを叱って喧嘩両成敗（りょうせいばい）を落としどころと考えていたようだ。大事（おおごと）にならないよう密かに注意して見ていたところ、まさかの生き埋め事案の発生に彼は全力で駆けつけて真面目に説教をしたらしい。

「もう揶揄われてはいませんか？」

「はぁい、全然」

それもそうだろうと密かに聞いていた周囲は思った。

だが何も言わない。ただひたすら怖かった。あんまり近寄りたくない。

「あ、そうだぁ」

その時、少年が思い出したようにリゼルから一歩離れた。

「ぼく、冒険者の人を迎えにきたんですぅ」

「君が、ですか？」

「はぁい。ここに来れば、お兄さんに会えるかもって思ってぇ」

恥ずかしげに肩を竦め、照れたように俯き、上目でリゼルを窺う瞳が酷く愛らしい。

まるで愛されるために生まれてきたかのようだった。その愛らしさで相手を油断させ、絆し、自らの想いを通しきろうとする。そんな何処までも無邪気で無垢な愛らしさに、随分と自分の魅せ方を知っている子だとリゼルは微笑んだ。

未だ自身の服を握る小さくて細い手へと触れ、そっと握る。控えめな力で握り返された。

「なら、ちょうど良かった」

「え？」

「俺達のこと、迎えにきたんでしょう？」

少年はぽかんと口を開けてリゼルを見上げていた。その顔が徐々に明るい笑みへと変わっていき、歓喜を伝えるように口を開く。ただしその口も、何かに気付いたようにすぐに閉じられてしまった。

彼は眉尻を下げて不満そうに、微かに憎らしげに、唇を尖らせてリゼル達を視線でなぞる。

「じゃあ、あのジジイ、お兄さんたちのことぉ……」

「あ、君は今回の呼び出しの内容を知ってるんですね」

「はぁい。狸ジジィのやることなんて、丸分かりですぅ」

少年はにっこりと笑って、自らの手に触れる大人の指を楽しそうににぎにぎと握る。

そして名残惜しく思いながらも離した。少年とて貴族生まれの貴族育ち、そして今では数多の良家の子息に囲まれる騎士学校暮らし。年の割に空気は読める。ただし時々敢えて読まない。

よってジル達に〝子供だから〟と好きにさせてもらっている自覚もあれば、先程からじっと見てくる絶対零度の無表情にもきちんと気付いていた。世の中には敵に回してはいけない存在がいるのだ。長いものには巻かれよ。魔力の流れに流されよ。引き際大事。

「じゃあ死んだのお前の姉ちゃん？」

「そうでぇす」

あまりにも無遠慮なイレヴンの問いかけに、少年は可愛らしい笑顔のまま頷いた。

いっそ嬉しそうにも見える表情を見て、リゼルは嘘でも強がりでもなさそうだと小さく首を傾ける。とはいえどうやら気を遣う必要もなさそうなので、少しばかり情報収集を試みた。

「お姉さんがお亡くなりになって、寂しくないですか？」

「ぜぇんぜん。だってぼく、あの人キライでしたぁ」

貴族って怖い、なんて視線がジルとイレヴンから飛んでくるが濡れ衣だ。

いや、貴族によっては濡れ衣でも何でもないのだが。リゼルは苦笑し、無邪気に笑う少年へと手を伸ばして彼の柔らかな頬を包み込む。くすぐったそうに瞳を蕩けさせた少年は、剣など握れないのではと思わせるほど幼さの残る手でリゼルの掌に触れ、すり寄った。

「ヒステリーですぐぼくのこと叩くし、自分よりキレイな人のことエグく苛(いじ)めるしぃ。凄いですよぉ、苛められたヒト、部屋から出られなくしてやったって高笑いとかするんですぅ」

再びジル達の視線がリゼルを向く。貴族に対する熱い風評被害。

「それで自分は好みの男に擦りよって、婚約者いるのに夜な夜な外に出てって男ひっかけてぇ。あいうのって、クソビッ」

少年はピタリと言葉を切った。

上目でリゼルを見つめ、ちらりちらりとジルとイレヴンを窺い、そしてにっこりと笑う。

「男好きって言うんですっけぇ」

「本当に嫌いだったんですね」

「はぁい、だぁいっきらい」

スタッドがさりげなく近寄り、少年の頬に伸ばされたリゼルの袖を摑んだ。

気付いたリゼルが宥めるようにギルド制服の襟を直してやれば、酷く満足げな雰囲気で元の位置に戻っていく。無表情ながら花を飛ばしそうなほどにご満悦だった。

「てめぇが騎士学校行ってんなら上に誰かいんだろ」

「狸ジジイにそっくりな兄さんが一人とぉ、姉さんがもう一人いますぅ」

「グッチャグチャになったほうじゃねぇの？」

「グッチャグチャになったんですかぁ？　それ知ってまぁす、インガオーホー」

死んだ姉には本当に情がなかったようだ。

他人事のように告げる少年に、やはり家庭環境って大事だなぁとリゼルはしみじみと思った。本人が全く問題なさそうなので賛否を論じようとは思わないが、それとは別に自分を愛し守ってくれた元の世界の面々に改めて感謝する。

「上の姉さんは、あんな男好きじゃなくて、だぁい好きなぼくの姉さんなんです」

にんまりと、酷く誇らしげに笑う顔が彼の素の表情なのだろう。

父や兄について話している時の侮蔑を孕んだ瞳が、純粋で幼気な輝きに満ちた。

「ちょっと厳しくて、すごく優しくて、今は嫁いで行っちゃったんですけど、すっごく幸せそうなんですよぉ」

「良いお相手が見つかったんですね」

「そうなんですぅ。義兄(にい)さん、ぼくもだぁいすき」

胸を張るように後ろ手に腕を組み、楽しそうに語る少年にリゼルも目元を緩めた。

聞けば、あちらの一目惚れだという。ならば家柄は向こうのほうが良いのだろう。でなければ、話に聞く狸ジジィこと少年の父が結婚を許すとはとても思えない。

「えっと、だから、うちの評判なんてどうでもよくってぇ」

少年は精一杯リゼルを見上げ、こてんと首を横に倒す。

「お兄さん、連れていくのヤなんです」

困ったような眼差しを、リゼルは穏やかな瞳で受け止めた。そのまま正視し続けるも少年は目を逸らさない。もぞりと足元を動かしながらも、その顔には笑みを張り付けている。

流石は騎士候補生、将来有望だ。なんて思いながらリゼルはゆっくりと唇を開いた。

「家の評判が下がれば、学校に居づらくなりませんか？」

「噂はされると思うけど、大丈夫ですぅ」

「もしかして、家が取り潰しになってしまうかも」

「いざという時は、姉さんが後見人(こうけんにん)になってくれるって言ってましたぁ」

そこまで視野に入れて気遣ってくれているのなら同行も拒否しやすい。

どうしようかとジル達を見れば、好きにしろと言わんばかりに投げやりに手を振られ、お好きなようにとわざとらしい笑みを向けられる。少しは意見が欲しいところだが、貰ったところでどうせ「面倒」しか出ないだろう。拒否という訳ではなく、ただの感想だ。

「あ、でもぉ」

その時、ふと少年が恥ずかしげに付け加えた。

「お兄さんを見たときの狸ジジイの顔は、ちょっと見てみたいかもぉ」

「それな」

イレヴンが同行派に傾いたので行くことにした。

馬車はリゼル達を乗せて中心街を進む。

中心街を囲む外壁を越え、賑やかな外縁部を通りすぎれば徐々に人通りは減っていった。見事な屋敷が建ち並ぶ通りに差し掛かり、馬の並足で流れていく景色を眺めながらも御者は姿勢を崩さない。

暫くして目的地が見えてくると徐々に減速し、一つの立派な門の前で馬を止めた。彼は地面に降りるとステップを用意し、それを真下に置いてから扉を開く。

現れたのは仕えるべき主人の息子である少年。続いてあまりにも慣れた所作でステップを降りる清廉な貴人、絶対強者である存在、毒々しい艶やかな赤。御者の頬を知らぬ内に冷や汗が伝う。

「お、美中年ちよりでけぇじゃん」

「どっちかと言うと子爵の屋敷が控えめなんですよ」

「へぇ。ニィサンとこは？」

「でかかったのは覚えてる。どんだけでかかったのかは忘れた」

これらが冒険者の会話だ。

そう、冒険者の筈だった。信じられる訳がない。貴族に呼び出され、馴染みのない場所へと連れてこられ、今まさに重要な話が控えている筈だ。呼び出された事情は察しがついているのだろう。自らに降りかかる惨禍にも気付いているのだろう。けれど言葉を交わす姿に一切の重圧も警戒もなく、あまりにも余裕のある自然体を晒している。

その筆頭に、御者の前では無邪気な顔を見せる幼い少年が近付いた。

「お兄さん、こっちですぅ」

「案内、よろしくお願いしますね」

「お任せくださぁい」

見慣れた小さな姿が、見慣れない在り方を見せていた。

まだ十の少年は幼く可愛らしく、そして家族への嫌悪を度々口にしていた。だがそれでも子供らしくあった筈の彼に、まるで通っている学校を象徴するかのような姿勢が見える。そうすべき相手を前に伸ばした背筋が、もしくは理想に追いつこうとする少年の精神がそう見せるのか。

「今日はクズっつう兄貴いねぇの？」

「たぶん、何処かにいると思いますぅ」

過剰に飾られた広い玄関を通りすぎ、絨毯に覆われた廊下を歩く。

そんな四人の姿に使用人の意識は絡めとられた。擦れ違うごとに、その姿を見送るごとに誰もが隠れて目で追ってしまう。そうせざるを得ないほどの圧倒的な存在感に、使用人らは客人の素性を割り出そうと必死に思考を巡らせる。

「お母様は？」

「ええと、ヒステリックに喚いてるか、アイジンの所に行ってるかぁ」

「亡くなったお姉さんにそっくりなんですね」

「すぅごく」

廊下を一度、二度と曲がって一際大きな扉の前へ。

少年によるノッカーの音。扉を開けば、中にはソファにふんぞり返った恰幅の良い男と、その隣に針金のような女が忌々しげな顔をして待っていた。二人は息子である少年の連れてきた相手を目の当たりにした途端、愕然と姿勢を正して立ち上がろうとする。

「この度は、お招きいただき有難うございます」

ただその言葉に、何とか踏みとどまった。

今日屋敷へと招いたのは冒険者のみ。それだけを根拠に彼らは相手を冒険者であると無理やり結論づけた。信じがたいが、そうでもしないと冒険者ごときに媚びへつらうことになってしまう。それが彼らには耐えがたかった。

しかし風雅な笑みも、洗練された立ち居振る舞いも、ふとした瞬間に目が奪われる所作さえも。時々城に招かれては目にするような、貴族位を持つ男女であっても届かぬ雲上人を思わせて仕方ない。

彼らは思考の整理がつかず、どういうことだと少年へと叱咤の視線を送る。

だがその視線が受け止められることはなかった。少年の瞳は三人だけを映している。

「どうぞぉ」

平然と椅子を勧める少年に、冒険者であろう者達は促されるままに腰を下ろした。

絶対強者の黒は鋭い眼光のまま足を組み、腕を組む。毒々しい赤は嘲笑を隠さぬまま、肘掛けにだらしなく頬杖をついた。その真ん中に、清廉な男が静かに腰を下ろす。

ふいに黒に身を包む男が、清廉な男へと体を傾け何かを耳打ちした。清廉な男はそれに微かに笑みを深め、了承するように小さく頷く。何を話したのかは、正面にいる二人には聞こえなかった。

「それで、早速ですが」

アメジストの瞳が此方を向いた。その一瞬が、当主である男には何秒にも思えた。

「御用件をお伺いしても？」

何処までも柔らかで、人の思考を惹きつける声に男は我に返る。

隣に座る女も衝動的に開きかけた口を思わず閉じた。娘の死にヒステリックに泣き喚き、そして訪れた冒険者にも喚き散らす筈だった口は今や何の言葉も紡げず、縫い留められたように噤まれる。

男の視線が恐る恐るといった様子で息子を見た。

「お前は、一体、誰を……」

「お父様が言ったとおりの、冒険者ですよ？」

実の息子である少年がにこりと笑う。

無垢で愛らしい笑み。けれど自身を慕っている筈の息子が全くの別人に見えた。

男は不思議と込み上げる恐怖に、微かに鼓動を跳ねさせる。だらりと汗が顎を伝った。

「お前は出ていなさい」

「ここに居たいですぅ」

「言うことを聞くんだ」

「お話、分かってますよぅ。お父様の邪魔にならないようにするから、お願ぁい」

年の割に幼い見目の息子を、男は普段から酷く甘やかしていた。

可愛らしくねだられれば何でも買ってやり、騎士になる為に邪魔な相手が居ると言われれば誰でも消してやろうと約束もした。後者に関しては、今のところ願われたことはないが。

「……なら、口を挟むんじゃないぞ」

「はぁい」

一瞬別人に見えた少年が、いつもの可愛い息子に戻ったようだった。

それだけで男は安堵し、可哀そうだからと妻に乞われたこともあって残留の許可を出す。少年が自身らのソファに座るのではなく、冒険者側のソファの隣に立ったことに微かな違和感を抱いた。

それを気のせいだと断じて、男は目の前に座る冒険者達へと向き直る。

「呼び出したのは、外でもない」

開いた口が渇く。

空気が張り詰めているようで、声が出しづらかった。

「私の娘についてだ。何故もっと早く見つけられなかった？」

「こちらの不手際だと？」

「お前らが早く見つければ良かった話だろう」

清廉な男はゆっくりと首を傾け、頬を滑る一房の髪を耳にかける。

ぞくりとするほど整った仕草に視線が囚われる。

「その点に関しては、何の申し開きもございません」

あっさりと肯定が返された。

清廉な男を挟んで座る二人の強者が、表情も変えず視線だけをそちらへ向ける。

「お悔やみ申し上げます。犯人はきっと、憲兵が総力を挙げて捜索してくれていることでしょう」

柔らかな微笑みのなか、アメジストだけが鮮明だった。

チラチラとシャンデリアの光を映し、瞼に隠れる度に微かに色味を変える。伏せられた瞳が自らを捉える度、その奥底に潜む高貴の色が向けられている事実に奇妙な高揚感が沸き起こる。

そんな相手に誰が言えるだろうか。

お前らの所為で娘は死んだのだと。償いとして娘が娼婦(しょうふ)の真似事をしていたことを口外するなと。お前らが娘を嬲り殺したことにしたいから、金を持って何処かへ消えろなどと、どうして言えるだろうか。それは男に唯一残った貴族としての矜持なのだろう。

他者に罪を被せることに慣れた男が、目の前の清廉な男に対しては何も言葉が出てこない。渇いた喉を潤そうと無理やり唾(つば)を飲み込むが、然して効果はなかった。

「お、お前らに娘のことを他言されては困る……ッ」

無理矢理、それだけを絞り出した。

「ええ。貴方の立場を考えれば、おっしゃるとおりかと」

微笑まれ、ようやく一息つけた心地がした。

冒険者如きに何が分かる、そんな言葉はもはや浮かびもしなかった。それが異様なことだなどと、自らが招いた客人の空気に呑まれている男には気付ける筈もない。

「貴方の望むとおりに。今回の依頼について、一切の他言をしないことをお約束しましょう。勿論、今このやり取りについても」

「あ、あぁ」

「ただ、すでに憲兵による聴取は済んでいます。その際に発見時の状況と、捜索の依頼を受けて動いていた旨は伝えていますのでご了承ください。ただ、依頼主については守秘義務により話していません」

男はただ頷いた。頷くしかできなかった。

何ともなしに、あるいは何かを待つように隣を見たが、妻である女は泣きはらして赤くなった目を食い入るように三人へと向けていた。その理由が分からない筈もなく、しかし咎めるほどの情もない。

「幾ら欲しい。口止め料だ」

「いいえ、結構です」

ただ、ゆるりと細められた瞳に魅入る気持ちは男にも理解できてしまった。

「言葉だけでは信用していただけませんか？」

その声に否と言える者がいるだろうか。

自失したように力なく首を振った男は、辛うじて当主の威厳を保とうと退室の許可を出す。少年が先導し、あっさりと退室していく後姿を見送ってからも男はただ呆然と扉を見つめ続けた。隣室に待機させたならず者を差し向けるタイミングは、間違いなく今だ。

だが男は終ぞ号令を口にできず、遠ざかっていく足音が消えるまで座り込んでいた。


「ふふっ、あはははっ、こほっ、ふっあははっ」

噎せるほどの笑声を上げる少年に、リゼルは苦笑しながらアイスティーを差し出した。

屋敷からギルドまで馬車が走る間も、ジルが迷宮に潜ってくると去った瞬間も、イレヴンが暫くそれを面白そうに眺めて何処かへ去っていった後も、少年はずっとくふくふと笑っている。

期待するものが見られたのならば何よりだ。イレヴンも酷く満足げだったことだし。

「すみませぇん……っふふ」

「大丈夫ですか？」

「思い出す度に、笑っちゃいますぅ」

浮かんだ涙を手で拭い、少年は麦わらのストローをぱくりと咥えた。

笑いすぎて咳き込み、もはや苦しんでいるのか笑っているのか分からなくなっている程だったので、屋敷に帰る前に喉を潤すのはどうかと誘ったのだが正解だっただろう。

彼はすでに自分の分をすっかり飲み干し、リゼルのアイスティーを至福のあまり上の空で咥えている。今も彼の脳内には、自らの父の醜態が繰り返されているのだろう。別にリゼルは冒険者として普通に依頼人と顔を合わせただけで、何かを狙った訳でもないのだが。

「ほら、そろそろ行かないと。御者さんが心配しますよ」

「はぁい」

ギルド近くの喫茶店、そのテラスから見える位置に一台の馬車が停められている。

この辺りでは滅多に見ない仕立ての馬車。そこで馬の手入れをしながら、時折こちらを窺う御者の姿もしっかりと見えている。彼からしてみれば、大事な大事な子息が冒険者と二人きりなど気が気でないだろう。

少し話し込んでしまったようだと促せば、少年は名残惜しげにリゼルを見る。ストローを咥え、上目でこちらを窺う姿は守られるべき存在を象徴するように愛らしい。

「また会えますかぁ?」

「縁があれば、ぜひ」

立場上、どうしても顔を合わせる機会は少ない。

それでもできる限りの肯定を返せば、彼はパッと顔を上げて幸せそうに頬を染めた。にんまりと、少しだけ彼のイメージから離れた癖のある笑みがよく似合っている。

「楽しみにしてまぁす」

椅子から降り、少年は言葉どおり楽しそうに別れを告げて去っていく。

馬車へと辿り着くまで眺めていれば、乗る直前に振り返って大きく手を振られた。リゼルも微笑んで手を振り返せば、小さな体が機嫌の良さそうな足取りで馬車へと乗り込んでいく。

街中で見るには立派な馬車が、ゆっくりと車輪を回しながら動き出した。その姿が完全に消えるまで見送り、少し本でも読んで帰ろうかと一冊の本を取り出した時だ。

「こ、殺したほうが良い、ですか……」

問いかけられる。

先程まで少年が座っていた席に、いつの間にか一人の男が腰かけていた。この世のすべての不幸を背負ったような悲痛な面持ちで俯き、頭のサイドの中程で癖のある髪を結んだ男だった。動きの余韻(よいん)か、その髪がゆっくりと肩を滑り落ちていく。

リゼルは気にかけず本を開き、紙面に描かれた文字を視線でなぞる。

「あ、あ、あの子供と、あっ、家ごととか、僕、な、何でも、します」

リゼルは反応しない。

男の口元は引き攣り、無様な笑みを晒していた。

「お、怒ってますか、やっぱり、で、で、でも、僕、知らなくて、あ、あは、わざとじゃないし」

リゼルは反応しない。

男がどんどんと俯いていく。その額は今にもテーブルに触れそうだった。

「ど、どうして、何も言ってくれないの……な、何で、どうして、そんな、僕、こ、こんなに、頑張って、頑張ってるのに、何で、そんな、ひ、酷いこと」

リゼルは反応しない。

男が喘ぐように大きく肩を上下させながら言葉を連ねる。

「ひ、酷い、どうして、酷い、ど、どうして、怒るの、ねぇ、あ、あは、は……」

リゼルは反応しない。

男はテーブルの下で大ぶりのナイフを握りしめた。その先端は激しく震えている。

俯いていた顔を持ち上げていく。彼は顔から上は見ないように、目の前の肢体(したい)を見据えた。急激に体に力が籠もり、思考と体が同時に制御できなくなる。ナイフの震えが止まった。

「僕のこと、そ、そんなに、きら」

「君は」

ふいに零された声に、男の肩が痙攣(けいれん)のように跳ねる。

手にしたナイフを命綱かのように強く握り締め、視線が右往左往と忙しなく動いた。その目は一度もリゼルの顔を映さない。男にとっては自身以外の全てが恐怖そのものでしかなかった。

「君は、随分と自信家なんですね」

男は目を見開いた。

自分の何処を見て、何を聞いて、そんなことを思ったのか。そんなことを言ったのか。まるで理解ができなかった。揶揄われているのか、遊ばれているのか、それとも嘘をつかれたのか、それはどれもとても怖いことだ。男の心を歪に引き裂いていく言葉だ。もはや正気ではいられない。

特に、リゼルに言われると、まるでそれが嘘偽りない真実のようで。高貴で清廉な彼の言葉は、白さえ黒に変えるようで。だから怖い。一番、怖い。そんなこと望まないのに。そう自分を決めつける。酷い。酷い。酷い。酷い酷い酷い酷い酷い酷い酷。

「俺に嫌われる価値があると、そう思っているんでしょう？」

「……え？」

男は一瞬、何を言われたのか分からなかった。

しかしすぐに理解する。理解すると同時に体の底から熱が沸き起こった。

「あ、ぁ……」

ばちん、と両手で覆った顔面が真っ赤に染まっていく。

嘆くような恰好。しかし彼が感じているのは間違いなく羞恥であった。

他の誰が言おうと彼は酷いと泣き叫んだだろう。そしてナイフを振りかざしただろう。

しかし、リゼルはその範疇外であった。何故なら彼が誰かを嫌ったところなど一度も見たことがない。イメージもできない。嫌うような相手に嫌うほど入れこまない。そんな彼に自分だけが嫌われているなどと、自信家と言われて当然だった。

酷く恥ずかしかった。この瞬間、彼の悲痛は羞恥に塗りつぶされていた。

「あ、ご、ごめ、ごめんなさ……ッ」

「大丈夫ですよ。ちょっと勘違いしちゃったんですよね」

ようやく本から逸れた視線が、仕方なさそうに微笑んでいた。

とても申し訳なくて、羞恥心が引かなくて、男は椅子の上で小さくなる。顔を覆った手にも、テーブルの下にも、ナイフは煙となって消えたかのように何処にもなくなっていた。

指の隙間から見える指先は、紙面の白と黒のコントラストの傍に添えられていて。

「……Don't call me "Trash"」

ぽつりと呟いた懇願は誰の耳にも届かないままに消える。

その矛盾を叶えてくれるのは一番怖い人なのだと、彼はとっくに知っているのだから。


その日の夜、宿に遊びにきたイレヴンとの会話にて。

「今日、久々にサイドテールの精鋭さんに会いました」

「えー……」

「彼との会話は一つ間違えると簡単に死んじゃうのでドキドキしますね」

「アイツ何言ってもラリんじゃん」

「自己愛の強い子なんですよ。自分を守る為に自分を下げる、っていうのが極端で」

「まともに話そうと思うほうが可笑しいんスよ」

「俺も今日はちょっと流しちゃいました。イレヴンはどうしてるんですか？」

「グダグダ言い始めたら落としてる」

「成程。効率的です」

リゼルにはできそうもないので、今後も適度に流していくことになるだろう。

141.

ジャッジの店は、迷宮絵画の買取にも対応している。

ただし特定の客から「こういった絵画を見つけたら宜しく」と注文がない限り、迷宮本と同じく自身の店の棚に並べることはない。迷宮絵画専門の画商とツテがあるので、そこの商人が訪れた際にまとめて卸している。

元々、そう頻繁に宝箱から出るものでもない。よって鑑定を持ち込まれる機会も少なく、画商が来るまで置いておく程度なら場所も取らなかった。保管には気を遣うが。

「えっと、これで全部かな……」

買い取った五つの絵画のうち、最後の一つの梱包を終えてジャッジは一息ついた。

件の画商一行が顔を出したのは先日のこと。彼らはこれから幾つかの店を回り、来訪を告げ、そして売買の準備が終わった頃を見計らって再び訪れてくれる。彼らも買い取りだけの為に遥々商業国から王都を訪れた訳ではなく、幾枚か絵画を持参しているのでお偉方の屋敷を回ったりするのだ。

商機は一つたりとも逃さない。これこそ商人の鑑である。

「(贔屓にしてる貴族様もいるって言ってたしなぁ)」

迷宮絵画を好む貴族は少なくない。

見出される価値は通常の絵画とはやや異なるものの、迷宮品の中では随一と言えるほどに美術品としての意味合いが強い。また絵柄の好みよりも価値の高さが優先されることが多く、迷宮風景の価値であったり冒険者の知名度などの知識を備えている画商は一層気合が入っていた。そういった知識を持たない貴族相手にいかに希少な絵画であると語れるか、どこまで値を上げられるかは画商の腕にかかっている。

ただ、王都の貴族で一人見る目のある相手がいると嬉しそうに零していたが、あれは誰のことだったのだろうか。ジャッジは首を傾げながら、作業台の足元に絵画を立てかけた。

「………あ」

上体を起こし、ふと作業台の上にあるチラシが目に入る。

画商から「良ければ」と手渡されたものだ。チラシを手に取って見下ろせば、それはとあるイベントの宣伝。色鮮やかなイラストに目を奪われつつ内容を眺め、ううんと斜め上を見る。

自身は店があるため参加できないが、興味を持ちそうな人物に心当たりがあった。

「(今度来たとき、聞いてみよう)」

ジャッジは口元をふにゃりと緩め、さて何処に貼りつけておこうかと店内を見回した。

場所は王都の中心街前広場。

中央に置かれた噴水の水音が耳に優しく、整然と敷き詰められた石畳の模様が目に楽しい。時にとある劇団が公演し、時に建国祭の開催を宣言したりと、王都国民にとっては馴染み深い広場だ。

普段から屋台が並んでいたり、旅芸人が歌を歌っていたりと人々が集う場所。しかし今日はいつにも増して賑わっており、老若男女問わず楽しそうな笑みを浮かべている。

「〝大絵画祭！　絵画体験で賞金を手に入れろ〟。へぇ、幾ら？」

「ん――……書いてないんですよね」

「なら大した金額じゃねぇんだろ」

そんな賑わいのなかにリゼル達はいた。むしろしっかり交ざっていた。

広場のあちらこちらに幾つも置かれている簡素な椅子に腰かけ、ジャッジから貰ったチラシを眺めていたイレヴンがひらひらとそれを揺らし、「ん」とリゼルへと返す。

そんな三人は依頼でもないので全員ラフな格好をしていた。雰囲気も冒険者をしている時より緩く、完全にオフモードになっている。特に珍しいものでもない。

「皆で絵を描いて楽しみましょうってことなんでしょう」

「あーね」

和気藹々と目の前を駆け抜けていった子供達を目で追いながら、リゼルは日向ぼっこを堪能しきっている犬のように目元を緩ませた。

三人もそうだが、賞金は二の次で絵画体験を楽しみにきている者も多いだろう。どうやら本職の画家に批評を貰えるサービスもあるようだし、と膝に乗せているチラシを改めて見てみる。

「それに賞金も、少しは期待できるかもしれませんよ」

「あ？」

「ほら」

チラシの片隅を指させば、イレヴンが小さな椅子をガタガタ揺らしながら近寄ってきた。

ジルも上体を寄せて覗き込めば、そこにあるのは〝王都冒険者ギルド共催〟の文字。

「あー、ギルドが色つけるかもって？」

「そういやギルドにも貼ってあったな」

アスタルニアの冒険者ギルドが様々な催し物を主催しては国民との交流を図ったように、王都もイメージアップには余念がないのだろう。冒険者被害、という言葉ができる程度には荒くれ者による迷惑行為が度々見受けられるらしい。とはいえ王都の冒険者は比較的落ち着いていると評判なので、大きな問題として挙がったことはないようだが。

そうはいっても国民感情が良いに越したことはない。これもその一環だろう。元々ギルドでも迷宮品の買取を行っていることもあり、画商と繋がりがあってもおかしくはなかった。

「つっても賞金狙えるような絵なんざ描けねぇけど」

「俺もです」

「俺も」

「イレヴンは器用だし、上手いと思ってました」

「やー、全ッ然」

通り抜ける風が心地よく髪を揺らす。

リゼル達はぼんやりと広場を眺めながらポツリポツリと言葉を交わしていた。集まった人々の中にはジルが言ったとおり、ギルドに貼ってあったチラシを見て遊びにきたらしい冒険者達の姿もちらほら見える。

当然のごとく装備ではないので定かではないが。装備を脱いだ冒険者はただの体格の良い派手めの兄ちゃんだ。何処かで食べ歩きできる食事を買ってきて大騒ぎしながら食べている。

「あ、始まるかも」

リゼルがチラシを折りたたんでいれば、ふいにイレヴンが促すように正面を見た。

釣られて広場の噴水を見れば、筒形の拡声器を持った男が気負いなく周りを見回している。少しばかり仕立ての良い、けれど動きやすそうな服を身に着けた姿勢の良い男だった。

恐らく批評を担当してくれる画家ではなく、主催の画商グループの一人なのだろう。先程から数人がかりで画材などの準備に精を出す姿は見えていたが、ようやく準備が整ったようだ。

「あ、スタッド君」

「ギルドももっと愛想良いやつ選べよ」

共催というのが関係しているのだろう。拡声器を持つ男と話すスタッドの姿が見えた。

呆れたように告げたジルの言葉に、リゼルはスタッドに申し訳ないと思いつつ同意する。こういう場にはもっと相応しい人材がギルドには居たはずだ。仕事に関してはとにかく信頼が置けるとはいえ、こういった催し物での盛り上げ役は彼には少しばかり荷が重い。

ここでスタッドを出した意味とは、そう考えているリゼルの前で画商らしき男が拡声器を構える。

『えー、皆さんこんにちは。本日はお集まりいただき有難うございまーす』

賑やかな場に合わせた、明るく軽やかな口調で男は簡単な挨拶を始めた。

そして今回のイベントの説明に続く。まず絵画に必要な画材を一人一セット買うこと。そしてテーマに沿った絵画を描き上げること。描き終えた者から画家の批評を受けに行くこと。そして、正午に賞金の授与なんかを含めた総合的な結果発表を行うこと。

広場には屋台なども多く出ており、早く描き終えようと正午まで時間を潰すのは難しくないだろう。よくできているものだとリゼルは感心したように頷いた。

「ギルドが結構手を回してますね」

「屋台は全部そうだろ」

「変な人脈多いよなァ」

ならば互いに相応のメリットがあるのだろう。

リラックスしてそんなことを話していると、ふいに解説が途絶えた。人々の視線を一身に受けて画商はにっこりと笑う。そしてゆるく片手を上げ、口を開いた。

『さて、今回のテーマを発表しましょう』

その時だ。

参加者の隙間を縫うように、あるいは噴水の裏から現れるように、マントを被った人影がぞくぞくと集まってくる。そして画商の前で横一列にずらりと並んだ姿に人々は騒めいた。

「へぇ」

「ん？」

今にも口笛を吹きそうな様子で呟いたイレヴンに、どうしたのかと不思議そうなリゼル。問いかけるより先に、その答えは反対隣に座るジルによって簡潔に寄越される。

「女」

ということはと正面を向いた途端。

画商が拡声器を口に押し当て、大きく息を吸った。

『私が皆さんに求めるテーマは〝女性〟』

そして、高らかに宣言する。

『さぁ皆さん、ぜひ自らの手で傾国(けいこく)も裸足で逃げ出す美女を描き上げてください!!』

数多のマントが一斉に翻(ひるがえ)り、広場中から強烈な歓声が上がった。

現れたのは鮮やかに着飾った美しい女性たち。彼女らは艶(あで)やかな眼差しで華やかに笑い、主に存在を滅茶苦茶主張してくる野太い歓声へと手を振って応えている。

『スカウトに快く応じてくれた方々なので、くれぐれもお触り禁止ですよ。勿論、〝女性〟がテーマなのでモデルを彼女達から選ばずとも結構です。ご家族を温かに、もしくはペットを愛らしく、はたまた理想の自分自身を、目いっぱい楽しんでお描きください！』

この瞬間、リゼル達はスタッドがこの催しの担当者に選ばれた理由を察した。

男ならば誰しもが喜ぶ美女の登場。しかもモデルに誘うため声をかけるのだという大義名分もある。女旱(おんなひでり)の冒険者、何もなくとも多少の下心を持ってしまっても仕方がないだろう。

それにしても、とリゼルは広場を見渡した。テンションの上がる男達の中、もはやテンションが振りきれて力強く拳を振り上げながら歓喜している面々がいる。言うまでもなく冒険者だ。

「大喜びですね」

「盛り上がりすぎだろ」

「商売女しか縁がねぇ奴は必死だよなァ」

つまり、スタッドは抑止力なのだ。

大手を振って美女を口説ける良い機会。だが流石の冒険者らも絶対零度の前で理性を忘れて好き放題できない。勿論、必要ならば冒険者以外も容赦なく牽制されるだろう。

「おい」

「あ、気付きましたね」

見れば、画商の隣に立つスタッドがじっと此方を見ていた。

リゼルが手を振ってみせれば、彼はぴたりとその動きを止める。ペンを持つ手が一瞬浮き、何もできないままに下ろされた。相変わらずだと可笑しそうに笑えば、酷くご満悦といった空気を纏いながら業務へと戻っていく。徹頭徹尾（てっとうてつび）無表情だが。

『それでは皆様、絵画と親しんでくださいね。おっと、モデルの勧誘は画材を受け取った後に！』

画商の説明が終わった途端、賑わいが大きくなる。

子供達がワッと画材を買いに無邪気に走り、次いで童心（どうしん）を忘れない冒険者らがワッと全力で走り、そしてがっついていると思われたくないが狙いの美女にモデルを頼みたい男達が気取った速足で歩み、残る人々がそれらを温かい目で見守りながらのんびりと続く。

「空いてからで良いですか？」

「ああ」

「んー」

「道具も、大分お安くしてますね」

「そりゃな」

「はは、見てリーダー。格差できてる」

暖かな日差しの下、三人はマイペースに椅子でゆったりとしていた。

イレヴンが笑いながら指さした方向を見れば、早速勧誘に囲まれている美女たちがいた。

「おれ、おねーさん描くっ」

「はーい、宜しくね」

数人の子供達に囲まれて笑う煌びやかな美女に、子供って得だなぁと周囲の男達が遠い目をしている。下心のない無邪気は強い。そういうのは女にはしっかりと分かる。

「うーん、好みじゃないからパスで」

「パスとかあんの⁉」

そして別の場所では、早速目当ての美女に迫る冒険者がチェンジを告げられていた。

とはいえ「そこを何とか」「めっちゃ美人に描くから」と言い寄る冒険者に美女も満更でもなさそうなので、粘れば何とかなるかもしれない。その周りではやはり、断られたら粘れない男達が遠い目をしている。そう、動かなければ出会いはないのだ。

「格差だな」

「ガキ強ぇなァ」

「男の腕の見せどころですね」

思い思いに感想を零していれば、ふいにイレヴンがトンッと肩を寄せてきた。

どうしたのかとリゼルがそちらを向けば、にんまりと悪戯っぽい瞳が向けられる。その目が試すようにゆるりと細まり、そして唇が煽るように弧を描いた。

「リーダーはどの女？」

愉しみを滲ませた内緒話に、リゼルは微笑んで首を傾ける。

「そうですね……」

戸惑いはなくモデルである女性を見回し、ふいに目についた艶やかな髪に視線を止めた。

にまにまと覗き込んでくるイレヴンを一瞥し、そういった意図はないけれどと思いながら口を開く。

「あの、綺麗な黒髪の彼女でしょうか」

「へぇ、ちょい意外？　癖のあるビジン好きなんだ？」

「描きやすそうで良いですよね」

そっちか、とジルとイレヴンが思わずリゼルを凝視する。

これが素で言っているのか、はたまた流しているのか区別がつかないところがリゼルだろう。二人はそれ以上突っ込もうとはしなかった。追及しようと躱されることは目に見えている。

「君達は？」

「あー……あそこの生足。描キヤスソウデー」

「右端の身長あんの。描キヤスソウデ」

露骨に素晴らしいスタイルを持つ美女を挙げた二人に、リゼルは成程と頷いた。

取ってつけたような理由に信憑性（しんぴょうせい）は一切ないが好みなのは確かなのだろう。遊ぶには、という注釈はついてしまうが、何となくリゼルが想像していた二人の好みにも一致する。

「あ、そろそろ空いてきましたね」

そうこうしている内に絵画セットを求める人々が減ってきた。

何人ものスタッフで対応している画材の売買、ふと見ればそれを手伝っていたスタッドと目が合う。腰を浮かしかけていたリゼルだが、視線でそれを制されて椅子へと戻った。

数人分の画材を小脇に抱え、絵画用木炭の詰まったカバンを肩にかけたスタッドが真っすぐに此方へと近付いてくる。それなりの重量にも全くふらつかないのは流石だ。

「ご苦労」

「二人分で宜しいですか」

「三人分でお願いします」

イレヴンの心ない労（ねぎら）いを綺麗に流したスタッドへ、リゼル達は銀貨を一枚ずつ手渡した。

「スタッド君は描かないんですか？」

「はい。五歳児の絵としか言われたことがありませんので」

尋ねれば、想像だにしない理由が返ってきた。ちょっと見たい。

リゼル達がスタッドを見て黙り込んだことでそれを察したのだろう。彼はおもむろに簡単な下敷きを構え、そこに黙々と木炭を滑らせ始めた。木炭が滑る音だけが聞こえる時間がおよそ一分。

「できました」

「思ったよか五歳児」

「上手い下手じゃねぇよな」

「微笑ましい気持ちになりますね」

ちょうどリゼル達の後ろでくつろいでいる猫を描いたのだろう。それは分かる。そして過去、スタッドに五歳児の絵だと伝えた者には一切の悪意がなかったのだろうことも。

画力の問題ではない。ただひたすらに五歳児が描く絵がそこにはあった。

「正直絵の良し悪しは分からないので、描きたい人間が描けば良いと思っています」

「てめぇは何で此処いんだよ」

「抑止力ですが何か」

正直スタッドには自らの絵と迷宮絵画の違いもよく分からない。

分かっていたが場違い感が半端なかった。批評をするという画家と絵画について話すことがあれば発狂されるのではないだろうか。リゼルはさりげなく、その画家との会話は最低限に収めるよう伝えておいた。

スタッドが猫の絵を適当に折りたたんでポケットへと入れる。そして何かを目に留めたと思うと、突如不穏な空気をその身に纏った。パキンと氷が割れるような音と共に、周囲の温度が下がっていく。

「私はやることができたのでそろそろ行きます」

「はい、頑張ってくださいね」

スタッドは手早くジルへと三人分の絵画セットを押し付け、そしてじっとリゼルを見つめ、いってらっしゃいと手を振られて満足げに去っていった。彼が足を向けた先には、何やら揉めているらしい冒険者達の姿がある。

暫くの後、何処からか悲鳴が聞こえたがリゼル達は何も気にかけることなく絵を描く準備を始めた。渡されたのは厚手の紙、薄い木の板の画板、木炭一本に小さな木のパレット。

「絵の具は？」

「噴水の前です。ほら、あそこ」

リゼルの指の先、噴水の縁に積まれた幾つもの木の桶と大きな瓶がある。

絵の具で満たされ、色とりどりに並ぶ瓶には長いスプーンが差し込まれていた。あそこから好きな色を、好きなだけ自らのパレットに乗せられるようになっている。既に色塗りに移っている子供がスプーンを手に取っては、ぼとぼとと石畳に落としていた。

それを予期してか既に絵の具に汚れきった布が敷かれているも、それすら盛大にはみ出して落としていく。掃除が大変そうだ。

「絵なんざ何年振りだか」

「むしろニィサンが描いたことあんのが驚きなんだけど」

「一回もねぇほうがねぇだろ」

確かにそうだけど、とリゼルとイレヴンは画材を手に納得しがたい顔をする。

至って平和で極々ありきたりな子供時代を過ごしたジルには未だに違和感があった。難しい顔して描いてたんだろうなぁと思いながら、リゼルはよしと気合を入れるように画板を構える。

「じゃあ、モデルの勧誘に」

顔を上げたら目の前でツナギ姿の美女が渾身のセクシーポーズをかましていた。

「…………」

「…………」

「あ」

ジルが無言になり、イレヴンがドン引き、そしてリゼルが一度だけ目を瞬かせて微笑んだ。

抜群のスタイルを包む色褪せたツナギの上には、結い上げられた豊かなブロンドが縁取る細面(ほそおもて)がある。浮かべられた勝気な表情がよく似合い、ふわりと風に乗って運ばれてくる薬草の香りが酷く彼女らしかった。

「お久しぶりです、薬士(くすりし)さん」

「久しぶりだなインテリさん！　まぁアタシはこの前見たけどな！」

さぁ描けとばかりにポーズを決めていたのは、知的穏やか系が好みだと堂々宣言するメディ。王都にある小さな工房で働き、回復薬の製法を学ぶ彼女はとにかく自身の欲に正直であり、リゼルを好みど真ん中だと言って憚らない。イレヴン曰(いわ)くの〝肉欲系〟。

その足元にある空箱を見る限り、恐らく配達帰りなのだろう。良いのだろうかと思いつつ、リゼルは突き刺すように凝視してくる目を見返して久々の再会を歓迎した。

「教会の時ですよね。すみません、ご挨拶できなくて」

「いやいや良いモン見せてもらったからな、十分だ」

噛みしめるように告げたメディは、そのままましみじみと青い空を見上げる。

「あの清らかーな服を中途半端に乱してやりたかったなぁ……」

「おい、想像すんじゃねぇよ。おい」

「いや、一糸（いっし）乱れぬ清廉マックスなインテリさんに逆に欲望のままに求められてもギャップがあって良いよなぁ……」

「止めろって言ってんだろ痴女！」

言っていることは欲望に満ちているのに、その目はひたすらに夢と希望を宿して澄みきっていた。

相変わらずだなと微笑ましげなリゼルに、何故そんな反応が返せるのかとジルは引いてすらいる。

「じゃあ折角だし、薬士さんにモデルをお願いしようかな」

「どんと来い！　アタシの体に恥ずべきところは一切ない！」

凄い目で見てくるジルとイレヴンを流しながら、リゼルは画板の上に紙を載せた。

その画板を膝の上に伏せて、いまいち描きにくいことに気付いて片手で起こし、しっくり来ないのか持ち直してはグラグラさせている。そもそも片手が塞がってしまうのは問題だ。

「おい、紐」

「え？」

「首から下げんだよ」

わざわざ別のモデルを見繕うのも面倒だと諦めたのだろう。

ジルは溜息をつき、役目を果たさず画板の裏でぶらぶらしている紐を持ち上げた。そのまま首の後ろへと被せてやれば、リゼルは大人しく頭を下げて紐の中を潜る。そして姿勢を正し、ぐいぐいと画板の角度を調整し、断然描きやすくなった事実に感心すらしていた。

「成程」

「お前こそ絵ぇ描いたことあんのか」

「ありますよ。アスタルニアでも描きましたし」

リゼルが見回せば、周囲も確かに同じような方法で描き始めていた。

イレヴンも嫌そうにメディを一瞥しながら紐を首にかけ、ジルはといえば人にアドバイスをしておきながら雑に組んだ足へ画板を寝かせている。描きにくくないのだろうかと思うが、体格の良い者だと逆に首にかけるほうがやりにくいのかもしれない。

「あ、薬士さん。申し訳ないんですけど、俺はあまり絵が得意じゃなくて……」

「気にすんな。アタシはその知的穏やかな目が向けられてるだけで本望だ」

メディの瞬き皆無でかっ開かれた目が一瞬も逸れず凝視してくるのがちょっと怖い。

「リーダー絵、苦手なんスか」

「何でしょう。見せると、こう……不思議な反応をされるんですよね」

「(不思議……?)」

ない。何事も本気で挑むからこそ面白い。三人の共通理念だ。

「インテリさんが望むならヌードも辞さねぇ！」

「ただの痴女だろソレ」

「俺らを巻き込むんじゃねぇよ」

「風邪ひいちゃいますよ」

公衆の面前で間違ったプロ意識を持ち始めたメディを宥めつつ、リゼル達は黙々と手を動かしていく。きちんとした絵画の制作、そして外での作業が新鮮でなかなか楽しかった。

早い者、特に子供達の中にはチラホラと描き終えた者が出てきている。だが三人はそれに焦ることもなく、どうせ正午までに間に合えば良いとばかりにマイペースに筆を進めていた。

「あ、そういえば」

リゼルが手を動かしながら、ふとメディへと声をかける。

「薬士さんに聞きたいことがあったんでした」

「男女間で一番大切なのは体の相性だと思ってる」

「そういう考え方もありますよね」

真顔で宣ったメディを流し、リゼルは持っていた木炭を紙面から離した。

「(不思議……)」

上手い下手ではなく、不思議。

ジル達は疑問に思いながらも、まぁ見れば分かるかと手を動かし始めた。やるからには手を抜かそしてメディと紙面を数度見比べ、頷き、手の動きを再開させる。納得のいく出来になっているようだ。

「この前ギルドの依頼で、薬の調合が出てたんです」

「冒険者にか？」

薬士として思うところがあるのか、メディは胸を強調しつつ怪訝そうに顔を歪めた。

冒険者もそれなりに値段のする、更に入手も容易ではない回復薬にばかり頼ってなどいられない。よって簡単な傷薬なら自分達で用意することもあるが、それも薬草を傷口に貼りつけて布で巻いておいたり、痛みを麻痺させる実を齧ったりする程度だ。

そんな冒険者に、調合が必要な薬の依頼が入ることなど滅多にない。材料集めは多々あるが。

「俺も珍しいなと思ったので、ギルドの職員さんに聞いたんですけどよく分からなくて」

この時点で何かに気付いたのだろう。

ジルとイレヴンの「あー……」という視線が横目でリゼルを窺った。

「聞いて分かんねぇ依頼受けるなんざ、ギルドってのも適当だな」

「俺もそこが不思議だったんです。常夜の秘薬、っていう名前だったんですけど」

近くに座っていた男が椅子から転げ落ちて無言で座りなおしていた。

前を通りがかった男が躓いて一回転するも何事もなかったかのように去っていった。

声の聞こえる範囲にいたあらゆる男達が信じられないものを見る目で二度見し、その反応に女達は何かあったのかと不思議そうにしていて、その例外であるメディが血走った目を限界まで見開いてリゼルを凝視している。

逆に、ジルとイレヴンは予想どおりだと言わんばかりに半笑いで視線を投げ出した。

「リーダーそれ、聞いた職員ってアイツじゃねぇっしょ」

「はい」

アイツ、と言いながらイレヴンが木炭で指したのはスタッド。

リゼルは不思議に思いながらも頷く。依頼ボードの前で疑問を抱き、問いかけたのは暇そうにしていた他のギルド職員だった。ひっくり返られた。

「ほら、よくスタッド君の隣の受付にいる」

「あー、あいつ」

「どいつもこいつも夢見すぎだよな」

微妙な顔をして頷くイレヴンと、呆れきったような様子のジルに、理由は分からないまでもどうやら当時の職員も本当は答えを知っていたのだろうと察することは容易い。

ならば何故、教えてもらえなかったのか。思案するリゼルの目の前から答えはやってきた。

「何だこれ……夢か……今確かにインテリさんに『お前をＤＡＫＩＴＡＩ』って言われたぞ……」

「言ってねぇよ」

「ワンチャンある……女として男に恥をかかす訳にゃいかねぇ全力で釣られてみせる……っ」

「ワンチャンねぇよ」

「よしインテリさん、今夜ベッドの上で待っててくれ!!　薬はアタシが用意する!!」

「ねぇっつってんだろうが!!」

成程そういう、とリゼルは納得した。どうやら精力剤のようなものらしい。

確かに薬士には顔を合わせて堂々とは頼みづらいかもしれない。ギルドならば職員に守秘義務があるので依頼人は漏れないし、依頼を受けた冒険者とも顔を合わさず受け取ることができる。

半ギレのイレヴンをよしよしと宥め、興奮しきったメディを落ち着かせていると、隣のジルが膝に乗せていた画板を椅子へと立てかけた。腰を浮かせた姿を見上げる。

「おい」

「じゃあ水、お願いします」

色塗りに入るのだろう。

一声くれたジルに水を任せ、代わりにパレットを貰う。どうせなら色数は多いほうが良い、個人で色を選んで使うよりもパレットを共有したほうが多くの色を持ってこられるだろう。

「リーダー待って痴女と二人にしないで俺も行く」

「じゃあ一緒に行きましょうか」

同じく画板を椅子に立てかけたリゼルが立ち上がれば、イレヴンもそれに続いた。

確かにイレヴンとメディを二人にさせておくのは不安だ。何がどうなるのかリゼルでさえ予想できない。彼を手招き、ジルには三人で使いまわせば良いだろうと木桶(きおけ)二つを頼む。

「じゃあ薬士さん、待っててくださいね」

「よし任せろ、椅子でも借りてインテリさんの尻の温もりを感じてる」

そう言いながらリゼルが座っていた椅子に腰かけ、足を組んだメディはまるでコーヒーを味わうバリスタのような顔をしていた。流石に少し恥ずかしい、なんて思いながらリゼルは顔を全力で引き攣らせているイレヴンを引き連れ、絵の具が並ぶ噴水へと向かう。

ちなみにジルはさっさと水を汲みに行ってしまった。

「リーダーあれキモくねぇの」

「いえ、むしろ新鮮で興味深いような」

「感想が完全に未知の生物との出会いなんだよなァ」

噴水の周りに並ぶ色とりどりの絵の具の瓶の周りは意外と空いていた。

手早く済ませる人々と、腰を据えて描く人々のちょうど切れ目だったのだろう。二人はこれ幸いと目当ての色の瓶にしゃがみ、少し固まり始めている絵の具を長いスプーンでもったりと混ぜる。

「そういえば、あの薬なんですけど」

「秘薬？」

「はい。ああいうの、素人が作っても効くんですか？」

依頼用紙には詳細な作り方など書いていなかった。

ということは、冒険者でも材料を集めて作れるような定番の製法があるのだろう。でなければ依頼人側は何を持ってこられるのかも分からず、望むものが手に入る保証もない。

「さァー。つうか〝常夜の秘薬〟っつうのもそーゆー薬の総称みたいなもんだし」

「ん、そうなんですね」

「まぁ出回ってるレシピで有名なのあるし、依頼で出てたのも多分それ」

「へぇ」

「げ、このスプーン他の瓶のヤツじゃん」

「誰か間違えたんですね」

リゼル達は話しながら、ぼて、とパレットの上に絵の具を落とす。なかなか難しい。

「効果はァ……思い込みでぼちぼち？　使ったことねぇけど」

「やっぱりそんなものなんですね」

「裏じゃマジモンあんスけどね、やっべぇの」

きっと一般に出回っているものとは材料も製法も全く違うのだろう。

そんなものが出回っては大変だ。この手の薬は効果のあるなしは別にして、使った本人にとっての何かの切っ掛けになるくらいがちょうど良い。規制も大変だし。

「あ、でも何つうの？　これ、作る時のジンクスっぽいのがあってぇ」

コンコン、とスプーンに残る絵の具を落とそうとパレットをノックしていると、ふいにイレヴンがしゃがんだままにじり寄ってきた。にんまりとした笑みが内緒話だと言うように近付いてくるのに、リゼルも目元を緩ませて耳を寄せる。

触れそうなほどに近付いた唇が、吐息交じりに眉唾物(まゆつばもの)の噂を囁いた。

「清らかなオトコが作ると効果アップ」

直後、二人は弾かれたように笑いながら立ち上がった。

手に持つパレットには既に様々な色が並んでいる。これだけあれば十分だろう。

「ちょっと矛盾してるような気もしますけど」

「ッスよね。変な怨念こもってそー」

片や可笑しそうに口元を緩め、片やケラケラと笑いながら椅子へと戻る。

そこには未だに匠の顔をしたメディがリゼルの椅子へと座ったままだった。離れた時から微動だにしていない。その姿はモデルの鑑を思わせるが、真実は全感覚を尻に注いでいるだけなので、感心したようにそれを眺めている通りがかりの人々にはとても言えなかった。

「おら、水」

「あれ、先に戻ってると思ったんですけど」

「勘弁しろよ」

同じく戻ってきたジルが、地面にたっぷりの水に満ちた木桶を並べた。

メディに苦手意識を持つのはイレヴンだけではないようだ、とリゼルは頷いて捧げるように持っていたパレットを片方ジルへと渡す。取り敢えずメディが身に着けている色を中心に、後は適当に使い勝手の良い色を持ってきた。

「薬士さん、お待たせしました」

「いいや、幸せな時間だったぜ……」

悟ったように穏やかな顔をしたメディが、ゆらりと立ち上がり三人の横を通りすぎる。

そして先程までポーズをとっていた場所で立ち止まり、欲望が浄化されきったのか聖女のような空気を纏いながらポーズを決めた。それが再度のセクシーポーズである辺りに完全には消せない欲望が見え隠れするものの、本人の充実感からかもはや後光すら差して見える。

「逆光が邪魔くせぇ」

「満足そうなのがすっげぇ腹立つ」

「ポーズが変わっちゃいましたね」

まぁ後は色を塗るだけだしと、リゼル達は光り輝くメディを観察しながら筆を動かし始める。そのまま「その色ちょうだい」「水が垂れた」「はみ出た」「思った色にならない」などなど和気藹々と作業を進めること十分後。

まず初めに筆を置いたのはジルだった。

「おし」

「あ、できました？」

「見る見る」

納得したように声を零した彼に、リゼル達も手を止めてそちらを見る。

メディもポーズは解かずに視線を寄越すなか、ジルは画板を起こして膝を支点にクルリと片手で反転させた。現れたのは、迷宮らしき洞窟（どうくつ）の中で両手を振り上げるゴーレムの姿。

「何でだよ!!」

「あ、意外と上手です」

「ニィサンには痴女がこう見えんの？」

「描きやすいモン描いた」

特別上手いという訳ではないが、よく特徴を掴んでいてシンプルで見やすい。言うならば魔物図鑑に載っているイラストにそっくりだった。新種の情報提供ではさぞ重宝されることだろうと、人魚姫を描いて微妙な反応をされたリゼルは少し羨ましくなる。

「てかそういうイベントじゃねぇからな！　描けよアタシをよ！」

「あ、そういえばテーマは女性でしたね」

メディの声に三人は大会の趣旨(しゅし)を思い出す。

ジルがあまりに堂々とゴーレムを出すので失念していた。

「ならメス」

「ゴーレムに性別あんのウケんだけど」

「押せば行けそうですけど」

「画家に魔物のことなんか分かんねぇって。見せてくれれば」

「そうする」

「頑張ってくださいね」

「何をだよ」

応援の言葉に揶揄うように目を細め、ジルはさっさと画家の元へと向かっていった。

画家の前には数人並んでいるのですぐには戻ってこないだろう。リゼルはまさか自分をモデルにゴーレムが誕生するとは思わなかっただろうとメディに一言謝罪を送り、自分も頑張ろうとせっせと筆を動かした。思ったとおりの曲線が描けず首を捻る。

そして慎重に木炭の下書きをなぞること五分後、次に声を上げたのはイレヴンだった。

「俺もでーきた」

「早いですね」

「見たい？」

「見たいです」

足元の木桶に筆を突っ込みながら得意げに告げるイレヴンに、リゼルは素直に頷いた。

「つっても、つまんねぇ絵としか言われたことねぇんだけど」

「誰にですか？」

「実家の頃の知り合い」

という事は、冒険者になる以前のアスタルニア住まい時代。

国内で知り合った誰かか、それとも時折顔を合わせていたという森族の内の誰かか。きっと幼い頃の友人なのだろう。まさか大人の誰かが、子供の描いた絵につまらないと零すとは思えない。

しかしその感想の意味とは。不思議に思うリゼルへ、じゃんっと絵が掲げられる。

「見たモンそのままだからつまんねぇってさ」

「わ」

イレヴンは何てことないかのように告げるが、物凄く上手かった。

まるで王都の風景を切り取ったかのような絵。迷宮絵画を思わせるほどに緻密に描き込まれ、どれほど至近距離で眺めようと全く粗がない。中央に描かれた噴水など今にも水が流れ出しそうで、そのものの時を止めたかのように太陽に煌めいていた。

美しい王都の街並みを見事に描ききった至高の名作。思わず見惚れてしまう程の一枚。

「へぇ、こりゃ凄ぇな」

「本当です。凄い、感動しました」

「マジで？　やりぃ」

「まぁただアタシがいねぇんだけどな！」

そう、最も力を入れて描かれるべきメディがいない点を除けば何も問題はなかった。

彼女が立っているべき箇所など通り抜けたかのように背後の風景が違和感なく描かれている。リゼルも描いている最中のイレヴンがやけに体を傾け、メディの背後を覗き込んでいるなとは思っていたのだ。まさかこうなるとは。

「何でテメぇらはアタシをスルーすんだよ」

「美女になってから出直してこい」

「目ん玉の代わりに魔石でも入ってんのか!!」

男顔負けの啖呵をきるメディを鼻で笑い、イレヴンは楽しげな様子で絵画を手に立ち上る。テーマを盛大に無視しながらも、やはりジル同様に批評を受けにいくことに一切の躊躇いがないようだった。

そして鮮やかな赤を撓らせて画家の元へと向かうイレヴン、彼と入れ替わるようにジルが戻ってくる。彼は擦れ違いざまに向けられたイレヴンの絵画を見て、呆れたように椅子へと腰掛けた。

「あれ風景画じゃねぇか」

「お帰りなさい。どうでした？」

「『美女は⁉』っつわれた」

「でしょうね」

けれど、よく特徴を摑んだ絵だとコメントも貰えたらしい。画家も大変だ。

どうやら描いたものは回収されるらしく、手ぶらのジルを見てリゼルも筆を構え直した。

「俺も頑張りますね。薬士さん、もう少しだけお願いします」

「任せろ、耐久力には自信がある」

真剣な顔をして何らかのアピールをくれるメディに礼を告げ、ラストスパートだとリゼルは筆を握りなおした。ジルは近くの屋台に目を止めて立ち上がり、適当な飲み物を買ってきて飲んでいる。

「ただいまー」

そうこうしている内にイレヴンも帰ってきた。

その手にやはり絵画はなく、小腹が空いたのか空いた両手は屋台の戦利品で埋まっている。

「お帰りなさい」

「何言われた」

「『美女さえ……ッ』っつって膝つかれた」

「あ、ちょっと惜しいですね」

画力が申し分ない分、画家としてのやるせなさも一入だろう。

テーマを何故か守らない二人に振り回される彼に心中で労いを送り、リゼルも真剣に色を塗ることそれから十分程。彼は満足げに一つ頷いて紙面から筆を離した。ようやく完成だ。

「お、リーダーできた？」

「ん」

イレヴンが横から覗き込み、ジルに顎で促され、そしてメディもポーズを解いて歩み寄ってくる。リゼルは画板を抱えるように筆を足元の木桶の水に沈め、そして少しばかり眉を落として考えるように告げる。

「二人の後だと恥ずかしいんですけど」

「大丈夫だって、一生懸命描いてくれただけで嬉しいぜ！」

「目が危ねぇ」

メディも根は気さくでサッパリとした女性だ。

よってその言葉も何偽りない本音に違いない。たとえイレヴンが警戒を露にするような、口ほどに物を言う目をしてリゼルの全身を堪能していようと励ましの言葉は本物なのだ。

リゼルは安心したように表情を緩め、そしてくるりと絵画を三人へと向けた。何だかんだ言って、なかなかに満足のいく絵が描けたと思っている。

「いつもよりは上手くいったと思うんですけど」

三人の視線がリゼルの絵画を射抜いた。

「……下手ではねぇな」

「……うん、下手とかじゃねぇ」

「いや良い色使いしてると思うぜ。こう、独特な線が何とも言えず………何だこれ」

メディがフォローを放棄した。

反応は芳しくないものの、ジル達の下手ではないという言葉が嘘ではないことも分かる。下手じゃないなら良いかなぁ、とリゼルがほのほのと微笑みながら絵画を凝視する三人を眺めていた時だった。

「配達の途中で何ほっつき歩いてやがる小娘ぇ!!」

「げっ」

突如落とされた雷鳴の如き一喝に、メディはやばいと顔を顰めて振り返った。

そこにはずんぐりと逞しい巨体を揺らし、ドワーフのような威圧的な髭を生やした男が力強く此方へと歩いてくる姿がある。彼が歩く度、近くにいる子供がピャッと逃げていった。

「ちょっと顔見知りに挨拶してただけだろうがクソ親父！」

「挨拶にどんだけかけんじゃあ小娘！」

メディの働く工房で親方と呼ばれる立場にいる男は、そのまま彼女へと拳骨を一発落として首根っこをひっ摑んだ。余った手で忘れられていた木箱を拾い、分厚い眉の下からリゼル達を見やる。

「ふん、帰ってやがったか」

「お久しぶりです、親方さん」

「はっ、てめぇの親方になった覚えなんざぁねぇよ」

彼は歯をむき出しにして笑い、そして暴れるメディを引き摺って踵を返した。

まだメディには礼もしていない。そう気付いたリゼルが完全に遠ざかる前にと口を開く。

「薬士さん、有難うございました。またお礼に伺いますね」

「据え膳――――!!」

まるで春の嵐のような師弟だ。

幸せそうに叫んで大人しく引き摺られていくメディに手を振って見送ると、ふとリゼルは自分の手から絵画が消えていることに気が付いた。見ればジルが持っていて、イレヴンも彼の隣に立って眺めているのだが双方無言だ。慣れた反応なのでリゼルは気にしない。

「技術的には普通なんだよな」

「何つうかもう、こういうジャンルっつうか」

褒められているのだろうか。

リゼルは首を傾けつつ、そういえば過去にとある人物に絵を見せた時のことを思い出した。リゼルの絵を見ても微妙、あるいは不思議な反応をせず、素直に褒めてくれたのは二人だけ。

実の父と、そしてもう一人。遠い国から使者として訪れた、艶やかな黒紫色の髪の麗人。

「ジャンルかは分かりませんけど、ウキヨエっていうのに似てるみたいですよ」

「ウキオエ?」

「ウキヨエ」

訝しげなジル達に、此方にはないのだろうかと考えながら身をかがめて筆を洗う。

とはいえ元の世界でも非常にマイナーな単語ではあった。知る人ぞ知る国の、知る人ぞ知る芸術。

リゼルのいた国全体でも知っている者など二桁に留まるのではないだろうか。

「うちの国からずっと東に小さな島国があるんですけど、そこで発展した絵画のことです。文化自体がとても独特なので、俺としてもあんまり馴染みがないんですけど」

独特、という言葉にジル達は納得をもって再びリゼルの絵を見下ろした。

確かに独特としか言いようがない。何故遠く離れた国と感性をマッチさせたのかは心底謎なのだが、似ているだけでそのものという訳ではないのだろう。

「独特って何、唯人いねぇとか？」

「いえ、唯人は多いです。代わりに獣人がいなくて、鬼人って呼ばれる人達がいます」

「へぇ、どんな」

「角が生えてるんです。とても力の強い方達ですよ」

こんな、とリゼルが指を一本立てた両手を頭に添える。

その国の国王が当の鬼人であった。頭には六本の大小さまざまな角が生えており、それを数々の装飾品で飾った華やかな人。鬼人の角の本数や大きさは人によって違うらしく、目に見える個性として親しまれているらしい。

国同士のあまりの遠さにリゼルは訪れたことがなく、数人しか知らないのだが。

「角ねぇ、ニィサン見たことある？」

「ねぇ。他に特徴は？」

「特徴もありすぎるんですよね」

なにせ、その国とまともな国交があるのはリゼルが居た国ぐらい。

独自の進化を遂げた彼の国は目を惹かれるものが多く、余所ではまず見られない品々で溢れている。ちなみに、それを本人らに告げると「普通」というよく分からない返答が返ってくる。まぁ現地に暮らしている者達からすればそんなものなのだろう。

ちなみに元教え子は当の国を、〝自己愛と謙虚が釣り合ってる変な国〟と称していた。言い得て妙だ。

「分かりやすく、服とかどうでしょう」

「どんなん？」

リゼルは懐かしの顔を思い出しながら一つ例を挙げてみせる。

イレヴンが椅子を引き摺り、リゼルの向かいに腰かけながら問いかけた。ついでに屋台の戦利品である飲み物を渡されたので、礼を告げてそれを受け取る。

「こう、何枚も布を重ねてゆったりと身に着けていて」

ジル達は布の塊を思い浮かべた。

「幅の広い布のベルトを腰に巻いていて」

布の塊にくびれができた。

「柄も綺麗だし、シンプルでも色合いが良くて、見てて楽しいですよ」

布の塊が煌びやかになった。

「見たことねぇな」

「俺も」

盛大な誤解が生じたが、リゼル達が気付くことはなく話題は収束した。

もしアリムと出会う前ならばもう少しまともな想像をできたかもしれないが、布と聞いて一番に彼が思い浮かんでしまったのだから仕方がない。布の塊はそれほどにインパクトが強かった。

「ん、ちょっと残念です」

リゼルはまた少し混んできた批評待ちの列を眺め、掌サイズの果物に直接麦わらのストローが突き刺さったような飲み物に口をつける。目が覚めそうな酸っぱさ、そして一緒にストローを通ってくる小さな種子を噛み潰した時の甘さのバランスが絶妙で非常に美味しかった。

「何が残念なんだよ」

「食べ物です。あの国のオ……？　オトーフ、が凄く美味しかったので」

「そういやどっかで言ってたな」

「あー、リーダーの好物？」

ジルが肉、イレヴンが卵、ならばリゼルは何が好きなのかという話の流れでそんな話が出たことがあった。リゼルは基本的にほとんどの食材を美味しく食べられるので、特にこれが好きというものはないのだが、強いて言うなら過去に一度食べたことのある異国の料理がとても美味しかったと。

「どんなの？」

イレヴンが通りがかりの物売りからアイスクリームを買いながら問いかけた。

プラス銅貨一枚でできるチョコレートサービスも欠かさない。

「そうですね……味は薄くてよく分からなくて」

「美味いっつったじゃねぇか」

「そのオトーフに色々と味を足して食べるのが美味しかったんです」

いきなりの矛盾に突っ込むジルに、どう言えば良いのかとリゼルは手元の果物を撫でながら考える。しっかりと冷やされているので、時折膝に置いて手を離したりもした。

「白くて四角くて、柔らかくて」

「あ」

その時、アイスを食べかけたイレヴンがぴたりと動きを止める。

リゼルの言葉に心当たりがあったからだ。何処で食べたかは忘れたが、随分と前にそんな料理を食べた覚えがあった。確か、珍しい料理を出すと評判の店だった筈だが。

「食べたことあるかも。白くて四角くて、赤い……なんかの実？　が載ってんの」

「実、ですか……これくらいの大きさでした？」

「えー、大きさは分かんねぇ。甘かった？」

「甘くはなかったです」

顔を見合わせて不思議そうにしているリゼル達に、ジルが呆れたように口を挟む。

「それ違うんじゃねぇの」

「や、だってさァ。あれも、あー、オトーフ？　そんな名前だった気ィすんだけど」

思い出そうとしても出てこないのか、はたまた一気にアイスクリームを掻き込んで頭痛に襲われたのか。顔を顰めてうんうんと唸っているイレヴンの頭を、可笑しそうに笑いながらもリゼルが撫でてやっている時だ。

　イベント開始を告げた時と同じように、噴水前に画商の男が歩み出てくるのが見えた。

『そろそろ締め切りまーす。参加の方で、画家先生からのアドバイス希望の方はお気をつけくださーい』

「あ、じゃあ行ってきますね」

「ああ。これもういらねぇな」

「はい、有難うございます」

　だいぶ批評の列が空いたのを確認し、リゼルは画板をジルから受け取り立ち上がる。

　ジルも画材を片付けてくれるようで、まぁ良いかと思い出すのを諦めてアイスを平らげたイレヴンの椅子を蹴って手伝わせていた。今頃、他の冒険者らも行儀よく片付けをしていることだろう。何せここにはスタッドがいる。

「あれ、どうなんスかね」

「まともな批評ができんのか見物だな」

　パレットや水桶を抱えながらジル達はそんな会話を交わしていたが、スタッドが片付けをサボる冒険者に無言の圧力をかけているのを横目に、のんびりと画家の元へと向かっているリゼルには幸いにも届くことはなかった。

　その後、リゼルがジル達の元へ戻った時のこと。

「『芸術性は感じるのでその感性を大事にしてください』って言われました」

「微妙」

「画家の癖にコメントに芸術性がねぇなァ」

何故か画家がいわれなき非難を受け、そして当然の如く三人は賞金にかすりもしなかった。

142.

真白い雲が鱗のように並ぶ晴天の下、王都を一人の男が歩いていた。

街並みに慣れていないのだろう。足取りには緩急があり、時折ふと周囲を見回しては物珍しいものを見たかのように目で追っている。褐色(かっしょく)の肌によく馴染んだ異国情緒(いこくじょうちょ)のある装いに、いずこかより観光にでも来たのかと、男を見かけた王都国民は少し得意げな気分になるのだった。

男は暫く歩き、ふと一軒の建物を見つけて足を止める。

今まで目にした中ではひときわ大きな建築物。通りに馴染んで歴史を感じさせる趣があり、壁から突き出すように伸びた支柱にぶら下がる看板には冒険者ギルドの紋章が刻まれていた。

歩み寄り、中には入らず扉の付近でたむろしている冒険者達へと声をかける。

「すまない、少し良いか」

恐らくパーティの一団なのだろう。

退屈そうに雑談を交わしていた冒険者達が、ぴたりと口を閉じて男を見据えた。彼らは王都では見ないながらラフな服装に身を包んだ男の姿を、隠そうともせず探るように上から下まで観察する。

やがて、その中の一人が人好きのする笑みを浮かべて口を開いた。

「おう、どうした兄さん。道にでも迷ったか?」

「いいや、人を探していてな」

男は開きっぱなしのギルドの扉から中を一瞥した。

目的の姿がないことを確認し、目の前の冒険者へと視線を戻す。

「やたら貴族なのと、やたら黒いのと、やたら癖のある浮世離れした三人組なんだが」

「よーし、分かった」

冒険者はカラカラと陽気に笑って腕を組んだ。

肩に立てかけるように支えていた槍の穂先が揺れ、彼が寄りかかっているギルドの煉瓦壁に当たる。その穂先は布で覆われ、鋭い先端を隠しているも僅かに煉瓦の表面に跡を残した。

「だがまぁ、なぁ?」

その槍の穂先が露になったかのような、研ぎ澄まされた空気が両者を包む。

「南の軍人が、あいつらに何の用だ?」

冒険者達は友好的な面持ちを変えないまま、視線だけで男を射抜いていた。

冒険者同士の結びつきは強いとはいえない。だが情以上に利害関係が徹底しており、更には軍の介入を厭う者も多い。自業自得で追われるような奴ならいざ知らず、そうとは思えない名が出たのだから対応も慎重にならざるを得なかった。

その三人に接触せんとする目的によっては、他人事ではないのだから。

「いや、大した用じゃないんだ」

男は冒険者たちの意図を悟りながらも、気付かぬフリを通して告げる。

「折角王都に来たからな。顔を見れたら、と思ったんだが」

「おっと、プライベートだったか」

苦笑を零す男に、空気が友好的な明るさを取り戻した。

彼らもそれなりに冒険者歴は長い。駆け引きの経験もそれなりに積んでいるので、何か言えない用件があるのではないかと必要以上に勘繰るほど若くもなければ、喧嘩っ早くもなかった。

「ははっ、まさか軍人ひっかけてくるなんてなぁ」

微妙な顔をする男に冒険者は肩を竦め、よいこらと凭れていた背を起こす。

「悪ぃな、今日は見てないんだ」

「いや、急に聞いてすまんな」

「運が良けりゃあ宿に居るかもな。場所、教えてやるよ」

男は有難く道案内に耳を傾けた。

真っすぐ行って、古臭い井戸を左。さらに二つ目の通りを右。何軒目かは忘れたが、扉に宿屋の紋章が描かれたブロンズのプレートが打ち付けてある。それほど遠くはなさそうだ。

「ま、それなりに近くまで行きゃあ誰に聞いても教えてくれるさ。迷うこたぁないだろ」

「そうか、有難い。じゃあ宿に行ってみるか」

男は礼を告げ、軽く手を上げて見送られながら散策を再開した。

実のところ王都には何度か来ているのだが、いつまで経っても見慣れない。少しの場違い感を抱きながら歴史ある街並みを眺め、教えられた道筋を辿るように歩を進めていく。

「ん？」

ふと、足を止めた。邪魔にならないようやや通りの端に寄る。

その隣を、ふわりとした長い耳を頭の両端で揺らしている獣人の女性が、唯人の友人と並んで追い越していった。立ち止まったのは好みのタイプだったからではない、その唇から零された単語に聞き覚えがあったからだ。

「貴族さま、まだいるかなぁ」

「かも。長いもんね」

少しばかり高揚した楽しげな声に、男は一瞬考えて女性二人の後に続くことにした。

冒険者たちから聞いた道を逸れ、不審にならない程度の距離を開けながらついていく。幸い人通りも少なくないので、あらぬ誤解を受けることはないだろう。

そして大通りの喧騒もやや遠くなった頃。

「あ、いた」

二人の女性が声を潜め、とある喫茶店の前へと差し掛かる。

その喫茶店には二つばかりのテーブルが置かれたテラスがあった。そこに唯一人、座っている相手へと彼女達は控えめに視線を送り、そしてクスクスと笑みを交わしながら通りすぎていく。当の喫茶店の客人はというと、すっかりと読書に集中しているようだが。

ひさしの陰で白いページに目を伏せるのは一人の貴人。

「相変わらずだな」

男は呟き、テラスへ繋がる階段を上る。

読書中である姿を横切り、まずは店内へと入った。

途端に少しの物音も反響してしまいそうな静寂に包まれる。ケトルの底を火が舐める音、その中で熱に立ち上る微かな泡音と、蓋の震える細かな金属音。それら全てが聞こえてくる空間に僅かばかり落ち着かない心地を抱きながら、優しく迎えてくれた店の主人へとコーヒーを頼む。本来ならば店の売りである紅茶を頼むべきなのかもしれないが、男は飲み慣れたほうを選んだ。

近くの椅子に腰かけて暫く待ち、運ばれてきたコーヒーを手に立ち上がる。

こちらでは何も言わないとホットで出てくるのだったかと、手に伝わる熱を避けながら内心で零す。そのままテラスへと向かえば、店内に幾つかある視線が全て集まるのを感じた。

その視線も、目当ての席に腰を下ろせば一層強くなる。男はただ苦笑を浮かべた。

「……」

目の前に座る貴人は、向かいの席に腰かけた男になど気付かず読書を続けている。

さて声をかけたところで果たして優先してもらえるのかと、仕方なさそうに綻ばせた口をそっと開いた。気付かなくとも、それはそれで良いのだが。

「無関心なのは良いが、無防備なのは感心しないぞ」

高貴なアメジストを宿す瞳がぱちりと一度瞬き、真っすぐに男を捉えていた。

ひさし越しの柔らかな日差しを受けた白磁(はくじ)の頬を緩ませ、惜しまずに手元の本を閉じてそっとテーブルの端へと寄せる姿を、男はダンデライオンのような瞳に穏和(おんわ)な光を灯しながら見守る。それが彼にとっての最大の礼であることは既に知っているのだから。

「お久しぶりです、ナハスさん」

「言うほど久しぶりでもないだろう」

その澄んで穏やかな声が何故か懐かしく、破顔したナハスは再会の挨拶を口にした。


「もうアスタルニアへ？」

「ああ」

リゼルは紅茶の持ち手に指を触れさせながら、ナハスはほんのりと湯気の立ち上るコーヒーには触らないままに近況報告に花を咲かせていた。

太陽も頂点に昇り、じきに昼時になる。

ひさしから落ちる陰影も強まり、空気は暖かみを帯びてきた。人々の行き交う通りを撫でるそよ風が安堵を運び、テラスはリゼルが読書の場として好んでいるだけあって心地好い。

「交渉も順調だし、騎兵団も半数を残して帰国することになってな」

「ナハスさんは帰る側なんですよね」

「そうだ。まぁ、王子の計らいで王都観光が一日貰えたが」

そう苦笑するナハスは、与えられた観光の意図にも気付いているのだろう。

リゼルはカップを唇へ運びながら、気にすることはないと目元を緩めてみせた。交渉中も隙あらば煽ろうと攻めの姿勢を貫く手腕は素晴らしいが、観光は観光でなければならないのだからナハスが何を気にかけることもない。

あまりやりすぎると配慮に欠ける。賑やかだったアスタルニア王族六番目の王子を思えば、引き際を見損なうこともないだろう。魔鳥騎兵団の一部が王都に立ち寄った、この事実さえあれば良い。

「優秀な外交官ですね」

「そうだろう」

さて、もし自身がサルス側だったならどう対処しようか。

そんなことを気まぐれに考えながら告げたリゼルに、ナハスは酷く誇らしげに頷いた。

仕える王族を誇らしく思う気持ちはよく分かる。リゼルは僅かな音も立てずに一口飲んだカップをソーサーへと戻し、元の世界にいる王を懐(おも)って柔らかく表情を緩めた。

「……お前は時々そういう顔をするな」

「不思議と時々言われます」

何やら微妙な顔をしているナハスに可笑しそうに目を細めれば、ふと視界の端で何かが動くのを捉える。見ればテラスの柵に小鳥が一羽。ここに座る他の誰かが食事を分けたことでもあるのか、時折忙しなく羽を動かしながら右へ左へと移動していた。

「そういえば、今日はパートナーは？」

「ああ、今頃羽を伸ばしてる筈だ」

ナハスもリゼルの視線をなぞって小鳥を見つけたのだろう。

口元の笑みが深まったのは、ただ可愛らしいと思っているからではない。きっと自身の魔鳥（パートナー）を思い出しての、騎兵団ならば誰もがそうなるような無意識の笑みだ。

「サルスでは窮屈（きゅうくつ）な思いをさせたからな。帰る前にリフレッシュさせてやりたい」

「それは喜びますね」

楽しげにそう口にしたナハスに、リゼルも感心したように頷いた。

魔鳥騎兵団にとっては、与えられた王都観光も魔鳥の為の休暇に変わるらしい。今頃は魔鳥達も、久々の大空を悠々と堪能できて大喜びしていることだろう。リゼルにはその感情の変化は分からないが。

「来た時の……野営地（やえいち）のほうですか？」

「ああ、流石に国内から見えるほど近くはないが」

一瞬でも見えないかと南の空を眺めるも、ナハスの言うとおり影すら見当たらない。

それもそうかと一人納得する。アスタルニアでもないのだし、魔鳥が国の近くの空を飛んでいるなどと変な騒ぎになってもおかしくはない。国が変われば常識も変わる、ナハスも全く気にした様子はなさそうだ。

「じゃあ、ナハスさんも長居はできないんでしょうか」

「いや、そうでもないぞ。昼遊びたい奴らと、夜遊びたい奴らとで交代だからな。夕方ぐらいまではいられる」

　穏やかな陽気に誘われるように、二人は互いの了承を察して目元を緩めた。

　折角顔を合わせることができたのだから、都合さえあえば両者共に挨拶だけで済ませるつもりはない。特に、次にいつ会えるかも分からない相手なのだから。

「なら王都観光でもしますか？　案内しますよ」

「お、良いな。頼んで良いか？」

「はい、任せてください」

　ナハスも王都は仕事で何度か訪れているし、その時々で自由時間が与えられたりもするが仲間内で楽しむばかりだった。現地に詳しい者に案内されるというのは初めてであり、新鮮で面白そうだと快活に笑う。

「何処か行きたい所とかありますか？」

「んん、そうだな……」

　ナハスは湯気の薄くなったコーヒーを摑み、口をつけた。

　一口だけ飲んで止めてしまい、二度三度カップを揺らしてソーサーの隣へ直に置く。

「そうだ、魔鳥の肉で美味い店があるなら教えてほしいんだが」

「愛の形は人それぞれですよね」

　一瞬の間が空いた。

「違うからな⁉　相棒とは一切関係なく普通にだな……ッ」

「分かってますよ」

揶揄われたと気付いたのだろう。ナハスは乗り出そうとテーブルについた肘をそのままに、頭を垂れるように脱力した。思わず安堵の息が漏れる。

リゼルとて空の旅で度々、他の魔鳥に襲われた際にも平然と返り討ちにする魔鳥騎兵団を目にしているのだ。騎兵らが己のパートナー以外の魔鳥を気に掛ける素振りなど一度も見たことがないし、倒錯的（とうさくてき）な愛情がなどと勘違いすることはない。

「やっぱりアスタルニアだと食べちゃいけないんですか？」

「いや、別に禁止だとかはないんだが」

ううん、と考えるように口を噤んだナハスが、喜ばしいような申し訳なさそうな顔で苦笑を零す。

「まぁ、有難いことだ」

つまり、そういうことなのだろう。

どちらの気持ちも分からないでもないとリゼルは頷き、微笑んだ。

「なら、美味しい魔鳥料理を案内しますね」

「ああ、有難う」

リゼルは冷めた紅茶を隅に寄せ、さて何処に案内しようかと魔物料理を取り扱っている店を思い浮かべる。基本的にアクティブなジル達のお陰で外食する機会も多く、アスタルニアで魔物食に出会ってから興味を持ったということもあり、心当たりは幾つかあった。

だが今の、昼食には少し早い時間に腹に入れるのに相応しいものといえば。

「屋台とかでも良いですか？」

「俺は良いが」

屋台を冷やかすイメージの全くない相手からの提案に、ナハスは戸惑いながらも頷いた。

「なら決定です。イレヴンに教えてもらったんですけど、凄く美味しいんですよ」

「そうか、楽しみだな」

ナハスは宿主から「獣人なお客さんが偏食すぎてどうしようもない」と散々グチられたこともあったし、空の旅に挟まれる食事の時間にも嫌いなものを露骨に残す姿を何度も見ている。そんなイレヴンが誰であろうリゼルに勧めたのなら、味に関しては間違いないのだろう。

「他所に行く度に魔鳥肉を食べてるんだが、今回も美味そうだ」

「期待してください」

期待を込めるナハスにリゼルも自信ありげに告げて、ふと思いついたように続ける。

「ナハスさん、熱いの苦手なんですか？」

「……少しな」

なかなか減らないコーヒーは、まるで意気消沈するかのように湯気を消していた。

リゼル達は店を出た後、早速とばかりに目的の屋台へと出発した。屋台は中心街前の広場へ向かう大通りにあるので、ナハスも賑わう王都を堪能できて十分に観光気分を味わえる。

二人はアレは何、コレは何と時折紹介を挟みつつ足を進めていた。

「あ、ギルドに寄ったんですか？」

「本当に通りかかっただけだぞ。アスタルニアよりは、まぁ節度があった気がするな」

「あっちは賑やかでしたね」

冒険者に節度というのも微妙だが、と付け足すナハスは隣を歩くのがその冒険者であると忘れているのではなかろうか。リゼルは不思議に思いつつも、悪戯っぽく笑みを深める。

「王都のギルドには、規律違反には容赦のない子が一人いるので」

「成程、きちんと統制がとれているんだな」

国に属する騎兵団として、ナハスが「あまり冒険者ギルドに関わるのは良くないだろう」と思っていたのは昔の話。彼は最近になって度々訪れるようになったアスタルニアの冒険者ギルドを思い出しながらしみじみと呟いた。

ギルドには荒事担当が必ず一人いるというが、よほど頼りになる職員がいるのだろう。そう納得しながらナハスが思い浮かべたのは、冒険者被害が出た際には必ずと言っていいほど目撃するスキンヘッドの男だった。その強烈なラリアットを思い出せば、ナハスが想像する王都の荒事担当が筋骨隆々の巨漢となったのも無理からぬことだろう。

「ん？　子？」

「え？」

「いや、何でもない」

ナハスは聞き間違いだろうと流し、並ぶ屋台を眺めるリゼルに合わせて歩調を緩める。

「あ、あそこです」

そう言いながらリゼルが視線を向けたのは、何人かが焼ける肉を凝視しながら並んでいる一台の屋台だった。ふわりと届く肉とスパイスの香ばしい香りに酷く食欲をそそられる。

「お、美味そうな匂いだな」

「でしょう？」

屋台はその味を証明するかのように人々を集めていた。

元々いくつもの屋台が集まる場所だ。人出は多く、更にじき昼時ともなれば混むのも当たり前。リゼルとナハスはこういう時に待つことを苦に思わないタイプなので、特に不満を抱くことなく屋台へと並ぶ。

「串焼き（くしや）か」

ナハスが体を傾け、前に並ぶ客達の隙間から屋台を覗き込んだ。

大ぶりの肉が幾つも刺さった串が、直火の網の上で屋台の店主により次々とひっくり返されていく。滴り（したた）落ちた肉汁が炎を上げる魔石へと落ちて弾ける音と、タレが焦げる匂いが何とも言えない。

「結構でかいな」

「お腹すいてませんか？」

「いや、朝から食ってないから楽しみだ」

もはや視覚と嗅覚の暴力ともいうべき光景に、ナハスは露骨に空腹を主張し始めた腹を撫でながら笑う。そして密かにチラリと隣に並ぶリゼルを窺い見た。

その清廉な空気のままにジルから肉を受け取り、齧る姿は見慣れた……までは行かないものの何かしらの衝撃を受けることはなくなった。今更ながら随分とその存在に慣れたものだなと、しみじみと通りの先を何となしに眺める。

「ん？」

すると、視線の先に色鮮やかな何かが翻るのを見つけた。

「あれは？」

「どれですか？」

ナハスの指さした先をリゼルも覗き込む。そうして見えた横断幕のようなものと、それが運ばれていく先を見て納得がいったように頷いた。

「あっち、広場があるんです。時々イベントが開かれる場所なので、今日も何かあるのかもしれません」

「王都でもそういうのがあるんだな」

感心したように告げるナハスの王都観は、アスタルニア国民の標準的な主観だ。

由緒(ゆいしょ)ある街並み。節度を持った人々。歴史のある催し物は厳粛(げんしゅく)に執(と)り行(おこな)われ、盛り上がるとしても建国祭のように所縁(ゆかり)ありきのものである。そんな少しの憧れを含めたイメージを持っていた。

とはいえ王都国民のアスタルニア観も似たように誇張が入っているので、お互い自国にないものを夢見ているのだろう。どこの国でも同じようなものだ。

「アスタルニアほどじゃないですけどね」

ナハスの思考を察したリゼルは面白そうに笑い、列が進むのに合わせて一歩前に出る。

「ついこの間も絵画大会があったんですよ。俺達も参加したんです」

「そうか、壮観だろうな。楽しかったか？」

「はい」

ちなみにナハスが想像したのは、国中の画家が集まるハイクオリティな大会だった。

リゼルのことはただ観客として見に行っただけだと思っている。まさか絵描きとして参加し、壮絶なリゼル贔屓を堂々と発揮するメディでさえフォローできない絵を仕上げたとは微塵も思っていない。

「今日は何をやるんだろうな」

そうこうしている間にリゼル達の番が来た。魔鳥の串焼きを二本頼む。

会計はナハスが手早く二人分を払ってくれた。観光の謝礼なのだと言われれば拒否もできず、リゼルは遠慮なく渡された串を受け取ることにする。

「喉を突くなよ」

「有難うございます」

列を抜け、すぐ隣にある路地へと向かう。

その入口に簡素な椅子が並べられているのだ。それを日の当たる場所に移動させ、それぞれの椅子に腰かける。日差しは暖かく、路地を通り抜けていく風も穏やかだ。何とも買い食い日和だった。

「この後、見に行きましょうか」

「ん？」

「イベント」

屋台の人ごみを眺めつつ、早速一口目を齧ったナハスがリゼルへと視線をやる。

食べようとするものの角度が定まらず、串をうろつかせている姿がやや気になる。

「良いのか？」

「勿論です」

「ならお願いしよう」

ようやく控えめに肉を齧ったリゼルが、口を動かしながら首を縦に振ったのを確認し、ナハスは王都の催し物への期待に心躍らせながら最高に美味い串焼きへと齧りついた。


そして今、ナハスは何故か大衆に囲まれていた。

『さぁ参加者もそろそろ準備が終わりそうです。ただ今より〝家庭料理で頂点を目指せ！　食材屋台連合主催の料理大会〟を開催いたします！』

何故だ、と思いながら横を見る。そこには貸し出されたエプロンを身に着け、もう一人がそれを着ける手伝いをしてやっているリゼルがいた。

「スタッド君、きつくないですか？」

「大丈夫です」

「じゃあ手を洗いましょうか。しっかり、ですよ」

「はい」

片方が異常に淡々としているのが気になるものの、微笑ましい光景を眺めながら現時点に至るまでの怒濤の流れを思い返してみた。確か、大満足の魔鳥の串焼きを食べ終えた後、予定どおり何かの準備が進められている広場へと向かったのだ。

そして準備されているのが料理大会だと判明し、あと一組ぐらいは参加者が欲しいと主催らしき一人が声を上げて募集しており、それを聞いたナハスが「王都の料理は手が込んでいそうだなぁ」と何ともなしに思っていた時にリゼルと目が合った。

『カレーなら任せてください』

参加したかったのだろう。

しかし料理大会だ。そしてリゼルは素人中の素人だ。口振りからして以前のカレーからまともな料理など一切こなしていなければ、アスタルニアから王都への道中にも手伝い以外は一度も料理に接してはいなかった。それなのに何故その声色は自信に溢れていたのか。

『お前にはまだ早いと思うぞ』

『だからナハスさんと一緒に出たいんです』

『うん?』

『俺の料理の、先生でしょう?』

『……殿下にそう呼ばれているお前に呼ばれると変な感じだな』

出たいなら仕方ないと諦めた。絆されたともいう。

そして常の休日にそうしているように買い物という名の息抜きをしているスタッドをリゼルが発

見。歩いていた彼を呼び止めて折角だからと引き込んだ。その際、ナハスとスタッドはリゼルによって互いを紹介されたのだが、ナハスは細身の制服に身を包んだスタッドがギルドの荒事担当だとは全く気付いていない。根っからの事務要員だと思っている。

「ナハスさん」

「ん？　ああ、準備が済んだな」

「はい」

エプロンをつけ、手も洗い、しっかりと身支度を整えたリゼル達から声がかかる。

ナハスとてリゼル達の前では面倒見の良さが先行するが、根っから祭り好きであるアスタルニアの男。参加自体には何も問題がないし、そうと決めたなら全力で楽しもうとする。

『それでは参加選手の紹介と行きましょう。第一テーブルはいきなり優勝候補筆頭、サフラン通りのレストランからプロの料理人の参戦です！』

わっ、と歓声があがる。

大会は事前に随分と宣伝されていたのか、そこそこの観客が集まっていた。その中の一部の面々は盛大に疑問を孕んだ表情でリゼルを眺めているが、それに関してはナハスとしても「気持ちは分かる」としか言いようがない。必要以上に目立ちそうだな、と受け入れてスタッドを向く。

「職員殿は料理は？」

「一切関わったことがありません」

まさかリゼルより酷いとは想定していなかった。

カレーだし何とかなるだろう。なる筈だ。そう信じるしかない。

「そうか、分からないことは何でも聞いてくれて良いからな」

若干の不安を感じたことはおくびにも出さずに告げるナハスを、スタッドの淡々とした瞳がじっと見ていた。そのガラス玉のような瞳がリゼルを見て、微笑まれて、ナハスに視線を戻して、そして抑揚のない声で告げる。

「分かりました」

素直なのは良いことだ。ナハスは頷き、そして自身も手早くエプロンを身に着ける。

ちなみにエプロンを選ぶ段階でリゼルがギャルソンエプロンを見つけてきたが、素人には防御力が低いと却下した。あれは白シャツを僅かにも汚さないという自信がある者にしか身に着けられない、選ばれし紳士淑女のためのエプロンなのだ。

『第二テーブルは色鮮やかなエプロンがよく似合う若奥様グループ、華やかで大変素晴らしいですね！　そして第三テーブルには家庭料理のプロフェッショナル、母の味を作らせれば右に出る者はいないだろうベテラン主婦グループです！』

「ナハスさん、俺達は食材を選んできますね」

「ああ、任せた」

各チームも既に準備を終え、後ろに並べられた食材を取りに行ったり、手際よく湯を沸かしたりしている。制限時間は一時間。品によっては余裕もあるだろうが、手早くこなすに越したことはない。幸いカレーともなれば素人二人を抱えても充分に作りきれるだろう、後は役割配分だけだ。

ナハスは一組ごとに用意された調理スペースを見回し、置かれている包丁を手に取って確認する。包丁は何処の国でも変わらないな、と密かに感心していた。

『そして第四テーブルは異色の組み合わせ、何と先日王都に帰還したばかりの宿泊亭の貴族さまが参戦です！』

驚愕と疑問と純粋な歓声が上がった。

司会の声が聞こえる範囲を通りがかった人々が、何だ何だ何でだと集まってくるのが見える。予想の範疇ではあるので、何とも有名だなと包丁を置こうとした時だ。

『そしてメンバーは冒険者ギルドが誇る絶対零度、容赦のない粛清者ことスタッド選手と！　なんと、アスタルニア騎兵団副隊長も参加してくださってます！』

まさかの真実に包丁を落としそうになった。

ギルドの荒事担当だったとは、と衝撃を受けながら食材確保へ向かった二人のほうを窺う。重いほうが良かった筈、とジャガイモを二つ手に取って比べているリゼルと、その様子をじっと見ているスタッドが何やら話し合っていた。

「スタッド君はどっちが良いと思いますか？」

「どちらも同じに見えます」

「ですよね」

順調そうだ。ナハスは観客のざわめきを背に受けながら一人頷き、結局ジャガイモを二つとも籠に入れたリゼルへと歩み寄る。

「足りないものはあるか？」

「いえ、カレーの材料は全て……あ、スパイスってこれで大丈夫ですか？」

「ん？」

　スタッドが持つ籠を覗き込めば、野菜、肉の塊、そして幾つかの瓶が並んでいた。

　どうやらカレー用に調合されているスパイスはなかったようだ。籠に手を添え、不要ではあるだろうが支えるのを手伝ってやりながら瓶のラベルへ目を通していく。

「ああ、全部揃ってるぞ。よく分かったな」

「勉強したので」

　嬉しそうに微笑むリゼルにナハスも相好を崩し、籠を覗き込んでいた背筋を伸ばした。

「じゃあ、できるところまでで良いから下拵(したごしら)えを始めてくれるか？」

「ナハスさんは？」

「俺はもう少し見ていく。カレーだけじゃ寂しいからな、パンとサラダぐらいは作れそうだ」

　パンは一時間で作れるものなのか、と顔を見合わせるリゼルとスタッドだが特に異論を口にすることはない。このチームにおいて、そして料理という分野においてはナハスに従うのが最善だろうと二人は自然と考えていた。

　なにせリゼルはスタッドが料理に一切触れたこともなければ興味もないことを知っているし、スタッドとてリゼルがカレーとはいえ料理の経験があるなど考えてもみなかった。それを耳にした際、スタッドは誰にも気付かれず人生初の二度見をかますことに成功している。

「じゃあスタッド君、頑張りましょうね」

「はい」

「前やらせたこと以外はやらなくて良いからな！」

ナハスの声に背を押され、リゼル達は調理スペースへと向かった。

調理スペースには作業台が一つと、煉瓦を積んで作られた簡易的な竈（かまど）がある。上部のくぼみに幾つもの火の魔石が入っており、煉瓦をずらして作られた横穴から風が通るような造りとなっていた。

あとは手を翳して魔石に魔力を送れば火が使える。戦奴隷（ソードダンサー）とジル以外。

『一番テーブル豪快に肉を焼き始めました。シェフの技が肉の塊をどう家庭料理へと変貌させるのかが見所です！』

「あ、凄いですよスタッド君。あんなに大きい肉を焼いてます」

「焼きますか」

「やってみたいけど、カレーには入らなそうです」

リゼル達は作業台の上に籠を載せ、幾つかの野菜を取り出した。

置かれている包丁やまな板を避けるように並べていく。全て瑞々しく、美味しそうだった。

「ちょっと緊張しますね」

調理台の前に立つと、ちょうど観客と向き合う形となる。

規模の小さいイベントなのでしっかりとしたステージというのもない。調理台から上は観客から丸見えなので、人によっては既にリゼル達が何を作るのか気付いていているだろう。

「私は何をすれば良いでしょう」

「じゃあ、野菜を洗ってもらって良いですか？」

「分かりました」

竈、調理台と続いて更に隣には洗い場がある。

上部にセットされた水の魔石から水が出て、下のくぼみに溜まっていく。溢れないよう溝が作られ、そこから水が流れ出るようになっていた。ちなみにこういった火や水の魔石は特殊な加工が施されているものなので、普通の魔石からは火や水が出たりしない。

「表面の土をさっと流すだけで大丈夫ですよ」

「はい」

水を出すなりタワシを鷲掴(わしづか)みにしたスタッドをさりげなく方向修正しつつ、リゼルはタマネギの皮を剥いていく。相変わらず剥きすぎている姿に観客が「あーあー」とそわそわしているも、彼らとてリゼルに料理経験があるとは全く思っていない。納得して見守るに落ち着く。

「あ、そういえば」

剥いたタマネギを片手に声をかければ、スタッドがせっせと野菜を洗っていた手を止めた。まっすぐに向けられた視線に、リゼルは少しばかり得意げにタマネギを差し出してみせる。

「タマネギ、冷やすと目に沁みないんですよ」

「タマネギは沁みるんですか」

「そうなんです。この前、知らずに切ったら凄く沁みました」

スタッドの視線がタマネギへと移る。

彼は水に浸けていた手を伸ばし、水滴の残る指先をタマネギにあて、二秒。

「あ」

リゼルの掌に途端に冷気が伝わった。

冷やしてくれと頼もうという意図もない雑談だったのだが、どうやら気遣ってくれたのだろう。

リゼルは目元を緩めながら、氷のような冷えたタマネギを空いた手に移動した。

「有難うございます」

「いえ」

しかし器用にタマネギだけを凍(こお)らせる手腕はお見事。

若干ずれた感想を抱きながらまな板へとそれを置く。コンッと小気味の良い音、中までしっかりと凍っているのだろう。転がって行こうとするタマネギを指先で固定する。

『さて、四番テーブルも調理を開始するようですね。実は貴族さまからは、料理は初心者だが大丈夫かと事前に確認を受けております。何とも楽しそうな姿ですね』

「あれ……」

リゼルはもしやと呟き、そのまま包丁を構えた。

刃先でつつくも刺さらない。ならばとタマネギを固定する指に力を込め、真っ二つにしようと丸みの頂点に包丁をあてる。観客も思わずハラハラするような不慣れな手つきで包丁の背に片手を押し当て、真上から力を込める。

勢いよくリゼルの手元から飛び出したタマネギが、スタッドが野菜を洗っている水の中へとダイブした。淡々とした無表情の目の前で水飛沫が上がり、凄まじい勢いで包丁がまな板に激突する。

『ぜひ頑張って作りあげ保護者さーーん!! 四番テーブル保護者さーーん!!』

「何だ、どうした！」

微笑ましげに解説していた解説者が思わず叫んだ。

叫びを聞いたナハスが揃えた材料を手に駆け寄り、スタッドが水中に沈むタマネギを無言で見下ろし、リゼルがきょとんとタマネギの消えたまな板を見つめる。その間、数秒の出来事だった。

「何があった！」

慌ててやってきたナハスに、リゼルは大丈夫だと首を振る。

「タマネギが飛んでいきました」

「そうか、気をつけろよ。できるか？」

「頑張ります」

まさかタマネギが凍っているなどと知らないナハスは、やる気に溢れるリゼルを見て安堵したように続きを託した。一度はできたことだ、やりたい限りは任せるのがナハスの流儀だった。

そうじゃないと解説は言いたかったが言えなかった。あまり一部の参加者に肩入れするような真似はできないからだ。何より言いづらい。リゼル達がやることを否定しづらい。

「タマネギが切れたらこっちを手伝ってもらって良いか？」

「分かりました」

「お前にはリゼル殿が切ったタマネギを任せるからな。そうだ、この野菜も洗っておいてくれ」

「はい」

二人にそれぞれ指示を出し、ナハスは後ろにもう一つある作業台へと戻っていった。

竈も水場もないが、天板の広いテーブルなので三人でも作業スペースには困らない。そこに材料を並べ、彼はリゼル達に背を向けてパン作りの準備を始める。それを尻目に、リゼルはスタッドによって水底から救出されたタマネギを受け取った。

「凍って包丁が通らなかったみたいです」

「余計なことをしましたか」

「いいえ、全然」

心からそう思っているのだと思わせる笑みに、スタッドは微かに肩の力を抜いて安堵する。それも些細な変化であり、気付いたリゼルは可笑しそうに口元を綻ばせて彼の頬についた水滴を拭った。

「これ、良い具合に溶かせたりしますか？」

「凍らせたものを溶かしたことがありません」

「水に浸けておいたら溶けるでしょうか」

一度完全に凍ってしまってはリゼルとてどうすることもできない。

それは氷の属性に長けたスタッドでも同様であり、リゼルはそれもそうかと冷たいタマネギをまな板の上に転がした。氷をほどよく溶かす魔法など考えたこともなく、これは置いておいて別のタマネギを使おうかと考えていた時だ。

「流石に火にかければ溶けると思いますが」

「あ、じゃあやってみましょうか」

マイペースなド素人を二人だけにしておくとこうなる。

リゼルは調理道具の中にあった金属の串をぐりぐりとタマネギに突き刺し、これぱかりは慣れた手つきで竃の火をつけた。そしてスタッドがついてきて隣で見守るなか、凍ったタマネギを魔石に近づけて直火で炙るこど数十秒。

「ナハスさん……」

「なんで少し目を離しただけでこうなる！」

めちゃくちゃ焦げた。

「どうした、お前は分からないことがあったら聞ける奴だろう？」

「行ける気がして」

「何でした」

ナハスは表面の焦げたタマネギをまじまじと眺めた。

別に怒ってはいない。甘んじて叱られる姿勢をとるリゼルと、何がいけなかったか分からないなりにリゼルに従おうという姿勢を見せるスタッドを見れば、悪気がないことだけは分かる。

初心者のミスは自らの指導不足によるものだと、彼はそう考える男だった。流石の副隊長だ。

「まぁ、無事にタマネギは溶けたしな」

仕方なさそうな声が、存外穏やかに告げる。

「今度は行き詰まったらちゃんと聞くんだぞ」

「分かりました」

「ほら、頑張ってこい」

　ナハスに送り出され、リゼルは焦げたタマネギを手に再びまな板の前へと立った。

　今度はきちんと水で冷やしてから、少し熱の残る焦げた表面を剥がしていく。見ていた観客もほっと一息だ。ちなみにリゼル達がタマネギを炙りはじめた時点で声を上げようか上げまいか酷い葛藤（かっとう）に悩まされた彼らだが、ナハスの大人の対応と素直に反省するリゼル達に「良かったね……」とほろりと涙を流した者もいるあたり、怒濤の展開に完全に情緒がおかしくなっているのだろう。おかしくした張本人らは知る由もないが。

「水、冷たくないですか？」

「大丈夫です」

「今日は暖かくて良かったですね」

「良かったです」

　リゼルはだいぶ小さくなったタマネギを改めてまな板に置いた。

　隣ではスタッドも野菜洗いを続けている。軽く土を落とすだけで良いとの言葉を頼りに野菜を洗っていた彼だったが、ナハスに追加されたサラダ用のレタスに少しも土がついていないことに気付いたのだろう。分からないなりに何とか洗おうとしたのか丸洗いしている。

「あ、スタッド君。タマネギ、ちゃんと沁みませんよ」

中心はまだ少し凍っているが、包丁が通らないほどではない。

冷やした甲斐があったようだとスタッドも満足げだ。リゼルもこれならば、と次々とタマネギを覚束ない手つきで刻んでいった。ナハスから助言を貰い、二つ目以降のタマネギは一つ目を切っている間にスタッド作の氷水に浸けておいたものだ。

「野菜の切り方は剣とは全く違うんですね」

「そうなんです。こっちの手、猫の手っていうんですよ」

「猫」

「そう、ほら」

一体どこがと言いたげな目に、リゼルは猫の手を作って彼へと向けた。

くにくにと猫が手を握るようにその手を動かしてみせれば、それなりに納得できたのだろう。少し間を置きながらも深く頷いてみせたスタッドに、上手く伝わったようだとリゼルも安心してタマネギを刻む作業へと戻る。

「この時、猫になりきるのが大切みたいです」

「猫に」

「イレヴンが言ってました」

危機感に思わず叫んだ彼の言葉をリゼルは律義に守っている。

何故ならイレヴン本人はリゼル初めての包丁体験の際、必死すぎて何を言ったのか覚えていない。

更には彼自身、リゼルに料理をさせたくないのだから訂正できる機会は訪れない。リゼルは今度も、

〝猫の手を使う時は猫になりきる〟というルールを胸に包丁を握るだろう。

イレヴンの名に不穏な空気を醸すスタッドに笑い、そうこうしている内に最後のタマネギを刻み終える。その数三つ、リゼルにしては順調なほうだ。

「ナハスさん、切り終わりました」

「お、少し早くなったか？　なら、こっちを引き継いでくれ」

振り向いた先で、ナハスが両手を白く染めながら指示を出す。

リゼルが近付けば、何やら器の中で白い粉やら何やらが混ぜられていた。リゼルには小麦粉以外は何が入っているのかも分からないが、パンの材料だろうことは確かだ。

「混ぜれば良いですか？」

「ああ、こうやって捏ねるみたいにな。まぁ最終的に混ざれば良い」

手本を見せられ、リゼルは意気揚々とパン生地を捏ね始めた。やや楽しい。

ナハスは器をカタカタ言わせながら混ぜる姿を暫く見守っていたが、大丈夫そうだと判断してその場を任せる。そして向かったのは、洗った野菜を転々とまな板に並べているスタッドの元だった。

「どうだ、洗えたか？」

「はい」

「ならリゼル殿の後を任せよう」

ナハスは手早く手を洗い、何処からか持ってきた大鍋を竈に載せて火を点ける。

鍋は深く、十分な量のカレーを作れるだろう。そこに今やリゼルがパン生地相手に奮闘している作業台から持ってきた油を回し入れ、場所を譲るようにスタッドを招いた。

「鍋の中にリゼル殿が切ったタマネギを入れてくれ」

「全てですか」

「ああ」

ナハスは正直、全く感情の動かないスタッドにどう対応して良いか分からない。

魔鳥より感情が読めない。いや、付き合いの長い魔鳥と初対面を比べるのもおかしいが。それでも唯人相手にこれほど何を考えているか分からないと思ったことはない。言ってしまえば、まぁ一対一で向き合うとなれば苦手なタイプだった。

だがリゼル曰く「淡々とした無表情だし実際ほぼ無感情だけど、素直すぎる子だから本心しか口にしない」らしいので、嫌なら嫌だとはっきり言うだろう。リゼル達と付き合いがあるだけある、といっそ感慨深さを抱きながらしみじみと頷いた。

「油が跳ねるから気をつけろよ」

両手で刻んだタマネギを掬い上げたスタッドがそれを鍋の中へ落とす。

途端に水と油の弾ける音が上がり、案の定跳ねた油が手に当たった彼は表情を変えないままにリゼルを見た。慰めを求めるような彼にしては珍しい仕草は、タイミングが悪いことに背を向けてパン生地を捏ねているリゼルには届かない。

「ほら、鍋を見ろ。火傷(やけど)はしてないか？」

「スタッド君？」

ナハスの声にようやくリゼルが振り向いた。

すかさず甘やかされる機会を逃すまいとスタッドが口を開いた。

「熱かったです」

「びっくりしましたね。気をつけて」

甘やかすように緩む瞳をスタッドは享受し、今度は素直に鍋へと向き直る。

「これで掻き混ぜながらタマネギに火を通してくれ。全体がしんなり透明になるまでな」

「掻き混ぜていれば良いんですか」

「焦がさないようにだぞ」

スタッドは木べらを受け取り、鍋に向き直って黙々と掻き混ぜ始めた。

時折ピタリと動きを止め、ごりごりと鍋の底をこそぎ取っているのはタマネギが張りついてしまうからだろう。焦げないように細心の注意を払っているのが分かり、ナハスは成程こういう奴かと頷いてこの場を任せる。

「リゼル殿、そっちはどうだ？」

「大分まとまってきました」

「なら一旦捏ねるのを止めて、隣の布をかけておいてくれ」

ナハスが流れるような包丁さばきで、まな板の上に並べられている野菜の皮を剥いていく。

観客の中にいる主婦たちが思わず感心する手付きだ。自炊(じすい)には困らないだけある。

「生地はあのまま置いておけば良いですか？」

「ああ。そこに包丁がもう一本あるから、剥き終わった野菜から切ってくれるか？」

「分かりました」

ナハスはまな板の前から洗い場へとずれ、リゼルのスペースを作った。

『おや、若奥様グループの手元に注目です。ニンジンが花の形になってますよ、可愛らしいですね』

「ナハスさん、あれは」

「お前にはまだ早い」

どうやるのか、と聞こうとしたリゼルの言葉は見事に遮られた。

リゼルは少しばかり残念に思いながらニンジンの頭を切り落とす。猫の手は忘れない。

「切るのはスタッド君が得意そうですね」

スコンッと包丁がまな板を叩く音に、ナハスと観客、更にいえば隣のベテラン主婦グループの面々が手を出したくて仕方ないとばかりにもどかしげにしている。

「私は包丁を握ったことはありませんが」

「でも、ほら。色々切るでしょう？　人とか」

ナハスは咄嗟にスタッドを凝視した。

確かにギルドの荒事担当だと聞いている。だが人。威嚇目的だろうか。もしやアスタルニアの某スキンヘッドの職員は凄く優しいのではないだろうか。そう思えてくる。

「もしそうなら一刀やあの馬鹿も料理が得意なことになりますが」

「あの二人は料理っていうより、包丁を握ってても狩りのイメージが強くて」

それにはナハスも同意する。

ジルやイレヴンに任せると、何処からか獲物を狩ってきて解体しているようにしか見えないのだ。実際ジルは肉しか捌かないし、捌いたら塩をかけて焼くだけで済ます。

「確かにこれだと、ジャッジ君が一番強いことになっちゃいますね」

「あの愚図が一刀をボロクズにできることになります」

リゼルとスタッドは同時に見知った顔を思い浮かべた。

店内に限定すれば最強の称号に手をかけるだろうジャッジ。だが本人が剣を振り回す姿など想像もできなければ、本人も半泣きで辞退するだろう。荒事に縁のない一般国民なのだから。

「ですがあの愚図はたとえ鍛えても使い物になりません」

「流石ギルド職員、人を見る目に自信ありですね」

「見るからに向いていないと思いますが」

「意外と思い切りは良いんですけどね」

一人は鍋から視線を外さず、一人は包丁を握った手元から目を離さない。

とはいえニンジンを切る手付きを横目で窺っているナハスは正直、話していないで集中しろと言いたくて仕方なかった。仕方なかったが呑み込んだ。折角楽しんでいるのだから水を差すような真似はしたくない。

「ほら、皮むきが終わった分は置いておくからな。全部切り終わったら、肉と一緒に鍋に入れてくれ」

「早いですね、ナハスさん」

彼はリゼルがニンジン一本を切り終えない内に皮むきを終え、肉まで切り終えていた。

「お前が鍋も見ててやるんだぞ」

「任せてください」

「良し」

何故それ程までに自信に溢れているのかと思いつつナハスは頷く。

だが確かに一度はカレーを作り上げているのだ、何事もなければ無事に完成するだろう。そう結論づけて、彼はカレー用のスパイスを準備する為に作業台へと向かった。

『見てください、プロ料理人チーム渾身のフランベです。非常に豪快ですね！』

囃し立てるような歓声が上がる。

リゼルとスタッドが揃ってそちらを見れば、一番遠いチームの調理台から高く火の手が上がっているのが見えた。眺めていたスタッドが淡々と口を開く。

「火事ですね」

「いえ、そういう調理法みたいです」

リゼルとてよく知らないが、周りの反応を見る限りそうなのだろう。

料理って凄いなぁとやや斜め上の感想を零しながら、リゼルは何とか全ての野菜を切り終えた。火が通りやすいようにやや小さめに切ってあるのはナハスの指示だ。

「スタッド君、タマネギはどうですか？」

「透明かといわれると微妙です」

リゼルが鍋を覗き込めば、しんなりとして薄っすら飴色に染まったタマネギ。

所々に焦げた跡があるのはご愛嬌だろう。リゼルも以前は焦がしたので気にしない。良い香りの立ち上る鍋に頬を緩め、リゼルは刻まれた野菜が積まれたまな板を持ち上げた。

「凄く順調ですよ。これも入れるので、頑張って混ぜてくださいね」

「分かりました」

リゼルはどさりと野菜を鍋に落とした。次いで肉。

ナハスが一人で作る時にはもう少し投入の順番やら何やら考えるが、リゼルに教える際には「とにかくカレーが出来上がれば良い」をコンセプトにしたので色々と豪快だ。スタッドも疑問にも思わず、ごろごろごりごりと野菜と肉を炒めていく。

「ん、ナハスさん。スパイスって」

「ああ、こっちに準備してある」

「有難うございます」

あとは入れるだけの配合されたスパイスを受け取り、リゼルは鍋を覗いて順調に具材に火が通っているのを確認した。洗い場に置かれた水の魔石を一つ手に取ってスタッドに渡す。

「じゃあスタッド君、鍋の中にお水を入れてください」

「どれくらいですか」

「七……八分目、くらいでしょうか」

以前もそのぐらいだった筈、と思い出しながらリゼルの指先が鍋の中でくるりと動く。

スタッドはその指が示した位置をじっと見て、右手に木べらを装備したまま左手の魔石に魔力を込める。途端に溢れた清涼な水が鍋を満たし、肉の脂がキラキラと輝いていた。

後は煮込むだけだと、浮いた脂を取り除こうとするスタッドを止めながらリゼルは火の勢いを強める。通常は魔石の数ぐらいでしか火加減を調節できないが、そこは人より多めの魔力に物を言わせた。ちなみにプロの料理人には上記の理由で薪派も多い。

「後は暫く煮込むだけです。時々灰汁が浮いてくるのでこのお玉で取ってあげてください」

「あく」

「灰色でもやもやっとしたやつです」

その説明はないだろうと聞いていた者達は声には出さずに突っ込んだ。

だが料理用語もまともに知らない者の説明は同じような相手によく伝わる。よってスタッドにもしっかりと伝わり、彼は今はまだ煮立っていない水面を観察し始めた。

そしてリゼルはサラダを作りながら、スタッドは鍋を混ぜながら雑談を交わす。リゼルとて基本的には器用であり、更には様々な盛りつけを見てきているのでサラダを盛りつける手に迷いはなかった。

「リゼル殿、ちょっと良いか？」

「はい」

事件はリゼルがパン作りに呼ばれ、スタッドが一人で鍋を掻き混ぜていた時に起こった。

大きな鍋の中では水がどんどんと沸騰し、ボコリボコリと大きな泡を立てている。それを眺めながらスタッドが慎重に灰汁を取り除き、そして何処となくやり遂げた雰囲気を醸し出しながらお玉を引き抜いた。そのまま湯の中を踊る具材を見下ろしていれば、ふいに鍋の様子が変わる。

泡が細かくなり、徐々に水位がせり上がり、ついには溢れて決壊した。

『さて、終始なごやかに進む四番テーブルッッさーーーーーん!!』

これぞ噴きこぼれ。

だがスタッドは特におかしいことなどないとばかりに泡を吹く鍋を眺めている。火が高々と吹き上がっても普通だというのだから泡が零れるぐらい何だというのか。問題なしと判断して平然とお玉で中身をかき回していた。

『噴きこぼれてますよーーーー!! 四番テーブル保護者さーーーーーん!!』

もはや贔屓も何もない必死な解説者の声に反応したのはリゼルだった。

行こうとするナハスを留め、スタッドの元へと小走りに駆け寄っていく。

『(あー貴方じゃないーー!! でも言えないーー!!)』

観客全ての気持ちを心の中で代弁しながら解説は固唾を呑んで見守った。

いまや観客らの視線はプロの料理人の卓越した技術でもなければ、若奥様の仲睦まじい華やかさでもなく、はたまたベテラン主婦たちの阿吽の呼吸でもない。ただ一チームのハラハラ感へと向けられている。むしろ他のチームの視線も四番テーブルから離れない。

「スタッド君、これは駄目な状態です。中身は外に溢れちゃいけません」

リゼルの言葉に、スタッドは一度だけぱちりと目を瞬いた。

ようやく現状が異常であると気付いたのだろう。うろ、とお玉を持った手が宙をさ迷う。

「大丈夫ですよ、取り敢えず火を消しましょう」

「分かりました」

スタッドの手がすかさず炎へと翳された。

直後、調理台の周りを駆け巡ったのは身を震わせるほどの冷気。それが竈へと集い、そして時を凍らせたかのような絶対零度の氷塊と化す。

『(凍ったーーーーッッツ)』

炎を灯していた筈の魔石ごと、瞬きの間に竈から鍋の底までを氷が覆いつくす。

辛うじて鍋の中ではぽこぽこと小さな泡が立ち上り続けているのが救いか。どうやら中身を凍らせずに済んだようだと安堵したリゼルが、ふいにスタッドを見た。

「スタッド君、結構混乱してますか？」

「かなりしていますが」

リゼルはちらりとナハスを振り返った。

こちらを気にかけてくれていたのだろう。心配げに眉を寄せたナハスと目が合う。

「どうした、火は止まったか？」

「はい、止まりました」

二人の体に遮られ、凍った竈は見えていないのだろう。

まさかの展開に気付いていないらしいナハスにリゼルはひとまず頷いた。ならば良い、とパン生地を千切って掌で転がす作業に戻ったナハスを確認して、再び凍りついた竈を見下ろす。スタッドはじっとリゼルを見つめ、観客は固唾を飲んで二人の進退を見守った。

「取り敢えずこれを溶かしましょうか。えーと……」

「分かりました」

スタッドが絶好調だ。

彼は再び手を持ち上げて、氷の中に見える火の魔石へと翳す。自力で氷を溶かせない彼が出した結論は一つきり。実のところ混乱はいまだに彼の思考を止めていた。

「スタッド君、待」

「？」

リゼルの制止も既に遅い。

というよりは王都の冒険者ギルドが誇る絶対零度、その比類なき魔力の扱いの素晴らしさだろう。思考から実行までのタイムラグなど一秒にも満たない。リゼルが止めようとした時には既に、多量の魔力を注ぎ込まれた火の魔石がその性能を遺憾なく発揮し、自らを閉じ込める氷へと反逆を起こしていた。

『保護者さ、保護者さん!!　騎兵団副隊長さーーーーーーーーーーん!!』

「なん、こら、何を……何でそうなる!!」

結果、大量の水蒸気が王都の中心街前広場から立ち上ることとなった。

リゼルとスタッドはナハスに凄く怒られた。憲兵も来たし観客も増えた。彼らは事情を説明されて半笑いになっていた。

「スタッド君、凄く混乱してましたね」

「人生で一番混乱していたと自負しています」

「話はちゃんと聞け！」

「ほらもーおばちゃんがここ片しといてあげるから！　お兄ちゃんにちゃんと叱られてなさいよ全くもう仕方ない子たちなんだから！」

　何故か隣のベテラン主婦チームの面々が非常にテキパキと水に塗れた竈と調理台を掃除してくれるなか、リゼルとスタッドはナハスによる切実な説教を粛々と受け止めるのだった。


　説教も終わり、ベテラン主婦チームに丁寧に礼を告げ、それからも小さな紆余曲折はあったが無事にカレーは完成した。それを三人で味見し、サラダとパンも出揃って、パンもナハスに千切ってもらって味見して。そうこうしている内に制限時間の一時間が終わる。

　調理スペースと観客の間に二つ並んだ長テーブルにそれぞれの料理が並べられた。

　その出来にリゼルとスタッドは満足げに頷き、ナハスは苦笑しながら凝った首をぐるりと回す。味はどうあれ、何だかんだ全員楽しんで終えられたのだからその時点で料理は成功だ。

『さて、料理が出揃いました。では私が近くにいるという理由で、貴族さまグループから料理名を発表していただきましょう！』

「料理名……？　カレーとサラダとパンのセットです」

『はい、有難うございます！』

料理名とは、と疑問に思いながらもリゼルが告げる。

解説はテーブルの前を移動しながら、次々とそれを尋ねていく。

『ではベテラン主婦グループ！』

「〝母ちゃん達はいつでもこれ作って待ってるからね。たまには帰ってきなさい母の味定食〟だよ！」

『これは卑怯！　それでは若奥様グループ！』

「〝今日もお疲れ様♡お夕飯を食べながらアナタのお話聞かせてねプレート〟でーす！」

『これも卑怯！　さて最後はプロ料理人グループ！』

「〝プロが大人げなく本気を出した、ぎりぎり家庭で作れるレベルの完璧ランチ〟だ！」

『これはガチで卑怯！』

成程、とリゼルは頷いてスッと手を上げた。やり直しの要求だ。

こういうところは手を抜かない奴だなというナハスの仕方なさそうな視線と、スタッドの特に何も考えていない視線がリゼルへと向けられる。察した解説がすぐさま戻ってきて拡声器を構え直した。

『さて訂正があるようです、どうぞ！』

「〝アスタルニアの騎兵団副隊長が作る、ここでしか食べられない特製アスタルニア風カレーセット〟です」

「すまん、普通のカレーだ」

すかさずナハスから訂正が入った。

「〝基本を忠実に守った、万人受け必至の究極的ご家庭の味カレーセット〟です」

何事もなかったかのように言い直した。

解説者が二度見してきたが、リゼルは微笑んで流そうとする。普通が何を指すのかも知らなかったのだから仕方ない。もはや力押しだった。

『……さて、それでは審査に移りたいと思います！』

その微笑みに見事流された解説者が高らかに宣言する。

空は赤く染まり、そろそろ日も落ちるだろう。

茜色(あかねいろ)に彩られた王都の城壁、その南門の前にリゼルとナハスは二人で立っていた。ぎりぎりまで王都を巡っていたが、ついにナハスが王都を去る時間となったのだ。

ちなみに料理大会後、スタッドはカレーを存分に味わって買い物へと戻っていった。

「今日は楽しかった、有難う」

「本当は優勝をお土産に、と思ったんですけど」

「料理が出来上がっただけ上出来と思っておけ」

肩を揺らして笑うナハスに、リゼルも頬を緩ませる。

実際、優勝できるとは流石に思っていなかった。十分に楽しめただけで二人は満足だ。

「また機会があれば顔を出そう」

「ぜひ」

「もう風邪は引くなよ」

「気をつけますね」

そしてナハスが門の向こうへと歩き出す。

夕日に染まる草原には、数匹の魔鳥が寄り添い合いながらしゃがみ込んでいた。ナハスと同じくこれから野営地に戻る面々なのだろう、魔鳥の傍に立つ騎兵の数人が此方に気付いて手を振ってくれる。

それに振り返し、リゼルは門の手前で足を止めた。ナハスが振り返る。

「じゃあな」

「はい、また」

二度目の別れはあっさりとしていた。

離れがたいと、そう以前に口にしてしまった所為だろうか。少しばかりバツが悪そうなナハスに、リゼルは可笑しそうに赤味を帯びたアメジストを細めてみせる。

「宿主さんにも、お弁当美味しかったですって伝えてください」

「また大泣きするぞ」

二人は互いに笑みを見合わせ、同時に背を向けてそれぞれの帰る場所へと歩み出した。

閑話：彼の消えたアスタルニアでの出来事

はいどうもこんにちは。皆大好き俺です。

嘘です調子こきました。貴族なお客さんに【宿主さん】の称号を貰った俺です。

最初あの人にそう呼ばれた時は「ひぇっ」ってなりました。何ていうか、あの人に自分が認知されている事実が受け入れられない。しかも名前呼ばれるとか。しかも敬称ついてるとか。何で対等に話しかけられてるのかが理解できない。自分の宿なのに何故か感じる場違い感。これは酷い。

そんな俺も立派に皆の宿主さんとして奮闘し、そして貴族なお客さんを見送った今。

「さみしい……!!」

壮絶なお客さんロス。

寂しすぎて時々、宿の床に直立で倒れて打ちひしがれるくらい寂しい。

「今までこんなんなったことない……ッ」

「客が出てく度にそんなんなってたら廃業ものだよねぇ」

エール片手に嘆いていれば、同業の友人が慰めてくれました。いやこれ慰めてんのか。

今日は暇な面子で集まっての飲み会です。俺のとこも最後の客が今朝旅立っていったので時間があります。別に客がいても飲みに行ったりするけど。呼び込みしよ。

「まぁ、あの人達も強烈だったからなぁ」

「何つうの、非日常から日常に戻ったギャップがさぁ？」

「安心感は？」

「一瞬あった」

本当に一瞬でした。それを過ぎた後の、この、これですよ。

何とも言えないこの衝動。そして虚無感。懐が寒くなる感覚にも似た侘しさ。

「なんて言うか、贅沢に慣れたんだよねぇ」

「それ」

思わず真顔で力説した。

「お前あの人らと外歩いてる時、すっげぇ満更でもなさそうだったよな」

「優越感にじみ出てたよねぇ」

「その癖あの人達の前では気取ってたな」

「言ーうーなーよーーーー!!」

自覚はあります。

だって凄い周りの視線が集まってんの分かるし。その癖お客さん達は気付いてないんじゃないかってレベルで平然と歩くし、けど俺が声かけりゃ振り向いてくれるし、ほとんど貴族なお客さんだけだけど。特に三人が並んで歩いてる時に貴族なお客さんが声かけてくれた時なんてもう、「あ、道を遮りましたかすみません……」って隅に寄って頭下げようかと思うくらいのオーラ的な何かを感じる。

「だってあの微笑みが！　どんだけ偉くなりゃ向けられるチャンスがあんだって微笑みが！　俺に！　向けられてる事実！」

「圧倒的庶民感」

「まぁ分からんでもない」

エールをテーブルに叩きつけながら叫べば同意が返ってきました。

そりゃそうです。貴族なお客さんとか絶対に王族貴族だし冒険者とか未だに信じられないし。本人楽しそうに冒険者してたけど。あの人よく自分のこと「普通の冒険者ですよ」とかちょっと誇らしげに言うけどあれ何で誇らしげなの？　誇るとこ違くない？　大丈夫？　成り下がってない？

「お前の知名度も地味ーに上がったもんな」

「あー、かも。外歩いてっと『あ、王子さまの』とか子供に指さされる」

「王子さま？」

「うちの近所じゃそう呼ばれてんだわ」

ちなみに女性から声をかけられることも増えました。とてつもなく嬉しい。けどこれからその機会も露骨に減ってくのが簡単に想像できて辛い。

「うちの王子さま方の立つ瀬がねぇなぁ」

「あれじゃん、絵本の王子様っつうとアッチなんじゃねぇの」

「はい串焼きお待ちー」

「うぇーい」

酒場の店員が置いていった皿に、全員でわらわらと手を伸ばします。

一人一本なんて概念はないので早い者勝ち。キープは必須です。

「王子様、ねぇ」

ふと愉快げな笑い交じりの呟きが聞こえました。

何処から聞こえたのかと探せば、一瞬目があった店員がにんまりと笑ってました。

何あいつ。酒場では見ないタイプの澄まし顔です。鼻歌でも歌いそうなほど機嫌良さげ。

「兄さんに止められてなきゃ、俺も声かけんだけどね」

パタ、と皿を載せていたトレーで顔を扇(あお)いで、余所のテーブルからの注文にキレ良く返事をしながら去っていきました。あんな奴ここで見たことあったっけ。

「どした」

「なんも」

まぁ良いか。

「で、実際どうなワケ？」

「は？」

「本当はどっかの王子様だったりしねぇの？」

「どう考えてもそうだけどさぁーっ」

ムシッと串焼きを噛み千切りながら天を仰げば、あまり察しの良くない友人たちも流石に察してくれました。

　そう。何処からどう見ても王族貴族な貴族なお客さんは、誰がどう考えても王族貴族な癖に、誰に何を聞かれても一度もそれを肯定することはありませんでした。何で？

「貴族なお客さんが王子様すぎて俺の中の姫が何回か目覚めそうになったけどさぁーっ」

「お前心ん中に姫眠らせてんの？」

「キッショ」

「一生眠らせとけ」

　やかましい。

　そういうのはお客さんの清廉さを間近で味わったことがないから言えるんだと断言します。こいつらだって似たような状況になれば俺を笑えないに違いない。はわわ、とか言い出すに違いない。俺は耐えたけど。

「じゃあ想像してみろオイ！　あの貴族なお客さんが、何となく嫌なことがあった日の翌朝に、朝の挨拶を交わした直後に清廉な顔でジッとこっちを見つめて、穏やかに微笑んでゆっくり近づいてきて『俺にできること、あったら言ってくださいね』って言いながら優しくタイを直してくれるところをよぉ！」

「グッ……これが……姫の目覚め……ッ」

「俺の中の姫がベッドから転がり落ちた……っ」

「俺のはベッドの上で飛び跳ねてる……っ」

ノリ良いなこいつら。知ってた。

そうして無駄に心の中の姫を叩き起こしつつ、テンションのままに色々吐き出します。

いや本当に無駄だな。この世にこんな無駄なことあるのかってビックリするわ。さておき。

「それに貴族なお客さんさぁー！　ヴァイオリン弾くんだわぁー！」

「何それ」

「冒険者なのに？　見えねぇけど」

物音もしないし留守にしてんだろうと掃除に入った部屋、扉を潜った途端にヴァイオリンの音色が響いてきて心底驚いたことがあります。お客さんもちょっと驚いて演奏を止めて、そして消音の魔道具がどうたらこうたらと説明してくれました。半分分かんなかったけど。

煩いだろうからってそうしてくれてたみたいだけど、全然そんなことなかったので大丈夫ですよって言っといた。聴きたかったし。気分だけでも優雅な生活を送りたかったし。

「その音色は水底を揺蕩うが如く緩やかに我が心へと響き……」

「大事故起こしとる大事故」

「浸りきってんなぁ」

「もっと分かりやすく言って」

「聴きながら寝たらすっげぇ良い夢見れそう」

納得の声が上がりました。ドヤ。

お願いしてから例の魔道具は使わないでいてくれて、それを聴きながら掃除や洗濯をするのが楽しみでした。これも贅沢だったよなぁ。ああいうのって普通どこで聞けんの？

「それにさぁー！　時々ビックリすること知らねぇんだわー！」

「分かる」

「分かる」

「それは分かる」

空いた串で手近のピクルスを突き刺しながら叫べば、これにも納得が返ってきました。

こいつらまともに話したことねぇのに何で分かんの？　何が分かんの？　そういうイメージ？

こいつら貴族なお客さんに会う度に土下座しかしてないからね？

「あの人はねぇ、見るからにそうだよねぇ」

「あの噂知ってるか？　初めて港行った時に『服……？』って呟いたってよ」

「何で？」

「半裸ばっかで驚いたんじゃねぇの？」

何それ初耳。

あ、でも俺も最初の頃言われたことあるかも。アスタルニアの人は開放的ですねって何故か感心したように言われた。その時は何のことだか分かんなかったけど。いやだって暑いし普通じゃないんですかね。俺だって暑けりゃ脱ぐし。いや流石にお客さんの前では脱がねぇけど。

「流石、王都の人は上品だなぁ」

「貴族な人って王都出身なんか」

「や、違うっぽい」

「違うんじゃねぇか」

適当なこと言った奴の皿からツマミを没収して、若干キレられながら口の中に放ります。

そういや貴族なお客さんの出身地の話ってあんま聞いたことない。獣人なお客さんは、どうみてもお姉さんにしか見えない母親が宿に突撃訪問してきたこともあるから知ってるけど。

「獣人なお客さんは森出身だってよ」

「森族かー」

「あー、ぽいぽい」

森に住んでる人達を纏めて森族って呼んでます。

色んな人達がいるし、領地内と交流があったりなかったりするけど、俺達としては同じアスタルニアの民って感じです。ちゃんとした区切りとかないから適当だけど。森のが住みやすいなんて強いなぁ、俺達にとってはそんな感じ。

そんな森族の人達は、とにかく癖が強いイメージ。獣人なお客さんも相当強いし。

「黒い人は？」

「すっげぇ生まれっぽいよな。貴族な人とは違う意味で」

「だって最強っしょ？」

軽く言うこいつらは〝最強〟の真の意味を知らないんですよ。ほんと。

少しだけ残ったぬるいエールを飲み干して、近くを通った店員におかわりを頼みます。

「冒険者とかさぁ、凄ぇじゃん。あいつら平気でタルとか板とか使って屋根に駆け上がっし」

「何かしら壊してくけどねぇ」

「財布スラれた時とか反射で相手の肩ひっつかんでブン殴るし」

「乱闘になんのは勘弁してほしいけどねぇ」

やけに具体的な話だけど見たことあんのかな。

うんうん、と深く同意を示している同業の友人は流石に冒険者に詳しそうです。冒険者向けの宿って凄ぇ大変って聞くけどどうなんでしょうね。動物の群れみたいなもんかな。

あ、うちはあの三人相手だったんで。そういうのないんで。

「痛ッて！　何⁉」

「お前のその顔すっごいムカつく」

優越感が顔に出ていたらしく、しこたま脛を蹴られた。

「そんなのの〝最強〟なんだからさぁ、そりゃ凄ぇだろ」

平然と話を続ける友人は、食い終わった串をぷらりと此方に向けてきました。

まぁ確かに冒険者とか凄いよ？　実際戦ってるとこなんて全く見ないけど、時々見る魔物の死骸とか見てると凄ぇなと思うよ？　俺なんて森ネズミに追いかけられただけで死にそうになんのに。追いかけられたことないけど。門の前で追いかけられてるヒト見ただけ。

あいつら意外と足速いし石投げても全然効かないし爪長いし怖い。

「でも一刀なお客さんとか凄ぇどころじゃないんでぇーす‼　もう理解の範疇にないんですぅ

ー!!」

「はいエールお待ちー」

「わーい頼んでねぇのに三本も来たぁー！」

「マジぃー？　いいや、サービスサービス。飲んじゃって」

ほんと何あの店員。飲むけど。

「おい、一本」

「俺も」

「ん」

「で、黒い人ってそんな凄ぇの？」

「そりゃもう」

エール片手に、思いきり背凭れに凭れると安物の椅子が悲鳴を上げました。

これで一度、別の酒場で椅子ぶっ壊れて後ろに転がったことがあります。友人のみならず客や店員にも爆笑されたから二度とあそこには行かない。

「うちの裏で手合わせみたいなのやってんの見るとさぁ、人の可能性って奴を……」

「まさか貴族な人と」

「やってたらビックリだろうが!!」

「だよなぁ」

実は一度、自分も手合わせやってみたいとか言ってる貴族なお客さん見たことあるけど。

一刀なお客さんと獣人なお客さんに滅茶苦茶スルーされてた。あそこまで空気扱いされるお客さん見たことないってくらいスルーされてた。ちょっと可哀想だった。

「そういやこの前、漁師らがギルドに突撃かましてんの見たぞ」

「冒険者？」

「おう」

郵便ギルド、商業ギルド、色々あるけど一番話題に上がるのが冒険者ギルドです。

「鎧鮫（よろいざめ）寄越せっつって」

「あー、あのすっげぇの」

俺もちゃんと見に行きましたよ。すっごい迫力でした。

何をどうすればあれに勝てるのか全く分からない。理解できない。そしてそれを「夕食でも食べたいから」って持ってこられた衝撃は未だに忘れられない。

「そういや最近、港まで買い出し行くと聞くよねぇ」

「あーあるある」

宿業の友人は大量の仕入れに、俺は良い魚を求めてよく港に行きます。

「大物捌きたいとか、魔物が足りないとか」

「そういやあの三人って何回か鎧鮫持ち込んだんだっけか」

「三回じゃん？　俺二回料理したし。で、一回は食べれんかったって聞いたし」

「お前凄ぇな」

「どこぞの料理人とか手に入んなくて血涙流したっつってたのに」

まじか。父親だったらどうしよう。黙っとこ。

最近になって魔物漁が盛んとか何とか聞いてたけど、まさかそれがお客さん達の影響だとは。まぁ全然意外じゃないけど。色んな意味で影響力ある人達ですよね分かります。

商業ギルドとかも魔物漁がどうとかでお客さん達の名前出してたって聞いたことあるし。

「これってやっぱ、一刀な人じゃやねぇと獲れねぇのかね」

「じゃねぇの？」

「や、獣人なお客さんも一回獲ってきてた」

味の濃い煮つけを口に放り込み、ごくりとエールを一口。たまりません。

「やっぱあの人も強ぇんだよなぁ」

「蛇の人は何ていうか、イメージ摑めないよねぇ」

言いたいことは分かる。

絶対強いのに一刀なお客さんみたいな圧倒的強者っぽい威圧感はなくて、笑ってるのか笑ってないのかもよく分からん雰囲気がちょい怖い。愛想は良いのに悪くて、口調は軽いのに重くて、本音も嘘も混ぜこぜで、得体の知れなさでは一刀なお客さん以上に怖い時があります。

「一刀ぐらい強いってことかね」

「やー俺も貴族なお客さんに聞いてみたけどさぁ。相性？　良かったらしいわ」

「ふーん。そういうもん？」

冒険者じゃないから魔物相手の相性だの何だのはよく分かりません。

魔物って魔法とか使うの？　使わない？　その程度です。あれ、噂のヴァンパイアってイケメンなんだよね？

「じゃあ高貴な人が相性良い魔物は？」

それ聞く？

「…………………………………まほう」

「間が長ぇーよ‼」

「しかも魔法が何なんだよ‼」

「しょうがねぇだろ面と向かってそんなん聞ける訳ねぇし‼」

俺だって一瞬そう思いましたよ。一瞬。

でも聞けなかった。開きかけた口はそっと閉じた。いえ貴族なお客さんが弱そうとかじゃないんです。他の二人に比べればそりゃそういうアレがソレだったりするけど。

「そりゃ魔法が凄ぇっつうのは分かるよ⁉　でも落ちそうになった洗濯物浮かしてくれたり野菜でも植えよっかなって穴掘ってたら等間隔に空けてくれたり釣りの撒き餌がドロドロになりすぎた時に半冷凍ぐらいに戻してくれてんのとか見てるとさぁ！　どうやって戦ッ」

ポン、と後ろから肩を叩かれた感触がしました。

え、怖い。右を見る。友人が真顔でこっち見てる。左を見る。友人が引きつった顔で俺の頭上を見てる。正面を見る。友人が慣れたようにガタガタと椅子を引いて離れてく。何。何があんの。怖い。そろそろと後ろを見れば、此方を見下ろすいかにもな冒険者。

「そっちのが難しいんだよヴァーーーーカ!!」

「ぎゃーーーー!!」

絡まれた怖い助けてお客さん。

「穏やかさんは魔法が上手いっつうより頭の使い方おかしいんだよ！　冒険者の頭じゃねぇ！　がーくーしゃ！　もうジャンル違ぇんだよあそこまで行くと！」

「すんませんすんません！」

「『感覚で魔法が使えるなんて才能ですよね』っつうけどな！　あの人ほんっと心底そう思ってそうな顔で言うけどな！　一から十までマニュアルとかクッソ面倒でクッソ手間かかるやり方してるほうがおかしいんだよ！」

「すんませんすんません！」

「そのクッソ面倒なの頭ん中で一瞬で終わらせっからな！　魔法使いの頭の使い方じゃねぇし！　やれっつわれてもできねぇよってかやりたくねぇよ！」

「すんまっせーーーーん！」

何コレどういうこと。

冒険者はぶち撒けるだけぶち撒けて、「応用は利くんだろうけど無理」とか「これだから非魔法使いは」とかぶつくさ呟きながらどっか行きました。いやちょい遠めの席に戻ってっただけだけど。なんかデジャビュ。

「えー……貴族なお客さんが凄いってこと?」

「褒めてるのか褒めてないのか微妙だったけどねぇ」

ていうか俺が謝る必要たぶんなかった。凄い勢いでテンパった。

どことなく損した気分になりながらエールを最後の一滴まで呷って、次の酒を頼みます。エールはもう良いし地酒にしようかな。久々この面子で集まれたしちょい良いヤツでも。

「お、すっげ。あれベオウルフじゃん?」

わっ、と野太い歓声が聞こえたほうを見れば、ついさっき絡んでいった冒険者のテーブルが盛り上がってました。誰も彼もが酒瓶片手、その酒瓶がちょっと特徴的です。コルクが竜の形、竜殺しの愛称で知られてる群島の地酒。ちなみにそこそこお高い。

たまたま仕入れたんだと思うけど、よくこの店も置けたもんだと思います。いやもっと高いのうちの宿でお客さんが飲んでたけど。飲む時は大抵そんな感じの飲んでたけど。

「でっかい一発あてたんかね」

「冒険者っつうとそういうのもあんだよな」

「そのくせ宿代は渋るんだから勘弁してほしいよねぇ」

ロマンだよなぁ。お客さん達とかどんだけ稼いでんだろ。凄そう。

店員に酒を頼むと、それに便乗して友人らも酒とツマミを頼みました。食べながらじゃないと飲めない、そんな俺達です。もういっそ瓶ごと頼も。まぁ余裕でしょう。

「そういや一度、刃物なお客さんが滅茶苦茶酔って帰ってきたことあったなぁ」

「刃物？」

やべ。

「き、貴族なお客さんがどっからか連れてきてさぁー」

「あー、最後らへん一人増えたな。そういや」

「なんで刃物？」

誤魔化されてくれなかった。

別に「何か生えた」つっても「何それ魔法？」で終わるだろうし、口止めされてる訳でもないし。でも言わないほうが良いのかも。貴族なお客さんもそんなようなこと言ってたし。いや俺にじゃないけど。

「いや、アレだよ、アレ」

「どれだよ」

「刃物の扱いが物凄ぇっつうか」

これは嘘じゃない。

「へぇー」

「貴族な人以外は上手そうだよな、何となく」

「料理ができそうかっつうと微妙だけど」

「何か矛盾してる気ィする」

「冒険者的には矛盾でもないんじゃないかなぁ」

わいわいしてる友人ズに冷や汗ダラダラです。でも誤魔化せた良かった。

ちなみに刃物の扱いに関しては、一刀と獣人なお客さんが凄いです。手合わせという名の殺し合いは言うまでもなく、酒飲みながら剣の手入れしてる時とかの手つきが格好いい。切れ味の確認なのか、テーブルに転がってるコルクとかピッと斬り払ってんのが格好いい。貴族なお客さんがいる前では全然しないけど。冒険者的に行儀悪いのアレ。

「その、刃物？　の人も雰囲気あるよなぁ」

「だよなぁ。俺も初対面めちゃくちゃビビッて腰引けた」

「抜けたの間違いなんじゃやねぇの？」

「貴族なお客さん同伴だったからそこまでじゃねぇんだなぁーっ」

お、酒届いた。瓶が一つと器が四つ。手酌でそれぞれ注ぎます。

貴族なお客さんが時々他の二人にしてたなぁ。なんか凄い光景だった。しかも男同士で注ぎあってるっていうのにむさくるしさは皆無だった。何でだ。貴族なお客さんだからですね分かります。

「でも、ある意味一番人間離れしてるよねぇ、彼」

「あー、分かる。空気？　つうの？」

まぁ言いたいことは分かる。

「いやいや慣れると結構話しかけやすいんだわマジで。表情とか分かりやすいし」

「あの無機質っぽさでぇ？」

「マージーだってー」

若干トラウマ植えつけられたけど。大量流血怖い。

「スリにあった時も捕まえてくれたしさぁ」

明らかにやり過ぎだったけど。純粋な暴力怖い。

「正直ボッコボコにされるスリは見ててザマァって思った」

「そりゃザマァ」

「つうかお前は自分でボコボコにしろ」

「アスタルニアの男がスられてんじゃねぇ」

満面の笑みで宣言してみた結果、何故か罵倒(ばとう)されました。

いや俺としても情けないとは思うけども。自分でとっ捕まえてれば何発か殴ったわ。でも刃物なお客さんが圧倒的に速くて圧倒的に加減なかったからそんな暇なかったし、心の余裕もなかった。

「そんな刃物なお客さんも、貴族なお客さんと話してる時とかすっげぇ嬉しそう」

「まぁあの人だしな」

「どんなの連れてても驚きゃしねぇよ」

それで納得されるお客さんが凄い。

その理由は明白です。酒を置いて、両肘をついて手を組みます。そして真顔。

「一刀なお客さん達とかさぁ、多分誰が見ても『すっげぇ人いんな』ってなんじゃゃん?」

「なるな」

「なるねぇ」

「でも貴族なお客さんだと『何でぃんの？』ってなる」

「なるな！」

「なるなる！」

何故か急上昇するテンションのままに全員立ち上がり、そして適当に雄たけびを上げながら酒の器を打ち鳴らしました。周りからうるせぇだの何だのヤジられたけど気にしない。

「あの人らよく一緒にいられるよなぁ！」

「組み合わせ的にあり得ねぇっつうかな！」

酒を飲み干し、椅子を倒すような勢いで座り直して追加を注文。

大笑いしながら友人ズの話に同意します。あの人達って仲良い癖に仲良いのか悪いのか時々分からんくなるけど多分間違いなく仲良い人達。何かもう訳分からん。酔ってる所為とかではなく。

あ、でも一度喧嘩っぽいのしてた気がする。どことなくプンスカした貴族なお客さんが夕飯いらないって言ってどっか行ったことあるし。まぁこれは他の奴に教えてやらんけど。

「だからっつうの？　余計に目ぇ引くんだよなぁッ」

「目立ちたがりには全っ然見えねぇのに何で目立つような真似すんのかね」

「それがお客さん達には普通なんですぅー！　お客さん達は何も悪くないんですぅー！」

つまり、そんだけ強烈な存在感を持つ人達がいなくなったっていうことで。

「あーーーーさっみしぃーーーーーー!!」

「しつっけぇなお前はよぉ!!」

「はいプリンお待ちー」

「頼んでねぇーーーーーーー!!」

テーブルに突っ伏して咽び泣きながら、目の前に置かれたプリンを口に掻き込みました。

あっまい！　もう何なのこいつマジで！　酒場の店員の癖に金の指輪なんかしやがって羽振り良いなオイ！　澄ました顔して生まれた時から酒場で働いてますみたいな働きっぷりしてる癖に！

「今日は朝まで飲み明かす!!」

「嫁さんに怒られる」

「俺も朝の仕込みあるし」

「客のいねぇ宿は暇で良いよなぁ」

「貴族なお客さんの前で一生土下座してろバーーーーカ!!」

まぁそうは言っても朝まで付き合ってくれるでしょう。

夜はまだまだ長いし、全力で思い出話に花を咲かせたいと思います。

以上、現場の宿主からでした。


時折揺蕩うランプの灯に、微かなインクと紙の匂い。

書架の穴倉その中央。そこにいつ何時も蹲っている書庫の主。俺の兄。

お初にお目にかかります。俺のことはどうぞ王族Bとでもお呼びください。明星に導かれし我がアスタルニアを統べる親愛なる長兄の、その他の兄弟。王族Brothers。略して王族B。

なんちゃって。

――――

「兄さん」

行く手を阻むように並ぶ書架の森をすり抜けると、ふと開けた空間に出る。

数多の書架に囲まれた場所。天井から吊るされたランプ。その真下に幾枚もの布を床に積み上げたような布の塊が一つ。それこそが俺達の二番目の兄。引きこもり、書庫のヌシ、布の塊、兄弟間では面白がって色々呼んでいる相手。

勿論、馬鹿にしてる訳じゃなく。俺達はこの人以上に頭の切れる人に会ったことがない。

「……、何？」

ぽつり、艶のあるテノールの囁きが落ちる。

意図せずふんだんな色香を纏い、望まず誰も彼もの腰を砕きそう。外に出れば声だけで異性を引っ掛けられるだろうに、何とも勿体ないと肩を竦める。布とんの嫌がる引き籠もりだから、一生そんな機会はないだろうけど。

「聞いたよ、噂」

布の塊を見下ろしながら歩みより、近くの椅子に腰を下ろす。

こんなとこに机と椅子なんてあったっけ。数年ぶりに来たから分かんない。

ああ、でももう運び出すっていうのは聞いたかも。何処ぞに机を搬入（はんにゅう）するってだけだけど。

「貴族なお客さん」

背凭れに深く凭れ、両脚を投げ出して。

笑みと共にそれを零せば、スルリとアスタルニア織の鮮やかな布地が床を滑った。

「王子様、貴族な人、高貴な人、穏やかさん」

気まぐれに指に嵌めている金の指輪を外す。

指先で支えるようにテーブルに立たせ、そして離せば歪に二回転。転がって、倒れて、揺れる指輪が机を叩く音が静寂に響く。美しい木目の上、ランプの灯にチラチラ煌く黄金が綺麗。

「何処、で？」

「酒場」

良いよね酒場って。あの雰囲気が好き。

「兄さんが遊んだ人でしょ」

兄さんが立ち上がる。その身を隠す布の塊が広がり紋様を露にする。

立った兄さん見るの、いつぶりだっけ。書庫に好き好んで近付く兄弟なんてほとんどいないし、兄さんも滅多に出てこない。兄弟の中には数年、顔合わせてないのもいるんじゃないかな。

「遊んでない、よ」

雨垂（あまだ）れにも似た、抑揚のない等間隔の話し方。

聞く者は布の中にある相貌に微笑みを連想する。勘が良い者はそれ以外を連想させないのだと気付く。兄弟の中でただ一人、そんな話し方をする兄の声を、初めて楽しそうだと思った。

「遊んで、もらってた、かな」

吐息を零すような笑い声が、耳に届く。

「は？」

何度も言う。俺達は兄さん以上に頭の切れる人を見たことがない。

そりゃあ世界中を探せばいるだろう。アスタルニアの国にも募れば一人や二人は地頭の良い人が見つかるかもしれない。それでも目の前の兄が引けを取るとは微塵も思えず、机の上に置いた指輪を驚きのあまり掌で押しつぶす。

身内贔屓なんかじゃない。ただでさえ見ているものが違う。思考の巡らせ方が違う。世界の真理に頭の一部が繋がっているようで、更にはそうするべきであると生まれてきたかのように情報を絶えず蓄積していく。

正直、兄弟の中で一番敵に回したくないのは国王である一番目ではなく、この二番目の兄。とはいえ本以外に興味の向く人じゃないから、敵を作る以前の問題なのは安心だね。

「冗談」

「じゃない、よ」

鼻で笑えば訂正される。

それは、子供に常識を教える大人のように。

「目立ってても冒険者じゃん？」

「うん、何か関係、ある？」

それは、何の他意もなく心からの疑問を抱くかのように。

「兄さんの暇潰しじゃないわけ？」

「おれが、かれの暇を潰せたなら良い、ね」

――――それは、いっそ敬愛する師を讃えるような愛おしささえ含んで。

「ならさぁ」

机に肘をつく。脚を組む。

今の兄さんは違和感が半端ないけど、何だか取っ付きやすくなった気もした。前は話してても構わず本を読んだり、聞いてんのか聞いてないのか分かんなかったのに。面と向かって会話が成立していたからなんだろう、きっとこの時、俺は調子に乗っていた。

頬杖をついて、布の塊を見上げて。

例の存在に気付いたのは随分と前だった。けれど王宮に出入りしていることを知ってから、唯一接点があるらしい兄さんに尋ねてみると「関わるな」の一言だけ。折角面白そうな相手なのにと、そう思いながらも接触は諦めざるを得なかった、その意趣返し。

「兄さんじゃなくて、俺でも暇潰しに」

コン、と机が音を立てた。

その残響が耳に届くほどの静寂。気付けば無意識に息を呑んでいた。

横目で音の発生源を窺う。いつの間にか布から出ている兄さんの手が、その指先が、俺の転がした金の指輪の中心に触れていた。そこから目が離せない。投げ出した脚に影が落ちる。辛うじて笑みは保てていた。固まった眼球を無理やり動かし、見据えるべき相手へと向ける。

覆いかぶさるように此方を見下ろしている布の塊に、ぞわりと背筋が粟立(あわだ)った。

「弁えろ」

抑揚はなく、怒気にも似た一音一音が強い声色。

首筋を伝う汗の感覚に気付かないフリをして、俺は貼りつけた笑みを深めてみせた。

「……はァ？」

結構、勝機のない反発だったと思う。

けど不利な状況で笑えなきゃ、負け戦だろうと挑めなきゃ、そういう時こそ楽しめなけりゃアスタルニア男子の名が廃る。そんな誇りある国民を導くべき王族として、ここを譲っちゃ自分を誇れなかった。食らいつけと己を奮い立たせる。

「継承権捨てた兄さんが、俺に、何だって⁉」

立ち上がりはしない。この場の椅子は俺の為にある。

そう自分に言い聞かせながら吠えれば、覆いかぶさらんばかりの布の塊が静かに引いていった。

圧力も引いた気がしてちょっと安心。やっぱ性には合わねぇわ。

「おまえは」

ふいに零れ落とされた兄さんの笑い声。

台本をそのまま読み上げたかのような、吐息にも似た笑い声。

「おまえ達は、かれに、会うべきだった」

それが誰を指しているのかはすぐに分かった。

王子さま、貴族なお客さん、貴族な人、高貴な人、穏やかさん、そう呼ばれる一人の冒険者。一つとして冒険者らしい名を持たず、噂だけが独り歩きしているような相手。

「王族としてあるのなら、絶対に会うべきだった、よ」

「の割には」

「そう」

布の塊が離れていく。そして俺が書庫を訪れた時の位置へ。

胡坐をかくようにゆっくりと座り込んだ布の中から、微かにページを捲る音がした。

「おれが、惜しんだ」

こうなるともう、何を話しかけても返事はない。

知識欲に正直すぎる兄を相手に、これ以上の会話は望めそうになくて。俺は爪の先で指輪を拾い上げて、ランプの灯しかない閉塞的な書庫を後にした。

もう深夜も過ぎた時間。暗く静かで、魔鳥の声だけが聞こえる夜。月明かり、星明かり、それも書庫から出た直後だと随分と明るく思えて、書庫の扉の横に背をつけて肺が空っぽになるまで息を吐く。

「マジかぁ」

兄さんが国より自己を優先した。

研究でも論文でも何でも、何だかんだで国の為に動き続けていたのに。

意外だった。驚きだった。今回も相手を懐柔して手に入れたい何かがあったのだと思っていた。

実際、古代言語だか何だかよく分からない知識を求めたんだと耳にしたこともある。けどそうじゃなくて、もしかしたら廻り回って国の為になったのかもしれないけど、惜しんだって言うのは間違いなく本心で。

「……やっぱ声かけときゃ良かった」

今更ながらに強烈な興味が湧いてきたけど、もう遅い。

書庫の警備に立つ守備兵が「どうかしたのか」という目で見てくるのに「何でもない」と手を振る。その手を下ろし、その中指に指輪を押し込めながら自室へ向かって歩き出した。だってよく働いてもう眠いから。

というわけで以上、とある王族Bでした。

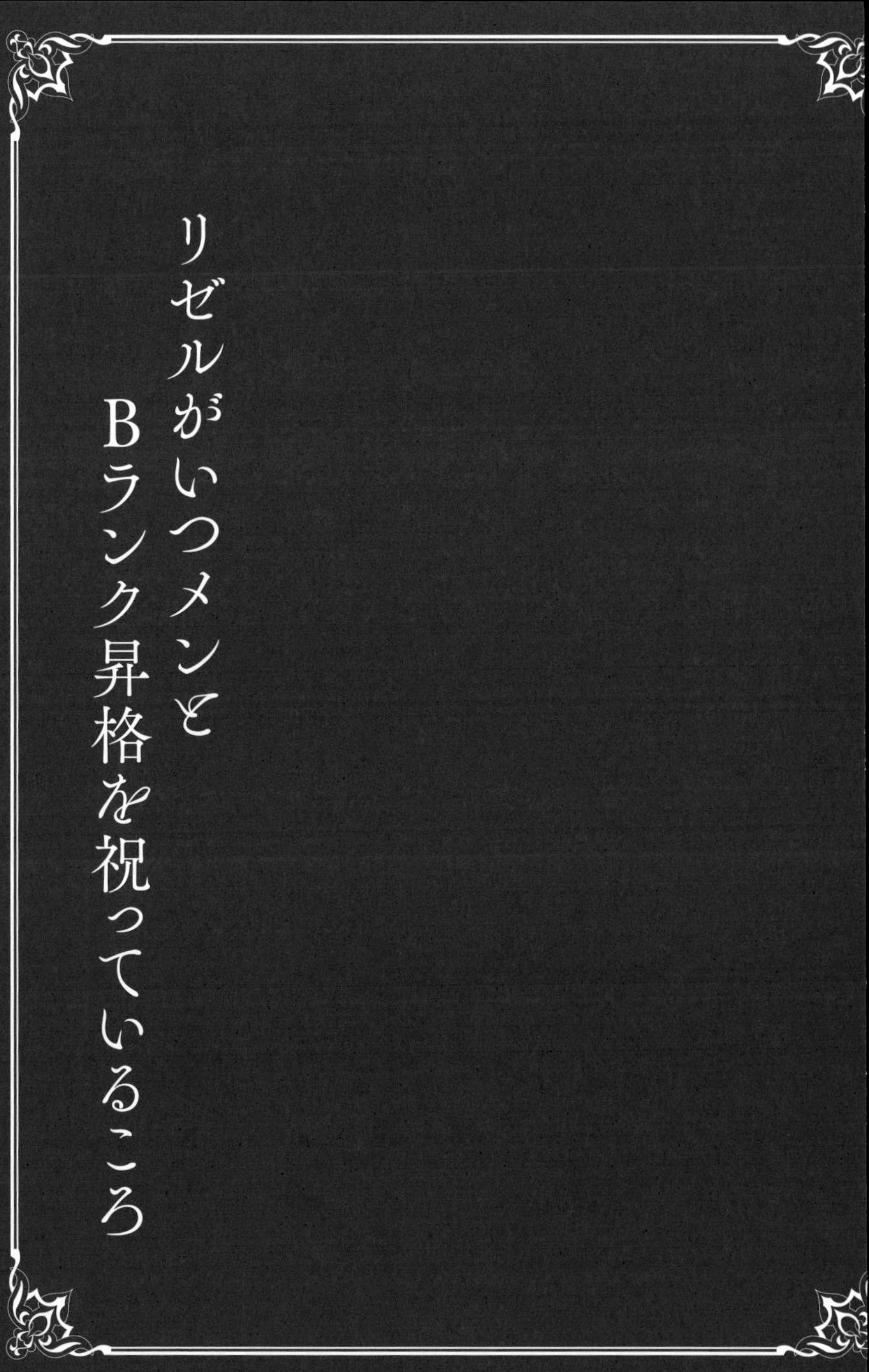
リゼルがいつメンと
Bランク昇格を祝っているころ

場所は依頼帰りの冒険者達で賑わうとある酒場。

賑やかというには喧騒が過ぎるが、彼らにとっては馴染みの騒音であるので誰も気にしない。それどころか依頼の達成の為(時には失敗に終わることもあるが)、ひたすらに駆け回った一日の終わりが近付いていることを実感できて、心地の好い疲労感に包まれる者も少なくはない。

渇ききった喉に酒を流し込む。塩分を求める体にツマミを放り込む。空っぽの胃に手当たり次第に肉を詰め込み、冒険者達はようやく危険と隣り合わせの現実から日常へと戻るのだ。

「あ――染みる……」

「見てコレ、腹えぐれてんの」

「ッたく依頼人って奴ぁよ」

冒険者ギルド最寄りの酒場ともなれば、この時間はほぼほぼ冒険者で埋まる。

あまり行儀の良い連中とは言えないものの、酒場の主人も元冒険者。素行のよろしくない冒険者相手に引けは取らず、昼間ならば冒険者以外の客も訪れるので然して憂いはない。

ガラは悪いが気の良い親父だ。彼の愛する妻と娘に手を出さなければ、だが。

「で、どうだったよ」

「そりゃあ見てのとおりだろ」

その酒場の一角で、槍使いの冒険者が厳つい男達に囲まれていた。

彼はエールを片手に方々から寄越される質問やら称賛やら、あるいは揶揄い交じりの嫌味を受けながらシレッと澄ましている。先ほど売った喧嘩に酷く満足したものだから、その充足感に浸ろうとパーティを置いて一人酒場に入ってみればコレだ。

餌を求める蟻のようにゾロゾロとついてきた野次馬達に囲まれ、エールを飲み干す暇もない。会話の隙を縫うようにちびちびと飲んでは、笑いながら周りの男達に言葉を返す。

「一刀についていってるだけのことはある、ってな」

「弱ぇと思ったことはねぇけどよ」

「強ぇ弱ぇより前に気になるトコ多すぎんだよな」

「だよなぁ」

槍使いはヘラヘラ笑って肘をつき、持ち上げたエールをゆらゆら揺らす。

中身は空、誰か代わりに頼んでくれる親切な奴はいないのかという手振りだ。話を聞きたいなら対価を寄越せという催促でもある。槍使いの後ろで他人の椅子に勝手に寄りかかっていた冒険者が、そんな厚かましい相手の後頭部をどつき、ひらりひらりとテーブルの合間を縫うように行き交う看板娘に声を張り上げた。

「こりゃ毎度」

「どの口で言ってんだか」

「お陰で滑りも良くなるってもんだ」

上機嫌な槍使いのテーブル、そこに勝手に腰かけた冒険者が身を乗り出した。

このように酒場の話題が一人の冒険者に集まることも決して珍しくはない。話題の冒険者が王都を離れていた間はその限りではないが、帰還してからはまたぞろ話題に上がるようになった。それは帰還当日から始まり、しばらくは話題に事欠くこともないだろう。

「やっぱ戦えんだよな」

「そりゃなぁ、あの一刀が連れまわしてんだろ」

「足手まとい連れまわす趣味はねぇって？」

「逆だろ、趣味だから手ぇ出されたくねぇっつうさ」

一つのテーブルを囲む男達が一斉に天井を仰いで納得の声を上げる。

飽きもせず一人で迷宮に潜り続けられること自体、彼らにとっては異常なのだ。もはや金になど困らないだろう、極限まで研ぎ澄まされた力量を維持するだけならば毎日のように潜らずとも良い。それでも冒険者最強と噂される男は、そんな噂になど欠片も固執していない癖に己を鍛え続け、あらゆる迷宮を踏破し続ける。これを趣味と言わずに何と言うのか。

信じがたいことではあるが、不思議とすんなり納得できた。

「居ても居なくても変わらないくらいが丁度良いのかもねぇ」

槍使いの正面に座る軽薄そうな男が、大盛りのミニトマトを摘みながら告げる。

酒場を訪れる度に際限なくそれを注文するあまり、大皿に山盛りになったミニトマトが用意されるようになった。メニューに並べても誰も頼まないという理由により彼専用の一品となっている。

「居なくても良いんじゃなくてさ」

「そうかもなぁ。お、ありがとさん」

運ばれてきたエールを受け取り、槍使いは「言いたいことは分かる」とばかりに頷いた。

あのパーティは不思議なもので、仲が良いのか悪いのか分からないという評価を度々つけられることがある。それは恐らく、何故一緒にいるのかという明確な理由が見当たらないという点に尽きるだろう。

互いにつるむ相手に選びそうにもない。時に異様なほどにシビアなやり取りも見かける。およそ冒険者がパーティを組む理由の一つたりとも当てはまりそうにない三人だが、見ているとしっくり来るものだから、パーティ解散を心配したことは誰一人としてないものの。

「それにしちゃ過保護だろ」

「一刀？」

「あー、ハハ、そうだな」

「ああ、最後止めたやつ」

「当てる気なかったんだろ、あれ」

「まぁ、思ったよか興は乗ったけどな」

想像以上の実力、絶え間なく襲いかかる魔法。

対魔法使い、しかもタイマンというあり得ない状況が成立してしまったものだから、己の気勢が途端にぶちあがった自覚はある。されど実戦ならまだしも喧嘩、理性を手放すまではいかず寸止めのつもりでいた。

けれど最後。己の首を掻き切らんとする晄(こう)の刃。

数瞬の差、けれど魔物と命のやり取りをしている彼にとっては歴然とした差で、己の槍が喧嘩中とは思えぬ清廉な男を打ち据える筈だった。突き出した穂先には布、もし当たったとしても痣ができる程度で済んだだろうが。

「喧嘩は許しても痣一つ許さねぇなんざ、まぁ過保護なんだろうな」

「相手が貴族さんじゃなきゃ唾吐いてんぞ」

「貴族さんってトコがアレなんだよ」

「罪深いねぇ、痣一つとってもさ」

「お前よく手ぇ出せたな」

「それとこれとは別じゃねぇか」

男が一人、売られた喧嘩を買おうという心意気に応えることの何が悪い。

そう笑う槍使いだからこそ喧嘩中、誰よりリゼルを同じ冒険者として対等に扱った。だからこそリゼルも、普段ならば避けるだろう格上相手に真正面から喧嘩を買ったのだ。

とはいえ槍使いもリゼルから受ける印象自体は周囲の冒険者と何も変わらず、ありふれた冒険者だとは一度も思ったことはないのだが。実は密かに対等扱いに喜んでいるリゼルがそれを知れば落ち込むだろう。

「貴族さんも魔法使いなのになぁ、よく喧嘩できるわ」

「タイマンって時点でヤベェだろ」

「魔法使いってソロ無理じゃねぇの?」

集まった男達がそれぞれ好きに注文するものだから、テーブルの上は様々な料理で溢れ返っていた。中には注文が被ったのだろう、酒場の名物料理など三皿も並んでいる。

もはや自分が頼んだ皿かも定かではない。目についた料理に適当に手を伸ばしながら男達は酒を掻っ込んでは雑談に花を咲かせる。後々、俺はアレを頼んだコレを頼んだのは俺じゃないと、誰か一人でも店を去ろうとした瞬間に金払いの問題が発生するだろうが、今は誰一人として気にしてはいない。酒が美味けりゃそれで良い。

「あの発動までのタイムラグねぇの何なわけ。できんの？」

「できたらやってんだろ。おい、それ俺の」

「お、悪ぃ。おい、てめぇらアレできねぇのか！」

一人の男が二つ隣のテーブルへと声を張り上げる。そこには冒険者の中でも数少ない魔法使いが二人向き合い、今まさにリゼルの立ち回りについて意見を交わしているところだった。

彼らは据わった眼差しで振り返り、歯茎を剥き出しにしながら噛みつくように怒鳴り返す。その形相に、槍使いは己のパーティにいる魔法使いがこの場にいなくて良かったなと思った。

「でーきーるーかッッつうんだよ!!」

「何だ!? てめぇら同じ剣持ちゃ一刀になれんのか!?」

「考えてモノ言え脳筋!!」

「脳みそスライム!!」

「んだコラ」

「あァん!?」

「やんのかオラァ!!」

吠え返された男が憎帽筋を隆起させながら売られた喧嘩を買い、魔法使い二人も息巻いて袖を捲り上げながら立ち上がる。

ただでさえ大した需要もなく、魔力が多かろうが魔法使いをやろうと思う者など滅多にいないという不遇の道を選んだ変人たち。更には魔法発動に必須であるマイペースさを兼ね備えた彼らは、時に魔物相手に一歩も引かない剣士であろうと躊躇いかねない喧嘩の買い方をする。実際に得物を交わし合うことがないので手加減というものを知らないのだ。

事実、彼らの両手に握られた酒瓶を見て男は無言で踵を返した。狂気を感じる。

「…………貴族さんも手加減なかったな」

「俺の目と喉が無事なのは俺の実力だなぁ」

すごすごと戻ってきた男に槍使いはケラケラと笑った。

どうせ当たらないと一刀が判断したという。それは上々、光栄ですらある。

その言葉を信じて本当に殺しにくるあたり意外と従順なのかと、むしろ人を従わせる姿こそ容易に想像できる相手に対して考えてみれば、違和感がないことに逆に違和感を抱いてしまうという奇妙な感覚がした。

「Bにも納得かぁ」

「最初っから文句つける気ねぇけど」

「つっても実力未知数だったろ」

「魔法使いの実力っつうのがまた分かんねぇんだよな」

「ギルドの決定ってだけで信憑性はあるんだけどねぇ」

冒険者は実力主義である。

どれほど金を持とうが品が良かろうが、実力がなければ認められることなどない。幾度大金を積んでも解決できない問題が、一度相手をねじ伏せるだけで解決するのが冒険者だ。

だからこそ今日、リゼルを見る目は一気に変わった。

駆け出し時代から見てきた者の中には、Bランク昇格を知って感慨深さを抱く者もいただろう。忸怩（じくじ）たる思いを抱く者も、一刀についていけるのならと得心のいった者もいただろう。

ギルドが認めたならばランクに相応しい実力者だ。

けれど実際に目にして、彼らはようやく本心からそれを受け入れる。

リゼルはようやく、彼らに冒険者として迎え入れられたのだ。

つまり今まではよく分からない冒険者もどきだと思われていた。

「ま、体捌きはまーだまだ。突っ立ってるだけでも分かる」

「重心か。いざって時に動ける立ち方ではねぇな」

「そういうトコ一刀たち教えねぇのかね」

「良いんじゃねぇのぉ、いざって状況に貴族さん置く気ないならさ」

「一刀も獣人も良い性格してるわ」

「まぁ、槍突き立てられて一瞬も目ぇ閉じねぇあたり肝は据わってんだろ。一歩も動かねぇっつうのも素人にゃあ難しいだろうし、そこらへんよぉく仕込まれてんだろうな」

非魔法使いには魔法使いの実力などよく分からない。

魔力の規模が大きければ大きいほど「すごいなぁ」と思うだけなので、精密な魔力操作を得意とするリゼルの技量は全くと言って良いほどに伝わらない。

とはいえリゼルも、何を想定するでもなしに「手の内が割れていないに越したことはない」と考えるタイプ。冒険者としての実力を認められれば喜ぶが、仔細が出回ることに諸手を挙げて歓迎もしないのだからこれで良いのだろう。別に嫌でもないのだが。元の世界では己の存在がそこかしこに知られている身、機密以外の情報については然して関心がなかった。

「そういうこっちゃねぇんだよ!!」

「分かれよ脳みそゾンビ共!!」

まぁ一部の魔法使いはキレたが。

ああいうのを普通だと思われて困るのは彼らなのだ。怒鳴り声にも力が入る。

その時だ。乱暴に扱われすぎてガタのきている酒場の扉が、新たな客人の訪れを告げるように勢いよく軋音をたてた。内側に人がいるかもしれない、なんて少しも考えない勢いで開かれた扉に誰も視線すら向けないあたり、いかに店を労わる者が少ないかが伝わる。

「うぃーす」

「つっかれたァ」

「ハラ減ったー」

「とりま酒ぇ」

誰に向けるでもない声かけ、靴についた泥をそのままに現れたのはアイン達だった。

いかにも依頼帰りに直接来たのだろう風貌だったが、そんなものは客全員に言えること。唯一酒場の看板娘だけが仕方なさそうに眉を寄せ、「外で払わなきゃダメよ」と声をかける。気付いた者によって対応は変わり、酒場の主人であれば怒鳴られて怒鳴り返す羽目になり、その妻であれば母のように叱られて大変居た堪れない気分になるものだから、今日は当たりを引けたと言えるだろう。

「何かたまり場できてんじゃん」

「誰か踏破した？」

「俺らはしたけど？」

「酒おごってぇ」

「ごちでーす」

「たかるな、たかるな」

入店早々、槍使いを囲んで飲んでいる集団を見つけたのだろう。示し合わせたようにワラワラと集まってくるアイン達を、槍使いはからりと笑いながら片手を上げて迎えた。

酒を奢ってもらう時だけ愛想が良いのは冒険者の常。時と場所が変われば依頼を取り合い報酬で揉め合い、拳も出れば蹴りも出るのだから、どう頑張ろうと「懐いてくる年下が可愛い」などという感情など抱きようがない。見知った顔が来た、というだけだ。

「で、ここ何？」

「あー……そうだな」

槍使いは唇についたエールの泡を舐めとり、苦笑いを浮かべて後ろ髪をかき混ぜる。

目の前の年若い冒険者達が、冒険者とは信じがたい高貴な男に懐いているのは見ていれば分かる。

何ぶん思慮だの配慮などとは無縁の冒険者、その中でも更にそのあたりの意識を持たないアイン達だ。リゼルに対しても気が引けることなどないらしく、むしろその前提以上に積極的に話しかける姿を冒険者ギルドで度々見受ける。

果たして正直に話して良いものか、とチラリと思案に耽(ふけ)った瞬間、しかし彼は真正面に座る冒険者に軽々しく身柄を売られた。

「貴族さんに喧嘩売って負かしたヤツ囲ってんの」

「ァあ⁉」

途端に声を荒らげ、テーブルに手を叩きつけるアインに槍使いは肩を落として笑う。

やってくれたなとばかりに微妙に口元を歪ませ、目の前でミニトマトを摘んでいる軽薄な男を見るも当の原因は我関せず。空になった大皿を持ち上げてトマトのおかわりを頼む始末だ。

周りの男達もゲラゲラと声を上げて笑い、むしろ乱闘を望むかのように囃し立ててくる。

「お前さん、どんだけトマト好きなんだよ……」

「そんなに好きでもないんだけどねぇ」

「どういうこっちゃ」

挑発的な笑みを不思議そうに変える相手に空笑いが零れた。

　槍使いは引っ掻いて熱を持つ首筋を二度三度と撫で、今にも突っかかってきそうなアイン達を横目で見る。荒くれ者の集団なものだから、テーブルを叩かれようが椅子を蹴られようが、怒鳴ろうが睨もうがその程度では突っかかった内には入らない。

「まぁ落ち着けよ。ありゃ向こうも同意の、あー……手合わせみたいなもんだ」

「テメェが喧嘩売ったんだろうがッ」

「何のつもりだテメェッ」

「一刀と獣人の許可もあったしな」

　途端にアイン達は黙った。あの二人が許可したならまぁ良いかなと思ったからだ。

　そして喧嘩が許可制であったことがいまいち上手く消化できなかったからでもある。

　とはいえジル達はリゼルの喧嘩を決して歓迎はしないだろうし、本人がやりたがったのかもしれない。なら良いかとアイン達は納得した。納得したというより何とか事実を受け入れた。

「え、何、ケガとか」

「してねぇしてねぇ」

「負かしたって何」

「一刀のストップが入って判定勝ちだ」

「まぁ……じゃあ……」

「良いか……。……良いか？」

「良いんじゃねぇの……？」

アイン達は互いに忙しなく視線を交わし合い、運ばれてきたエールを無言で受け取って頷き合い、全てを忘れようとするかのようにそれを飲み干した。ごく、ごくり、とエールを飲み下す音と共に四人の張り出した喉仏が上下する。

彼らは最後の一滴までそれを飲み干し、肺を絞るように唸り声を上げながら息を吐きだした。

「そういやさー、この前リゼルさんトコと合同依頼でさぁーっ」

「お前らは切り替え早いなぁ」

「若さだよな」

ちょうど空いた隣のテーブルの椅子を、見もせず足で引き寄せながら腰かけて、アイン達は溌剌とした顔で話し始める。それに対し、いい年した冒険者達は少しばかり感慨に耽った。

それを尻目に、新しく運ばれてきた大盛りミニトマトを一つ一つ噛み潰していた冒険者が意外そうに目を丸くする。丸い粒をフォークで器用に突き刺し、椅子にだらしなく背を預けながら丸々とした赤色をアイン達に向けた。

「あの人ら、合同受けんの？」

「ねがいしゃーす肉盛り！　いや俺らもビビったって」

「炙りベーコン！　鍋叩いてたらいんだもん」

「あ？　鍋？」

「羊追うのにさぁ、エールおかわりーっ」

注文ついでに返答を寄こすアイン達に冒険者達も驚くしかない。

別に注文ついでなのは良い。腹を満たすことは何物にも代えがたいのだから。

驚いたのは、あの協調性の欠片もないパーティが合同依頼を受けたという事実だ。いや、基本的に冒険者はよっぽど親交のある冒険者同士でもなければ協調性のきょの字もないのだが。

それでも〝一頭〟と揶揄される程の一刀、癖のありすぎる獣人、そのどちらも誰かと協力して何かを成し遂げられるようにはとても見えない。本人らも他者など邪魔でしかないと思っているのがありありと伝わってくるようだ。

「まぁ合同だったのリゼルさんだけだけど」

「あとの二人俺らいても関係ねぇわ」

「リゼルさんいなけりゃ死んでた」

「心が死んでた」

「だろうよ」

「良かったな、生きてて」

遠い目で半笑いを浮かべるアイン達に、冒険者らは誰ともなしに同意を示す。

これでジル達が「一人で十分だ」と粋がっているだけなら笑い話にもなるが、本当に独力で足りてしまうのだから何も言えない。まぁ頑張ったな、と同情してやるぐらいが関の山だ。

アインは一足先に届いたエールを傾けて気を取り直し、逸る気持ちを表に出すように椅子を揺らす。槍使いを見て期待に身を乗り出し、エールを握った手で指さした。

「つかリゼルさんの魔法すごくね？　何使った？」

「小出しに色々、って感じだな。何だ、でかいのでも魅せたか？」

「見たんだわ！」

「アレやっべぇの！」

アイン達は全員、エールをテーブルに叩きつけながら興奮して立ち上がる。

だがすぐに立ち上がる必要はなかったと気付いたのだろう。座りなおしながら、激しい身振り手振りで己が見た魔法というものの説明を始めた。自パーティ内に魔法使いがいなければ魔法を目にする機会など滅多にない。リゼルの喧嘩に見物客が多かったのはその所為でもある。

「何つうの、ドカーンッダカーンッつって！」

「マジすっげぇんだわ！　地面がさぁバキバキいってんの！」

「魔法使う時って変な音すんだよなぁ、パーンッつう！」

声高に騒ぐアイン達の声に、二つ隣のテーブルについた魔法使いが「パーン？」と疑問を浮かべて振り返る。だがすぐに「まぁそういうこともあるだろう」と気に留めずヤケ酒に戻った。

魔法など人それぞれ。魔力の使い方も千差万別。特に独学で修める冒険者のそれなど多種多様の代名詞。彼らは魔法使いの有難みを理解しない己のパーティの愚痴を肴に、やさぐれた顔で酒瓶を傾けていた。まだまだ夜は長い。

「何も分かんねぇわ」

「もうちょい詳しく言えねぇのぉ？」

「詳しくっつってもさー」

「地面が尖ったかへこんだか、どっちだ？」

槍使いは何気なくそう告げながら、そろそろエールから地酒に変えようかと白いエプロンが眩しい女へと声をかける。何処から声がかかったのかしらと視線を泳がせる姿に、ひょいと片手を上げてみれば、酒場の主人愛しの妻は動きっぱなし立ちっぱなしを感じさせない軽やかな足取りでやってきた。

冒険者よりもよっぽど逞しい、なんて考えながら今日入っている地酒を聞く。

「尖んのはうちの奴も使うな。お、じゃあそれ……いや高ぇな、こっちくれ」

「おっさんトコ魔法使いいいんだっけ」

「おう」

冒険者の財布事情は世知辛ぃ。

特にパーティを組んでいれば、個人で自由に使える金など微々たるもの。貯めれば勿論貯まるのだが、その日暮らしの冒険者には酷というものだろう。まずもって欲しい装備がある時以外で貯蓄という発想がないのだ。

「尖るっつーかさぁ」

「何つうの？　壁？」

「何だ、攻撃じゃねぇのか」

「違ぇし、何、あっちとこっち分けんのに壁とか穴とか」

アイン達は当時の様子を思い出す。

鮮明に思い出せるのは記念すべき初目撃の大規模魔法。微かに地面が揺れたかと思えば鋭く隆起し、あるいは底深く崩落し、まるで天上から盤上遊びをするかのように世界が変わっていくような感覚。実際はそれほどの規模ではないのだろうが、アイン達は十分にそう思えたのだ。

土の地面が隆起するごとに世界が狭まる、崩落するごとに腹の底が引ける、そして。

「変な像とか立って……」

「は？」

「何て？」

「なんか……鳥？　鳥の像生えた……？」

いきなり生えた謎の像のインパクトが強すぎた。

酒場に奇妙な空気が流れる。まぁ、うん、と誰も何もコメントできずに声だけ漏らした。

何とも言い難くて取り敢えず酒と飯を摘んでお茶を濁していた彼らの出した結論は。

「そん時に初めて強化魔法くらえたんだけどさぁ、あれマジで酔うの⁉」

「俺ら全員へーキだったし！」

「そうやって聞くよな」

「実際どうなワケ？」

「おー、うちの奴も最初酔ってたぞ」

「人によんじゃない？」

「リゼルさん地面ちゃんと戻してたんだよな」

「やっぱ気ぃ利くなぁ」

全員聞かなかったことにした。

そしてやはり離れた席で魔法使い達が「像とか‼」「できねぇよ‼」「むしろどうやんだよ‼」「平らとか逆にどうすりゃできんだよ‼」「教えてくれよ‼」「無理だけど‼」とテーブルを殴りつけていたが気にする者など誰一人としていなかった。

ここは冒険者ご用達の酒場。喧騒、乱闘、大盛り上がりなんぞいつものことなのだから。

怪物退治の正義の味方

夜ごと王都の街並みを徘徊するモノがあるらしい。

それは子供の噂話。窓の向こうで小夜風もない闇に揺れる布、何かが滴り落ちる音が鼓膜を打ち、それがゆっくりと近付いては遠ざかっていくという。そして翌朝になると、点々と道に滴り落ちた赤や青やの水跡が見つかるのだ。

現世に未練を残して彷徨う幽鬼か、はたまた死人が愛しい人を求めて墓穴から蘇ったのか。幼子らは滴の音が聞こえる毎に、ベッドへ潜り込んでは耳を塞ぎ、はたまた両親の傍で騒いでは恐怖をやり過ごす。しかし翌日になると目まで輝かせて友人へと駆け寄り、噂のモノに遭遇したことを話すのだ。昨日はあっち、昨日はこっちと秘密を囁くように噂を交わす。

とはいえゴーストだのゾンビだのが本当に現れれば噂どころの騒ぎではない。まごうことなき魔物の国内侵入であり、憲兵達が真に迫った顔で警戒態勢をとり、半信半疑の冒険者が駆り出されて虱潰しに探し回る一大事となるだろう。

よって誰も彼もが子供の可愛い噂話だと然して気にしてはいなかった。

なにも誰も夜道を歩かないという訳でもないのだから、何らかの荷物を持った作業員でも通った跡なのだろう。大人達はそう結論づけて、この世の終わりがやってきたとばかりに騒ぐ子供らを眺めていた。

誤算だったのは、その騒ぎが随分と過熱してしまったことだった。

夜に徘徊するのは子供を食らおうと彷徨う怪物で、残された赤の染みはソレに食われた幼子の血なのだという。青の染みは天敵に追われて逃げる怪物の血、緑の染みは空腹に滴り落ちる怪物の唾液。今や子供達は道端でそれを見つける度に悲鳴を上げた。

昼夜を問わず水滴の落ちる音に怯え、母親が水仕事をしては恐怖に駆られて傍を離れられない。揺れるカーテンの影に怪物を幻視し、父親の手を力の限り引っ張っては「何かいるかもしれないから確認してきて」と必死に背を押しながら訴える。

子供だけでそれ程までに想像が広がるかは分からない。どこかの大人が面白半分で、あるいは言いつけを守らない幼子への戒めとして、あれは怪物でお前を食らいにくるのだと話して聞かせたのかもしれない。

もはや大人達も困り果てて憲兵に相談する始末。憲兵もまた困り顔で対応するしかない。火のない所に煙は立たぬ。元凶、と言ってしまうには悪意も落ち度もないのだが、つまり怪物に見間違われた真夜中の通行人を探そうか、夜の警邏を増やそうかという話も出てきていた。

それを知って慌てたのは勿論、怪物に見間違われた人物だった。

すっかりと困り果てた様子で肩を落とした相手に、リゼルは酷く納得したように頷いた。たった今彼の口から語られたのは、今王都の子供達を不安に陥れている噂話。その真相。とある仕立て屋見習いが、光に弱い染料を夜中に運んでいる姿を勘違いされたのだという。

色とりどりの水滴跡は漏れた染料であり、揺れる布はまさしくこれから染める予定であった布。それらを保管している暗所は複数の職人や店舗が共有している倉庫であり、この店からは少し離れた場所にある為に、太陽の出ている時間の移動では染料が劣化する恐れがある。更には運ぶのが液体ということもあり、歩みも慎重になることを思えば人混みでの運搬も煩わしく、夜にのたくた運んでいたそうだ。

そんな何てことない真相は、何てことなさすぎてインパクトに欠け、尾びれ背びれがふんだんについて今や王都を席巻している噂を撤回するほどの力を持たなかった。

「だから依頼を出したんですね」

「はい、すみません、有難うございます、本当」

怪物の正体は、目の前の腰の低い青年だった。

一軒の仕立て屋の店先で、リゼルたち三人は彼と向き合っている。

どうやら随分と参っているらしく、彼は弱りきったように荒れた掌でうなじを撫で、ちらりちらりとリゼル達を窺いながら何度も発作的にかくりと首を折る。それほど畏まらずとも、とその度に声をかけているのだが効果はない。

そんな彼の依頼は、まさに【噂の撤回にご協力を】というもの。

「まさか、引き受けてもらえるなんて……」

時々言われるが、依頼を出した張本人が何故だと思わずにはいられない。

へこりへこりと頭を下げ続けるあまり姿勢のよくない青年に、リゼルは不思議に思いながらも手にしていた依頼用紙を畳む。邂逅早々に冒険者を疑われた為、証拠として提示したものだ。

「それにしても、噂はそういうことだったんですね」

「リーダー知ってんの？」

「宿の子から聞きました」

つまらなそうに爪をいじりながら依頼人の話を聞いていたイレヴンが顔を上げる。ついでに畳んだ用紙が回収されるのを見送って、リゼルは彼の問いかけに一度だけ頷いた。

こういう噂があるから、実際に見た子がいるから、と宿を同じくする少女から聞かされたのは数日前のこと。両親が仕事で出ている間に一人きりになるのを恐れたのだろう。宿の女将にお手伝いの名目でついて回り、食堂でコーヒーを嗜みつつ読書に興じるリゼルと並んで勉強する姿を不思議に思って尋ねてみたのだ。

『そういうのがいるんですか？』

『そう、子供をたべちゃうって……』

『大丈夫ですよ。君は立派な淑女だから』

あっさりと告げたリゼルに、少女は歓喜に頬を染めながら目を輝かせていた。

しかし完全には不安を拭いきれなかったのだろう。女将が水仕事を終えたのか、ふいにキッチンから届いた連なる水滴の音に彼女は縋(すが)るようにリゼルを見つめた。

恐怖というのは根深いものだ。理性で制御しきれない最たるものでもある。

ならばどうしようかと考えていれば、ふいに開けっ放しの食堂の扉の向こう側を横切る姿があった。恰好が装備ではないし何処かで一服していたのか、なんて考えながらちょうど良いと呼び寄せる。

『それに、彼が宿に入ってくる悪い怪物は全部斬ってくれますよ』

『あ？』

いきなり巻き込まれて訳の分からないことを言われたジルの傍ら、少女は最初こそ酷く驚いたように瞠目していたが、やがて安堵したように肩の力を抜いた。べたりとテーブルにうつ伏せながら「よかったぁ」と吐息まじりに口にして、体を縮こめるようにしてジルを窺う。

そのガラの悪さから子供に遠巻きにされがちだが、彼の持つ絶対強者の佇まいは他の追随を許さない。更に普段は少しばかり怖いと思ってしまう部分も、今回ばかりは〝対怪物〟といった意味で非常に上手く作用した。

『あの、ありがとう、お兄ちゃん』

『……』

余談ではあるが、ジルは子供が好きではない。

イレヴンのように嫌いとまでは言わないが、それだって関心がないというだけの話。更には何もしていないのに礼を言われるような趣味もなく、彼は眉間の皺を微かに深めたガラの悪い顔で食堂を去ってしまった。

何か悪いこと言ったかな、と落ち込む少女のフォローは責任を持ってリゼルが行った。子供嫌いのジル、ジルが怖い子供、需要と供給は釣り合うようにできているんだな、といつも感心してしまう。

「こういう時のジルの説得力には勝てません」

「怪物に勝てるかは分かんねぇだろ」

「そこは心配してないので」

「そうかよ」

にこりと笑えば鼻で笑われる。

「つかニィサンがガキと喋ってるとかウケんだけど」

「世話してただろうが」

「アレは別じゃん」

リゼルはジルが子供の世話を焼いたことなどあっただろうかと考えるも、思い当たるところがあったので問いかけはしなかった。楽しんでもらえていたなら何よりだ。

だが依頼人はといえば、リゼルの話を聞いて落としきった肩を更に落とす。

「そうなんです、小さい子達が怖がってて、可哀そうで」

「真相を話したりは？」

「したんですけど、信じてもらえなくて」

それもそうだろう。

心底から信じて恐怖している無形（むぎょう）の怪物。それを異形のイの字もない唯人である彼に「その正体、自分なんだ」などと話されようと信じられる筈がない。揶揄っていると思われるのが関の山だ。

近所の大人達には噂に気付いてすぐに弁解したという。けれど親から子に言い聞かせてもらってもやはり同じ、優しそうな顔をした近所の兄ちゃんが怪物だったなど全く納得がいかないようだ。

「この前、憲兵の人たちが一応原因だけ探すかって話してるの聞いて……」

「相談でもあったんでしょうか」

「つっても言い方的に適当っぽくねぇ？」

「見つけてどうにかなるもんでもねぇしな」

「良いんですよ。見回りの本質は安心の提供です」

「その場で自首して……」

自首。リゼル達は思わず青年を見た。

絶望の表情を浮かべた青年に「何か……勘違いされて……すんません……」と自首された憲兵も困っただろう。そもそも原因を見つけたとして、憲兵から子供達にそれを伝えて解決する問題ではない。青年が子供達に正体をバラした時のように、子供騙しだと思われるだけだ。

「そん時、憲兵どんな顔してた？」

「半笑いでした」

だろうな、と言うしかない。

「憲兵の人も、何か聞かれる度に説明してくれてるらしいんですけど……」

「効果なし、ですか」

「つっても噂じゃん？　実害ねぇし」

「放っときゃ飽きんだろ」

店先を数人の子供達が駆けて行く。

地面に落ちた染料を見つけては悲鳴か歓声かも分からぬ声を上げる彼ら。本気で恐怖している幼子もいるだろうが、中にはこうして娯楽にしてしまう逞しい子供もいるようだ。

人の噂も七十五日。子供は興味の移り変わりも激しいし、時間が解決しそうな問題ではあるが。

「でも、可哀想じゃないですか、怖いの」

弱りきったように告げる青年は、だからこそ怪物の正体になり得ないのだろう。リゼルは何かを考えるように視線を流し、そして青年を安心させるように優しく微笑んでみせた。

「分かりました。任せてください」

「本当ですか……っ」

青年の首が初めてまっすぐに上へと伸びる。

彼は安堵したように丸まった肩を微かに寛げ、ようやく見えた希望に目を輝かせた。そして一体どうするのかと問いかけようと身を乗り出し、不器用な笑みに緩む口元を開きかけ。

「俺たちが怪物を退治します」

リゼルの言葉に、釣られるように向けられた二対の瞳に激しく震えだすのだった。


王都の夜道を不気味に蠢く影があった。

斑に染め抜かれた布を幾枚も身に纏い、その隙間から覗く青い腕には欠けた壺を抱えている。足音はなく、布が地面を擦る音と、壺から滴り落ちる緑の水滴が地面を打つ音のみが夜の静寂に零れ落ちていた。

灯は道沿いに並ぶ家から漏れ出た光のみ。すれ違う者は皆悲鳴を上げる。

「ヒッ……あ、あぁ……おぉ～……」

ことはなかった。

不気味な影の後ろ。少し離れて歩くリゼルの手には『ただ今、怪物問題解決のため変装中です』と書かれた看板。諸事情により持ちっぱなしという訳にもいかないので、人が通りがかる度にパッとすかさず取り出して、見やすいように少し光を灯してアピールする。

すれ違う相手は初めこそ肩を跳ねさせるも、看板を見て心得たように頷いて、何故か感動の声を漏らしながら怪物をしきりに振り返りつつ去っていく者がほとんどだった。

「(派手にビビらせて良いんなら楽しめんだけど)」

布の中身であるイレヴンは、そんな彼らにサービス精神をもって手を振ってやる。

大人連中は怪物の噂を信じてなどいない癖に、そうされると少しだけ嬉しそうにするのだ。まぁ今や王都中に広がる噂の存在に出会えた、という意味では間違ったリアクションではないのだろうが、何かがおかしい。

「(まぁデザインもあるか……)」

怪物デザインのテーマは〝アリム(布の塊バージョン)のゾンビ〟だ。

噂されている怪物の特徴をピックアップして組み立てたらこうなった。壺ではなく本を持てたなら完璧なのだが、流石にそれは趣旨から外れてしまうと諦めた部分だ。

見習いの青年がかき集めた染色失敗の布を纏い、腕にも色を塗ってより怪物らしく。姿勢は悪く、歩き方は遅々(ちち)として、しかしイレヴンだからこそ無音の歩みが更に真実味を醸し出す。子供が怖がるような、ややキャラクター味のあるデザイン。

仕立て屋見習い、渾身の怪物の誕生であった。

「(子供、子供、っと)」

今回の作戦では、まず怪物を信じている子供に目撃されないと始まらない。

光の漏れている窓を見つけては確認していく。流石に目の前に出て来られては少々困るが、こんな真夜中に出歩いていることはまずないだろう。怪物が怖い癖に窓の外を覗いてしまう、そんな夜更かしな子供がいれば良いのだが。

「お」

小さく声を漏らす。

数軒先の家の窓に、不安げに外を眺める一人の少女を見つけたからだ。

イレヴンの持つ壺からポツリと染料が滴り落ちる。少女は途端に挙動不審になり、親の元へ駆けていこうか迷っているようだった。しきりに後ろを振り返り、しかし好奇心には勝てなかったのかそろりと窓から鼻先を覗かせて、ついに悍ましいモノを見つけてしまう。

「っ」

少女は息を呑み、とっさに上げかけた悲鳴を両手で押さえ込んだ。

開いていた木窓を閉じようとしたのか、華奢な指が口から離れて眼前をさ迷うも、それで怪物に気付かれてしまったらと恐怖したのだろう。引き攣ったように固まった顔の前で動きを止めてしまう。

少女はごくりと息を呑みながら、視線だけをそろそろと横に動かした。

怪物はゆっくりと歩いていた。いや、歩いているのだろうか。

足元は見えない。足音もしない。布を引きずる音。何かが滴り落ちる音。食らうのだという子供の血か、はたまた凶悪な口から滴り落ちているという唾液か。暗闇に目を凝らしたが、ぼとりと地面に落ちた液体は真っ黒にしか見えなかった。震える息を必死で堪え、少女はもはや一ミリも動けない。

そして、怪物が窓の前に差し掛かった瞬間。

「っぁ」

ふわり、怪物の前に降り立つ影があった。

ツバの広い三角帽子の光沢に月明かりが反射する。大きく揺れるマントを長い黒髪が滑る。手に持っているのは長い長い杖、その先端には大きな宝石が内から煌めいている。その全てに美しい装飾が施されている。

少女は自身が声を零したことにも気付かないまま、無意識に引いていた身を窓へと近づけた。だって、目の前にいるのは、まるで。

「まほうつかいだ……っ」

冒険者で泥臭く魔法を使っている魔法使いではない。

物語の世界から飛び出してきたような、そんな魔法使いがなんと空から現れたのだ。

少女はもはや恐怖など忘れたかのように目を輝かせ、怪物と向かい合う魔法使いに両手を握りしめる。背が高くて、男の人だろうか。少女が見た絵本に描かれていた魔法使いは綺麗な女の人だった。男の魔法使いもいるんだという感動もあり、小さな口が開きっぱなしになる。

魔法使いの前で怪物が歩みを止めた。

少女は息を呑む。頑張れ、頑張れと心の中で応援を送る。

壺を抱えていた怪物の腕が伸びた。それを阻止するように魔法使いが杖を掲げる。

杖についた宝石が強く光を放ち、渦巻くような火球が両者の間に現れた。轟々と空気を取り込みながら巨大になっていく火球に、少女はもはや興奮して息を荒らげるしかない。

そして、ゆっくりと杖が怪物へと向けられた。火球が怪物へと襲いかかる。

「やっ……った！」

少女は歓喜に飛び跳ねながら窓の外に身を乗り出した。

怪物は強く燃え上がり、ぐらりと大きく揺れて地面に崩れ落ちる。そこには名残のように布だけが残り、表面を舐める火が何かが弾けるような音を立てながら夜闇を照らしている。

王都を脅かす怪物は退治された。正義の魔法使いが退治してくれたのだ。

「あ、魔法使いさん、あのねっ、ありが……、……？」

少女が感謝を告げようと向き直るも、そこには既に見慣れた静寂の夜道のみ。

魔法使いの姿など影も形もなく、必死で夜闇を探すも見つからない。彼女は暫くぽかんと口を開いて窓枠に腹を押しつけていたが、ふいに背後から母親に声をかけられて飛び降りるように踵を下ろす。

「お母さぁーんっ、今ね、外でねっ」

走り去ろうとする少女。

しかし母親に窓を閉めるよう言われ、すぐに帰ってきて木が軋む音と共に窓を閉める。そして再び母親の元へと、目にした正義の魔法使いの怪物退治を報告しようと興奮気味に去っていった。

その後ろ、閉じられた窓の外。

左右を確認しながら慎重に、路地裏から顔を出したリゼルが地面の上でのたうつ炎を鎮火する。

その上には屋根にしゃがみ込んだ影が二人。一人は間近で熱に触れた青色に染まる腕をさすり、一人は三角帽子と長髪の付け毛をはぎ取って深々と息を吐いていた。

その様子を少女が知る筈もなく、彼女は必死に母親に正義の魔法使いが現れた旨を話したのだった。


噂の撤回を行うにあたり、唯一最大の難点は怪物が存在しないことであった。

存在しない、故にあらゆる証明が難しい。よってリゼルが提案したのが、その怪物を実際に作り出すこと。それを子供の目の前で討伐してみせれば疑われることなく、〝正義の魔法使い参上〟という新たな噂に取って代わるだろうという目論見（もくろみ）だった。

効果は抜群。結果が出るまでに数日かかるだろうから依頼終了の判断はまだ良い、と告げたリゼルが数日後に冒険者ギルドを訪れれば、スタッドが依頼人の青年から狂喜乱舞の成功報告があったと教えてくれた。

目撃した少女が良い具合に噂話に花を咲かせてくれたようで、今や子供達は謎の怪物を恐れはしない。皆が皆、長い木の棒を持って、「炎よ――……」と言いながら振り下ろす。それが木の棒による物理攻撃になっているのはご愛嬌だろう。

「大人気ですね、ジル」

「少なくとも俺ではねぇだろ」

「ニィサンじゃん」

見事に噂を撤回してみせ、見習いの青年を悩みから救ったリゼル達は訳知り顔でそれらを眺めていた。迷宮帰りにギルドから事態の解決を聞き、報酬を受け取って立ち寄ったのは既に来なれたコーヒー店。軒先で立ち飲みスペースがあるそこで、三人はのんびりと休息をとっていた。

「俺なんか怪物だってのにさァ」

「それも俺の所為ではねぇだろ」

「見習いさん、頑張ってましたからね」

腰の低そうな仕立て屋見習いの青年、彼は染色や衣装の段階になると見事開花した。

あれが違う、これが違う。この布の染め具合じゃ綺麗すぎる、あっちの端切れが良い。足の長さが合わない、腕の長さが合わない、顔面は隠さないと若い兄ちゃんの悪ふざけ。壺の中身はあちらの染料、いやこちらの染料のほうが不気味か、もうちょっと緑を強く、ついでに腕にも塗りたくりたい。そうした情熱の元、完成したのが例の〝アリム（布の塊バージョン）のゾンビ〟だ。

「俺は縦に長(なげ)ぇからって却下されたろ」

「ビジュアルの良い怪物は解釈違い、って言われましたしね」

「リーダーはマントだけ残して消えらんねぇし」

「やる気は十分あったんですけど」

「怪物の？」

「怪物の」

揶揄うようなジルの視線に、リゼルは目元を緩めながら冷えたコーヒーを一口飲んだ。

リゼルもやる気には満ち溢れていたのだが、今回ばかりは諦めて裏方に回った。イレヴンの言うとおり、怪物が跡形もなくなったと見せかけるには力不足であったのが一点。すかさずマントを残して屋根の上に飛び上がったイレヴンの身体能力は流石としか言いようがない。

更には今回、リゼルは裏方に専念したほうが良かったというのもある。

怪物じゃないよの看板を持って、それを夜道でもよく見えるように薄っすら光を灯して、子供に看板を目撃されないように逐一隠して、ジルの挙動に合わせて炎の球体を出現させて、それを怪物に向けて飛ばすもイレヴンは傷つけないよう細心の注意を払い、過剰に燃え広がらないよう調整し、最後には責任をもって消火する。地味ながら重要な役割だ。

「ジルも本当は魔法使いじゃなくて勇者の予定だったんですけどね」

「顔がなァ、正義側じゃねぇし」

「うるせぇ」

「勇者なら全身鎧で行けませんか？」

「無理無理。あの見習いが鎧着せる段階になって『ストップ暗黒騎士!!』『ストップ暗黒騎士ストップ!!』って必死こいて止めてたじゃねッスか」

「あれはあれで似合ってたんですけど」

「やっぱさァ、隠しきれねぇ黒がさ」

「ならてめぇの怪物も適役だろ」

「は？」

国を恐怖に陥れた、という意味では確かに怪物もフォーキ団も似たようなもの。

アイスコーヒーの上にこれでもかと盛られた生クリームを舌先で掬いながら「訳が分からない」と言いたげなイレヴンは、果たして本当に分からないのか分からないフリをしているのか。きっと後者なのだろう、とリゼルは結論づけて指先を冷やすグラスを置いた。

揺れるコーヒーの黒い水面にミルクの白が渦巻いている。それを一瞥し、ふと悪戯っぽくジルを覗き込んだ。

「魔法、使ってみた気分は？」

「性には合わねぇな」

浮かべられたのは皮肉っぽい笑み。

魔法使いデビューは華々しく、しかし味気なく終わったようだ。それは残念。

「あっ、貴族さま！」

「貴族さまーっ」

ふいに人の行き交う通りから声がかかった。

学び舎帰りだろうか。宿の少女とその友人が二人、荷物を肩に引っ掛けて駆け寄ってくる。

その顔は楽しげで、不安そうな様子など欠片もない。少し前までは子供ならば全員、水滴の跡に怯えて常に地面を気にして歩いていたが、今ではそんな姿を見ることもほとんどなくなった。

依頼人の青年も安心していることだろうと、大きく振られた手にリゼルも小さく振り返す。

「貴族さま、きいた？　善いまほうつかいが出たって」

「怪物をタイジしてくれたんだって、見たってヤツがいた！」

「火とか水とか出してたらしいぜ！」

火しか出していないのだが。

怪物同様、噂の広がりと共に脚色がついたのだろう。リゼルは感心したように、ジルは呆れたように、イレヴンは何かがツボに入ったのか顔を俯かせてニヤニヤしながら子供達の話に耳を傾ける。

「貴族さまじゃない？」

「違いますよ。似てるんですか？」

「んー……にてないけど、まほうつかいだから」

少女は恥ずかしげにカバンの紐をねじり、少しばかり期待するようにリゼルを窺う。

その魔法使いは今隣にいるんだけど、なんて伝えるのは野暮(やぼ)というものだろう。横目でジルを見れば、イレヴンに「今」「今だって」「握手したげて」としきりに促されながらも我関せずとコーヒーに舌鼓(したつづみ)を打つ姿があった。魔法使いの二度目の登場は望めなさそうだ。

「ちげぇって、貴族さんじゃねぇって」

ふいに子供の一人が言う。

やけに確信のある言葉に、リゼルはまさか正体に繋がる情報が出回っているのかと不思議に思う。あの仕立て屋見習いが頑張りすぎた魔法使いのビジュアル、更に変装も交えた姿は容易に正体を突き止められるようなものではない筈だが。

「言ってたろ、まっくろでかっこよかったって。貴族さん、にあわねぇだろ」

そんなことはない筈、とリゼルは真剣に思ったし、ジルはいかにも不本意そうに視線を逸らしながら顔を顰め、イレヴンは爆笑を耐えきれずにコーヒーを喉に詰まらせて咳き込む。

正義の味方の色が黒、今になって思えば確かにそぐわぬ色だろう。

ジルが身に着けるとあってリゼルもイレヴンも何も疑問には思わなかった。では仕立てた見習いはというと、きっと彼は仕立て屋らしく最も個人に似合う色を選び取らざるを得なかったのだろう。意識してか、それとも無意識にかは分からないが。

将来有望だな、と微笑みながらリゼルは去り行く子供達の小さな背を見送った。

こうして王都の子供たちを恐怖に叩き落とした怪物は、無事に退治されたのだった。

あとがき

主人公らしくないリゼルを主人公たらしめるものは何かと時折考えます。

地位だけみれば成り下がり。Ｓランクになろうと元の地位を超えることはないでしょう。

最強は勿論ジルの称号です。本人はそんな称号なんてあってないようなものですが、あらゆる戦闘において最強と呼ばれるに相応しい男だと思います。そして冒険者最強という称号が機能しているのなら、その格を高める他の冒険者たちも決して弱いはずがありません。上位ともなれば百戦錬磨の冒険者で溢れていることでしょう。そうであってほしい（性癖）。

そしてリゼルがいた世界とこちらの世界は、あらゆる意味で対等です。地域差による違いはそこかしこにありますが、世界が異なるからというより「国が違う」の範疇に収まる程度の違いです。よってリゼルが持つのは国王を支える為に身に着けたもののみ。元の立場を思えば十分に戦える範囲ではあるけれど上位の冒険者との正面切ってのタイマンは苦手で（相性の問題でもある）、元の世界では付属していた地位もこちらでは機能しません。

しかし、この「休暇。」での主人公に求められるものは何か。なろう本編での「休暇だと思って楽しみます。」、そして書籍の「休暇のすすめ。」……そう、この本の本質とは休暇を楽しみきることなのだと!!　何事も本気だから楽しい、だからこそ本気で冒険者業に打ち込めて!!

自分が不在の間に仕事が溜まろうがそんなもん知らん、そんなマイペースさを持ち!!　一緒に休暇を楽しんでくれる相手を見つけられるコミュニケーション力を持つ!! そんなリゼルだからこそ主人公を張れるのだと!!

そう必死に自分に言い聞かせている岬です。お世話になっております。

言い訳を書き連ねてたらいつもの今巻の総評みたいな雑談ができなくなりました。懐かしの面々ラッシュは次の巻も続きますので、ぜひ楽しんでいただければ幸いです。

今巻もまた、多くの方のお力を借りて「休暇。」が書籍という形となれました。

ちゃんと休めているか心配なさんど先生。ドラマCDその他色々なリゼル達を一手に引き受けてくださって読者さんも絶対嬉しいだろうなと確信しております。広がり続ける休暇ワールドをあらゆる角度から支えてくれる編集様。編集の範囲を超えた驚くような角度からも支えてくれて感謝しきりです。そして休暇を何処まで連れていってくれるのかTOブックス様。

そして、本書を手に取ってくださった読者様方へ。心からの感謝を！

二〇二一年四月　岬

穏やか貴族の休暇のすすめ。12

2021年　5月1日　第1刷発行
2024年10月1日　第2刷発行

著　者　岬

編集協力　株式会社MARCOT

発行者　本田武市

発行所　TOブックス
〒150-0002
東京都渋谷区渋谷三丁目1番1号　PMO渋谷Ⅱ　11階
TEL 0120-933-772（営業フリーダイヤル）
FAX 050-3156-0508

印刷・製本　中央精版印刷株式会社

ISBN978-4-86699-134-4